在莫斯科大学参访

向悉尼大学赠书

　　高新民，1947 年出生于安徽省宁国县，毕业于皖南医学院，进修于广州中山医科大学，曾作为访问学者赴俄罗斯、新加坡研修眼科。所著《葡萄膜病》《糖尿病性眼病》等眼科专著均已出版。业余爱好文学，在报刊杂志发表数百篇诗文，其诗集《启明集》已出版发行，随笔《医林漫步》由当代中国出版社出版，游记《西欧旅痕》由上海学林出版社出版，纪实文学《凡人旧事》由作家出版社出版，短篇小说集《奶奶的童年》和长篇小说《天使咬过的苹果》《尘随风吹去》由文汇出版社出版。

子承父业，长子在瑞典斯德哥
尔摩出席欧洲泌尿外科年会

探访在美国圣迭戈公司总部工作的女儿

目录

第四篇　澳洲行

第五篇　新加坡纪事

第一篇　日本行

雷门·台场

　　"全日空"飞机在上海浦东机场的跑道上疾驰,腾空而起,飞向蓝天。今天我们将在三个小时后到达日本东京。日航的准时和良好的机组服务,我是早有所闻,今天是我第一次乘坐日航飞机,也是第一次去日本旅行。日本是我们的近邻,"一衣带水",它是一个怎样的国度?我有点迫不及待了。希望在那儿度过一段美好的时光。温馨的机舱,礼貌而周到的服务,让我们感到旅途很舒适。踏着机翼下飘动而渐渐远去的白云,我们离日本越来越近了。

　　飞机平稳地停在了东京的成田机场,我们很快办完了入境手续。不知为什么,我怎么也感觉不到这日本最大机场的宏大和繁忙,比起伦敦的希斯罗机场、新加坡的樟宜机场,凭空里显得冷清,让我大有失落之感;它的建筑物也比较陈旧,和北京首都机场、上海浦东机场相比也感觉相差甚远。后来我还了解到东京有两个机场:一个是成田机场,就是我们现在所在的机场;另一个就是建得较早一点的羽田机场。羽田机场规模小一点,更加陈旧一些,正像上海有浦东机场和虹桥机场一样。因为成田机场建得比北京首都机场和上海浦东机场早,所以显得陈旧,但高效率、科学合理的运作模式使它显得不拥挤、不繁忙。我刚刚已经体会到了日本航空业高效的服务和航空文化的深度,现在我又身临其境,感受它陈旧而并不繁忙的机场,这给我的日本之旅一个很轻松的开始。

成田机场位于日本的千叶县。经过约一个小时的车程,我们到达日本著名的浅草寺参观。日本的高速公路似乎没有现时中国的高速公路气派,但很干净。公路两边的景物也没有什么特别,一闪而过的山、树,一点都没有在异国他乡的感觉。但偶尔见到的几幢日本老式建筑,让我感觉是真真切切到了日本。路边有很多樱花树,虽已花瓣飘零,但能感觉到那凋残的花萼和花瓣散发的芬芳。樱花是日本的国花,因为樱花绽放最盛时有极其灿烂而凄婉的美丽,芳华最盛之日也是花瓣凋零之时,我深深地为晚来一步而惋惜。

浅草寺是东京最古老的寺庙,其本堂叫观音堂,是日本的第一大宫殿。寺院的大门叫"雷门",正式名称是"风雷神门",是日本的门面,浅草的象征。雷门是公元942年为祈求天下太平和五谷丰登而建。雷门正门入口处左右威风凛凛的风神和雷神二将,镇守着浅草寺,正如中国的哼、哈二将一样。雷门最著名的要数门前高悬的那盏巨大的灯笼,远远可见黑地白边的"雷门"二字，赫然醒目，气派不凡。

从寺庙的建筑中可以看到中国唐朝的建筑痕迹。寺西南角有一座五重塔，仅次于京都东寺的五重塔，为日本的第二高塔。但你能似曾相识地想起西安的大雁塔。寺东北有浅草神社，造型典雅、雕刻精美。要不是看到大殿门正中挂着的巨大红灯笼上写着"小舟町"，和两边木架上各有三排写着日文（汉字加"假名"、"片假名"）的小灯笼，还真感觉不到是在日本。因为这些建筑基本与中国的宫殿建筑如出一辙。

日本东京浅草寺

雷门向正殿及宝藏门方向有一条 300 余米长的参道，道路两侧是一排排自江户时代延续下来的大小店铺。这就是仲见世商店街,这里有各种纪念品和日本小吃。中国大城市都有卖的"人形烧",在这里是小吃品种中最多见的。原来这"人形烧"是由日本传入中国的,看来这饮食文化、建筑文化也是相互交流的。

我们坐着大巴行驶在东京的大街上,路过了东京最繁华的寸土寸金的银座。在东京街上行驶了几十分钟,没有见到堵车,交通秩序井然。东京是一个有着一千二百万人口的大都市,天空是那么的湛蓝,空气是那么的清新。即使你站在正在发动的汽车旁边,也闻不到那刺鼻的汽油味,原来这些车使用的是混合燃料,污染最轻。那繁忙的轨道交通和地铁正是解决堵车的良方。东京的地铁十分发达,地下比地上更加繁忙。那路边一排排自行车告诉我们,这也是东京人代步的重要工具之一,这一切是那么的环保。日本是一个能源匮乏的国家,是一个能源进口大国。日本的政府和国民正精打细算地节约能源和保护环境。

我们来到了台场,让人惊奇的是,它是建在东京湾的人造陆地上的,是东京最新的娱乐场所集中地,这里彩虹大桥的夜景是最具代表性的夜色景点之一。台场的中心是"台场水色之城",这里是购物中心,其中有一条流行服装店街,长300米,还有采用最新音响和放映设备的大型综合电影院以及面积15 000平方米的日本最大美食城,有很多深受情侣们喜欢的时髦咖啡厅和西餐馆。这里还有丰田汽车展销厅,有许多我们从来没有见过的概念车,让你大饱眼福,除了有特别要求的个别汽车,你都可以坐进车内享受一番,让你陶醉在汽车海洋之中。

怎么也不会想到我们游玩的地方原来是在一片垃圾填埋场上建起的一个现代旅游地。那高耸入云的优美建筑,格调各异。装饰得美轮美奂的巴黎方尖碑式的、圆顶伊斯兰式的建筑高塔竟然是垃圾焚化炉的烟囱。这里的环境优美、优雅。这些无害的垃圾焚化炉不仅没有造成污染,而且还给我们带来了视觉盛宴。

我们将返回下榻的格兰皇宫酒店。东京湾的夜景让人陶醉,心情舒畅。你看那水中的游轮,被灯光装点得如海市蜃楼,如流光溢彩的彩虹桥;那一座座高耸入云的高楼,像一望无边、高低错落的琼楼。夜晚的东京是美丽的,夜晚的东京是迷人的,这美丽与迷人是在十分科学地解决了很多世界城市顽疾的基础上建立起来的。越是发展,越要讲科学;越是发展,越要保护环境。日本把智慧和财力用在发展上,这使我改变了对日本的第一印象。任何民族和国家都有他的长处,更何况日本还是一个发达的国家呢?

皇居·靖国神社

　　2010 年 4 月 22 日,东京下起了雨,这雨应该是在中雨等级以上,而且雨真停不下来,看来出门是有一定的困难了。这使我们不得不在这千代四区饭田桥的格兰皇宫酒店待一天了。我和老伴在酒店大堂漫无目地走动。大堂的经理走过来向我们微微地鞠一躬,大约是问我们需要什么帮助,怎奈我们对日语一点也不懂,不知所云,只好笑一笑,表示没有什么要求。这时一位服务生走到我们面前问有什么需要帮忙的。流利的中国话让我大吃一惊,一问才知道,这是一位打工的中国学生。我们告诉他,雨太大没有雨具不能出门。他很快拿来雨伞,交给我们,并告诉我们如何上街。这伞既不要我们打条,也不要我们签字,只告诉我们回来交给服务生就可以了。我很奇怪,后来我才知道日本酒店的服务都是这样,对大家都很放心,而且即便是将行李放在大堂也不会丢失。我想,一是日本东京的治安比较好,再一个监控录像一定也很规范。

打着雨伞,我们开始漫步在东京的街头。东京的街道并不像北京的长安街那样宽大、气派,但整洁有序。街旁两边的店铺招牌大多是用汉字书写,作为中国人出行是没有太大困难的。店铺中最多的是餐厅,日本料理占大多数,但也不乏中华料理,甚至还有上海料理、广东料理。我们看了一下,有蛋炒饭、锅贴饺……但贵得实在厉害。据说东京的物价是中国物价的5倍左右。我们走进了一个卖邮票的小店,挑选了几种邮票。手势和计算器就能让我们完成交易,因为日本人的买卖是不还价的,这也省去了不少麻烦。

格兰皇宫酒店出门向右,不到二十分钟就有一个斜坡,两边绿化得很好,道路也比较宽。顺坡而上,一个巨大的神社牌坊立在我们面前,看起来与浅草神社的构造一样,却大得多。在绿树和樱花相间的道边,立有一碑,碑上书有"靖国神社"四个大字。我不经意地来到了一直受到中韩等国谴责的日本政要参拜的靖国神社。

一个大的门楼,建筑十分考究,门上插着日本国旗。很多警察在维持秩序,一排工作人员打着雨伞列队在道边静候。大殿正面供着日本历代战死将士的灵位。让中国乃至亚洲人民所不能容忍的日本二战战犯——东条英机等人的牌位也供奉在这里。大殿的正面为蓝底的帷幔,有四个巨大的白色菊花图案,一些穿着日本古代服装、赤着脚的工作人员在忙碌着。看来今天这里会有大的活动,有不少新闻记者架着摄像、摄影设备在等待着。由于活动还没开始,我

9

们先到一个雨棚下的凳子上稍作休息。没有想到雨棚的对面是一个擂台，身穿日本武士服装的男女，正在表演日本的剑道，那一招一式非常地认真，有时还会发出吼叫；擂台正面的一条横幅上是隶书的两个汉字"能乐"。看到这两个字我的心情才放松了一点，但愿这只是一种娱乐方式，而不是在宣扬武士道精神。那轻松的日本音乐和严谨的剑舞，应该是一种娱乐表演。

靖国神社大殿音乐响起，一队身穿白色中国唐式长袍，脚踩黑色木屐，头戴黑色唐朝官帽的人，一手持着中国古时"朝笏"，一手打着做工考究、格式古朴的雨伞，列队向靖国神社的大殿走去。出于中国人的情感，我没有再看下去。我想，靖国神社如果将二战战犯的牌位移走，倒也无可厚非；如果把他们当作日本的"英烈"供奉，这在任何地方都说不过去。离开靖国神社，只见马路上停了一辆宣传车，上面装有 4 个大喇叭，但没有广播，车身上写有"大日本爱国党"几个字。我想，通过二战，日本应该深刻汲取教训。军国主义是被唾弃的。没有想到 23 日在电视上看到英国 BBC 电视台的报道，大意是日本 22 日在靖国神社举行大"春祭"，参加的有日本天皇的弟弟和 56 名国会议员。日本首相和内阁阁僚虽无一人参加，但安倍却逆历史潮流而动，解禁自卫权，否认二战后的秩序，极力推动"修宪"，引起世界人民的公愤，也引起日本人民的反对。

2010 年 4 月 23 日，东京的雨终于停了，我们要去的是日本天皇的住处——皇居,用中国的话说就是日本的皇宫。自1868年日本皇居由京都迁往东京以来,已历明治、大正、昭和、平成四代天皇。天皇是日本宪法规定的日本象征,是日本人眼中的神。一条护城河环绕皇居,两岸樱花盛开、林木掩映,这里是德川家族居住的江户城,明治维新后改为皇居。河上的二重桥是皇居的象征,二重桥后那绿树掩映中的宫殿建筑就是日本天皇居住的地方,静谧而又神秘。游人只能在二重桥拍照留念。皇居每年对外开放两次:一次是新年接待两天,1月1日,是为了接待各国使节,1月2日上午9点到下午3点是接待百姓;另一次是天皇诞辰那天(12月23日上午8点30分到下午1点),届时天皇会在防弹玻璃后向民众挥手致意。我们这次是没机会见到日本天皇的。

皇居的大片绿地种植的主要是形态各异、造型也很奇特的松树和柏树,这些松柏的树龄看起来也不短,可以称得上古松、古柏了。波光粼粼的护城河,水中野鸭在快乐地戏水,岸上人们在悠闲地散步,自行车在缓缓行驶,一切是那么宁静。奇怪的是这些路既不是水泥路也不是柏油路,全是普普通通的沙子路。为什么这么发达的日本,皇居周围道路还是这么的原始? 原来这是保存了日本古老的习俗。古时大臣们坐轿拜见天皇,轿夫们是穿草鞋的,而武士们拜见天皇是骑马的。轿夫们在沙地上的脚步声,武士们在沙地上的马蹄声,会预先告诉皇居中的侍卫,有人到了,再决定是否准许进入皇宫。原来沙子路还有这些讲究。

　　望着肃穆、庄重的皇居，凝视生长着奇松怪柏的公园和交错有序的沙子路，我想象随着沙子上"得得"的马蹄声，那日本武士正策马来到皇居等待天皇召见的情景。历史已经过去，幕府的时代、军部的时代已经一去不复返了。现在皇居周边是日本的参众两院、首相官邸、大藏省、防卫厅等省厅建筑。

东京厕所历险记

　　我们走在东京游就馆前的大道上，老伴忽感内急，想找一个厕所方便一下。我们沿着游就馆前大道走了两趟，终于发现了一座建在地下的男厕，就是怎么也找不着女厕所。我满怀信心地走到游就馆的接待室，向这里的工作人员询问厕所。我们一点也不懂日语，老伴退休前是中学的英语教师，只好用英语询问。可惜接待室的日本人英语也并不是很好，他听懂了我们的意思，但无法用英语表达，只是说出了"走""右"两个简单的英语单词。我们明白了他的意思，于是又走过去，眼睛不停地往右边寻找。我们一直走到尽头，看到的还是那间男厕所。这是怎么回事？老伴突然高兴起来，告诉我那间厕所可能是男女共用的，你看那个长头发的妇女不是刚从那里出来吗？等我赶过去一看不觉笑了起来，那位长头发"妇女"原来是一个留着胡须的男人。我自己走下去看了一下，仅仅只有一个男厕所。老伴年纪大了，这内急是忍不住的。老伴再要求我进去看一下有没

13

有男人,她想要闯入这日本男厕所方便,并要我在门口放哨,不让别的男人进来,只一会儿就行了。老伴的金点子得到了我的支持。于是经我侦察证实,里面没有男人,就真的让老伴进入地下厕所。

我站在地面的门口放哨,好在这时行人并不多。我正在洋洋得意即将完满解决问题时,一名警察大步地走了过来。我印象中的日本人都很矮,而现在的日本人却比过去高。这走过来的正是一个大个子日本警察,衣服外罩的背心上印着"警视厅",这是一名货真价实的日本警察。我想,这警察千万别过来,别过来……越是害怕越是出事,这警察还真的要到这男厕所方便。老伴现在正在这男厕所里面,如果遭遇这日本警察不就糟糕了?这警察若无其事地走来,要下到地下厕所方便。我情急之下赶快拦住这位日本警察,大声地用中文说:"你别下去,下面有人。"警察十分诧异地望着我,摇摇头,他什么也听不懂,用眼睛瞪了我两下,推开我就进厕所。女人进男厕所是不是会违反日本的社会治安管理条例,是罚款还是拘留?我一点也不知道,总之我感觉这对我们外国游客一定是很大的不幸事件。

警察下去了没有听到什么声音,我静静地听着,只是传来那警察的小便声。不一会儿这位警察走了上来,朝我笑了一下,挥了一下手就走了。警察走了一会儿,老伴也出来了,我吓出了一身冷汗,浑身黏糊糊的。

我惊魂未定地问老伴:"你有没有碰上那个警察?"老伴

14

说:"你和那个警察讲话,我听见了,赶忙躲进一个有门的小间厕所,从门缝中看到了那个警察,吓了一跳,不敢出声,等警察方便好,走了,才赶快离开。"我们都笑了,想不到老伴还能急中生智,躲过了与这位警察的遭遇战。

仙境箱根

　　箱根离东京不远,箱根离富士山更近,箱根的芦之湖更迷人。

　　离开东京,前往箱根,真的如入仙境一般。也许是昨天的雨,也许是今天的云,让我们感觉是到了人间仙境、地上天堂。

　　舒适的旅游大巴,在奇险高峻的盘山公路上穿行。白色的云在窗边,轻轻地飞过;群山云雾缭绕,把这被各种阔叶林、针叶林厚厚地覆盖的群山装点得苍翠欲滴。由于树种不同,这绿有墨绿、嫩绿、黄绿、翠绿、青绿……这绿叫人沉醉,这绿让人心旷神怡,这绿让人有说不出的清心,这绿让人有说不出的愉悦。被日本人称为国之花的樱花,在薄雾中伸出粉红的、淡红的花枝;那大红的山茶花,大朵大朵地开放在山坡、山脚、山沟和道旁。这绿色是海,起伏波涛的海,这伸出花枝的樱花多么像婆娑起舞的仙女。绿色不能掩盖红色的花枝,绿色更衬托出樱花、山茶花的美、鲜、艳。我不觉想起了"天仙配"中,身着霓裳的七仙女在天庭翩翩轻舒衣袖的情景。窗边的云,轻轻地飘,如果打开车窗,我可以摘一朵,将它装入箱中,带回中国。

汽车在山下的一个小镇停下,精巧别致的日式小屋一片连着一片,我这才感到这是实实在在的在日本了,这儿叫湖尻,那儿叫桃源台。这些日式的木屋完整地保留了日本的过去。这些可以购物的小店,写满了日文。店主见了来客不断鞠躬微笑,以礼相待,让人感到箱根人的淳朴、好客、礼貌而有教养。有的日式小屋建在山上,建在云雾之中,那自上而下的索道,告诉我们那些上山下山的日本人和上山的物资靠索道而往返。我想起了那些现代电视剧和电影拍摄神仙的镜头,演员往往要被钢索吊着在空中飞舞。这箱根小镇的居民不也过着不是神仙胜似神仙的生活,住在不是仙境胜似仙境的地方吗?这里远离自然界的污染,远离人类的污染。这里的空气是清新的,清新得让你感到一刻也不愿意离开;这里的山泉是淡的,水是清的,清得你假如不动的话,感觉不到水的存在。人们需要自然,自然养育人类,和谐相处才能长久繁荣兴盛。

芦之湖是箱根的旅游核心区,位于箱根町西方,驹形岳的南边山脚,湖面积 690 公顷,最大水深 43.5 米,环湖长度为 17.5 公里。它是四千多年前因火山活动而形成的火山湖,经湖水冲刷形成的河谷,是箱根最迷人的地方。我们坐上了游船,在湖中荡漾。芦之湖背倚着富士山。富士山是日本的象征。来日本不能在富士山前留个影,可能是日本之行最大的遗憾。后来一了解,这富士山一年能看到全貌的日子也就八十余天。像我这样带着遗憾而归的应该是多数,我的心里平静了许多。湖中的游船有两种式样:一种是仿古的式样,一种是现代的式样。我们坐的是现代式样的船,看着湖中那仿古式的船,我心中又增加了一丝惋惜。

船靠上了箱根町,我们将在这里进午餐。午餐的名字也很别致,叫箱根风味日式定食。每人一份,有一个小的火锅和几种十分精美的我叫不出名的日本食品,但生鱼片我是认识的。我学着邻座的客人的样子将生鱼片蘸着芥末和佐料送入口中。因为在这之前我是从来没有吃过生鱼片的,只是在德国汉堡吃过生鱼汉堡,结果全吐了。这有名的生鱼片会不会也那么难吃? 我嚼了一下,感觉挺好的,一点鱼腥味也没有,口感也不错。我想再尝尝,才发现碟子里一片生鱼片也没有了,原来日本餐的分量是很少的,尝个鲜是可以的,吃个饱是不可能的! 这生鱼片可能应了中国的那句话,"浅尝辄止"。

芦之湖非常美丽,湖山掩映,不同季节有不同的景致和情趣。环湖步行,湖边遍植青松翠杉,景致怡人。湖中有很多黑鲈鱼和鳟鱼,许多日本人经常在此垂钓和游泳。我们中午吃的生鱼片不知是不是这里的鲈鱼和鳟鱼制成的,我也无从去打听清楚。

箱根是个美丽的地方,仙境一样的地方;箱根的芦之湖是迷人的地方。吃上箱根风味日式定食感觉是诱人的,这里的生鱼片是神仙风味,神仙食品。箱根是难以忘怀的地方;箱根是让人不能不想的地方。因为箱根是人间仙境,这里有山,有水,有白云,有蓝天,有神仙住的小木屋,还有那箱根风味的日式定食,更有箱根的生鱼片。

大涌谷·黑玉子

　　大涌谷是箱根最著名的景点之一，到大涌谷最让人不得不消费的是黑玉子。所谓黑玉子，就是火山温泉煮熟的黑鸡蛋。日本的鸡蛋可能与鸡的品种有关，这里的鸡蛋壳

日本箱根大涌谷

是白色的,其白如玉,称鸡蛋为玉子,也正名副其实。

大涌谷停车场至阎魔台有长达 670 米的旅游散步路,名为大涌谷自然研究路。道路的两旁是一丛丛类似中国野生杜鹃花的灌木丛和一些杂木灌木林、野茅草。它们稀稀疏疏地散布在裸露的火成岩中间,很像那秃子头上留下的稀稀的头发。道路弯弯曲曲,但不陡峭。毛毛细雨夹杂着火山特有的扑鼻的硫磺臭味(硫化氢瓦斯),让人身临其境地体会到了火山环境的独特。

大涌谷地上的泉水大部分是有毒的。这是大约在 4 000 年前箱根火山活动的末期,因神山的北山腹地的火山大喷发而形成了火山口遗迹。由于人们对自然威力感到恐惧,所以称火山口为"大地狱"。1876 年明治天皇来这儿参观,才改名大涌谷。现在大涌谷每天仍然不断由地下喷出大量的水蒸气和火山瓦斯。这里还有很多的小水坑,水坑的水是黄色的,正在咕噜咕噜冒着水泡,好像煮沸的开水锅,更像建筑工地将生石灰投入石灰池中的景象一样。这一个个水坑的边上凝结着很多黄色的硫磺,所以这咕咕噜噜的热气充满了硫化氢的气味。我们缓步来到火山口,这过去的"大地狱",体会一下火山的风光。由大涌谷眺望富士山的风景十分壮观。可惜这挥之不去的细细毛雨,这轻逸飘舞的轻盈云雾,这沸腾的火山温泉坑升起的蒸汽、水汽,使我们的能见度降到了不可远视的程度。富士山是看不见了,让所有登山者感到失望。

我们仅仅用了半个多小时就登上了一个竖着标牌的地方,这个牌子上写着"大涌谷 1 050 米",这标志着我们已经登上大涌谷海拔 1 050 米的山峰。不过来到这里的人们除了拍照就是购买"黑玉子",即在火山温泉中煮熟的黑鸡蛋。据日本人说,吃一个可延寿 7 年。这被日本人称为"玉子"的鸡蛋在火山温泉水中煮后就变成黑色的鸡蛋,鸡蛋越新鲜,到火山温泉中煮,营养越好,这里的黑玉子都是用当天鸡生的蛋。这售价 500 日元 5 个的"黑玉子",尽管在山下售到 600 日元 5 个,我也不敢盲目地品尝。因为我是医生,知道这火山温泉有毒,白鸡蛋变黑,是不是有什么化学反应,不弄明白我是不敢进口的。据说"黑玉子"必须当天吃,一天后它还会变白。尽管介绍"黑玉子"的说明说,硫化氢和鸡蛋壳中的铁生成了黑色的硫酸亚铁颗粒;尽管我知道这硫酸亚铁可以作为缺铁性贫血的药物,但吃一个"黑玉子"就能多活 7 年,这只是人们的一个美好愿望。这美好的愿望只能让这里的养鸡业和鸡蛋的销售更加红火;让这里的旅游更增添了神秘趣味,更增添了吸引力;让硫磺味刺鼻的大涌谷成为一个旅游的热点和卖点。富士山远在天边虚无缥缈,"黑玉子"近在眼前实实在在,这实实在在正是商机无限。

　　在山下的超市里,最多的商品还是 5 个一串包装的"黑玉子",但每 5 个的售价已经比山上多 100 日元,对此我并无太大的兴趣。其他的旅游品又太无特色。这儿出售一种和正常毛巾并无差异的毛巾，上面印着的不是美丽的身穿和服的日本妇女，就是身穿和服的日本武士。奇特的是售货员介绍说，这种毛巾一放到水中，身穿和服的日本妇女的和服会全部褪去，成为一个裸体的女人，从水中拿出来，和服又会重新穿上；这武士的和服同样在水中会全部褪去成为裸体男人，出了水又还原成身穿和服的武士。真的这么神奇吗？但时间这么仓促，无法在商场试一试。不管怎样，我和老伴还是决定花 800 日元购买了一条毛巾。

回到中国，我过了几天后才想到试一试这神奇的毛巾，我取出来后特意叫了几个朋友一起来看这神奇的变幻。我把毛巾放入了洗脸盆，一边放水，一边叫大家一起看，让人失望的是当水浸湿了毛巾，这穿和服的日本妇女依然故我，什么变化也没有。正当大家嘲笑我到日本被人骗了时，奇迹终于出现了，日本妇女的和服全褪去，成了一个裸体女人。我用手一摸，这水是热的，原来水温可以使图像发生改变。我们将毛巾取出，冷了一下，日本妇女的和服又完整地出现在日本妇女的身上。这是什么原因呢？

我特地请教了一位化学老师和一位物理老师，他们对"玉子"变黑可以给予圆满科学的解释，那是因为鸡蛋壳与温泉中的化学成分产生的硫酸亚铁颗粒沉积在蛋壳上；但对由黑变白暂还不能很好地解释。据推测变白可能是由于氧化的原因，氧化还原的条件是必须要遇到过氧化氢或稀硫酸，但对装在塑料袋中的黑玉子来说，这种可能性几乎是

23

零。既然不能圆满地解释，那就只好暂时存疑吧！

对这毛巾图案中的日本美女身上和服褪去现象有了比较明确的答案。现在有一种"温度油墨"和"可逆消色油墨"。"温度油墨"的可调变色和褪色的温度为 0℃—100℃之间，这种油墨有翠绿色、棕黄色、黄黑色、金红或大红色。日本美女艳丽的和服正是由这些颜色绘制而成。科技可以改变颜色，科技可以商业化、商品化。这项新的科学技术，变成了吸引人的旅游商品，变成了经济效益。温水褪去多彩和服的现象，可以找到准确的答案，这个谜底我总算揭开了。

扇电扇的茶园

　　在日本静冈县境内,山峦叠翠,云雾缭绕,起伏的山峦间、山沟中、山脚下呈现出一片又一片修剪得十分整齐的茶园。这些茶园倚山就势,一层又一层,巧妙得真如鬼斧神工。这茶枝修剪得你怎么看、怎么品都是回味无尽的艺术品。四月正是中国的采茶旺季,一行行茶树上面是一层鲜艳翠绿,这正是等待人们采摘的春茶。奇怪的是汽车开了那么久,我就没有看见日本的采茶姑娘。我是从中国黄山市来的,黄山就是中国有名的茶区。在我们家乡,现在穿着花花绿绿的采茶姑娘,头戴着草帽,身背着茶篓,满山遍野地正忙着采春茶。采茶的歌声不时地从这边山头、那边山头响起,那是一道美丽的采茶风景。而在日本静冈县的茶山,却很少看见人,茶山是那么的安静,茶树修剪得是那么的整齐,我推测这里一定实现了全机械化的采摘。中国也有采茶机,但由于茶树修剪得不好,新式、老式茶园差别太大,采茶机往往用起来很困难,所以采茶机在我们那儿用过一段时间,后来也就不用了。更重要的是农村实现了包产到户,这茶树分到各家各户,东一点,西一片,也妨碍了现代化采茶机的应用和推广。日本的茶叶株式会社,也许能够很好地处理这一问题。我想中国是世界产茶的大国,茶叶生产的历史悠久,逐步推广,不久的将来,茶叶生产水平一定会赶上和超过世界先进水平。

奇怪的是这些茶园里竖着一排排的金属杆子,杆子顶上都有一个向下的电扇样的圆盘,圆盘在不停地转动。是风力发电机吗?为什么会这么小?而且不是迎风而立,一个个垂头向下,这真让我百思不解。一了解,原来这些真是电风扇。日本的茶叶种类比较多,以煎茶、抹茶为主,但与中国的茶叶种类相比,就是小巫见大巫了。日本最高档的要数雨露茶了,这茶树种植在云雾迷漫的山川翠峦之间,其土地质地优良,非常适宜于茶树生长。电扇的作用就是不停地转动,降低温度,让山中的雾变成露水、露滴洒在茶树上,凝结在茶树上,生产出终年生长在雨露之中的名副其实的雨露茶。我想这是不是奢侈了些! 这满山遍野一排排的电扇的购置和安装要花多少钱! 这电扇不停地转动要耗多少电! 这些电扇的维修与保养要花多少工夫! 这个代价太大了! 生长在自然雨露中的雨露茶,何苦这样花大本钱呢?日本人告诉我,他们无论是生产茶叶还是做其他工作,一是一,二是二,一丝不苟,这样生产出来的雨露茶才是名实相副。我想日本人是不是太认真了。更让我吃惊的是,著名的神户牛排是世界上卖得最贵的牛排。这神户的肉牛在生长的过程中要听音乐,喝啤酒,还要给它按摩,我觉得简直不可思议。虽然这样生产出的牛排是全世界最贵的,但贵得还是有一点道理。据吃过这种牛排的人说味道的确不一样。我是既无时间,也无财力去消费了,但有人告诉我吃这种牛排值。

我是喜欢喝茶的,购买了一小袋茶叶,重150克,花了一千多日元,这还不是最好的。茶袋的正面印着"前田园株式会社",联系投诉方式一应俱全,而且还画了一幅地图,标出了茶叶产区的地理环境。我觉得这让我花钱花得明白。茶袋的正面是透明的,可以看见里面的茶叶。这茶叶的加工应该是一流的,茶叶大小精致,每片都一样大小,扁而两头尖。我喝了那么多种中国茶叶,从来也没有看到过加工这么好的茶叶,真是妙哉斯茶!

途中我们品尝了一次日本的抹茶和点心。坐在铺着红色绒布的凳子上,乘着大红竹纸伞下的阴凉,品尝着日本的抹茶(一种由茶叶片研磨后冲水服用的茶),吃着茶道小姐送来的点心,感到特惬意!

中国的茶道源远流长,但日本的茶道也是很有特色。据说日本的女大学生毕业后必须花很高的代价去学习茶道和插花艺术。因为茶道与插花艺术的造诣是一个日本女人进入上流社会的阶梯。

滨名湖皇家温泉酒店

　　汽车开进了滨名湖小镇,我感觉这只不过是日本一个普普通通的小镇。小镇的道路极窄,窄得几乎就像是一辆汽车的单行道。典型的日式小屋是小镇最基本的建筑,这些小屋大多是小旅馆,很多的小旅馆只不过类似中国的路边旅社,但是环境较好。小镇的中间有一个湖,湖中有很多被隔开的网箱,网箱里养着鳗鱼,这是鳗鱼场。鳗鱼是滨名湖最有特色的产品,养鳗鱼是滨名湖最著名的产业。滨名湖出名,鳗鱼因冠有滨名湖产地的美名,使它销量大增。今天我们将住在滨名湖,不知是哪个小旅社? 正当我百般揣测时,车一拐弯,一个美丽而现代的广场,一座大的星级宾馆,突兀地出现在眼前。太奇妙了,太意外了,原来这就是我们今晚住宿的滨名湖皇家温泉酒店。

　　走进这个酒店,我很快感觉到酒店被冠名皇家酒店并没有言过其实,不仅大堂装潢得富丽堂皇,而且标间也是出奇的大。一个标间内有两套卧具:一套是西式的,两个席梦思床;还有一套是和式（日式）的卧具,榻榻米和一个摆着日式茶具的矮小茶几。旅客可以选择是睡席梦思,或是尝试一下日本的榻榻米,还可以坐在榻榻米上品尝日本的煎茶、抹茶,在这里完全可以自己操作。

今天宾馆里还有两个节目:一个是晚餐,温泉迎宾日式料理;再一个就是泡温泉,这倒是两项让人惬意的事情。宾客在就餐和泡温泉之前都必须换上和服,这和服在我之前的人生中从来没有穿过。服务员对穿和服还做了一个特别的说明:和服穿着必须将右襟压在左襟上,再用宽的腰带来系;如果弄反了,将左襟盖在右襟上,日本人见了就会很快地低下头,尽量地避开你而去。为什么会这样呢?原来日本人有这样的习俗:家里死了人办丧事才会用左襟盖右襟。这和服的左襟和右襟,竟有如此大的学问,如此大的差别,这可马虎不得。我和老伴在中国属于小个子,担心这和服不合身。这和服不是因人而做,裹上身体就行,不存在腰围的问题。这长短也好办,只要在腰上折叠一下,就变短了,放下就变长。看来这和服老少咸宜,胖瘦不拘,高矮不限。我们穿好了和服,进餐厅享受温泉迎宾的日式料理。餐厅有两条长桌,大家必须坐在或蹲在榻榻米上进餐。尽管每人都有一个方形软垫,但对我们两个中国的老人来说还是有一点困难,不一会儿腿脚都麻木了。在进餐的过程中不得不时常变换体位,以减轻腿脚的麻木感。日本的服务生不论是男生还是女生都是跪式服务,我感觉这是关系到人与人平等的问题，很不习惯，但这是日本人的习俗，尽可能地去适应它吧！日本的服务生的服务应该是一流的。

这日本温泉迎宾日式料理是每人一整套，料理的餐具和食品都很精美，种类较多，但分量很少。因为吃过日式料理，也没有什么不习惯的。两片生鱼片，我蘸上芥末一下就送入口中了。这盘中每人还有两片烤鳗鱼。滨名湖出产的就是鳗鱼，这名产烤鳗鱼是一定要好好品尝的。看着那金黄的烤鳗鱼，心想一定会像中国的油炸鱼一样，咬起来脆脆的。但不想烤鳗鱼入口即化，这还是我第一次吃鳗鱼，原来它是那么的嫩滑爽口。

日本泡温泉有很多的讲究，分为男汤和女汤。这汤池有很多规矩，我实在记不得那些，但有一点是要先将身体洗干净，才能进入汤池，任何其他的浴具和清洁液一律不得入池。进入汤池就是一个泡，所以叫泡温泉。如果体力不支应该立即离开汤池，不可久泡。因为水中含有很多天然矿物质、微量元素，所以，泡温泉还是治疗某些皮肤病、关节炎等疾病的理疗方法。传说常泡温泉还可以益寿延年、青春常驻。当然除了室内汤池外，还有室外汤池。此时正值三四月的春季，室外的温度还比较低，实在没有勇气领略室外汤池的风味。

在日本泡温泉是不能穿泳衣的，必须赤条条的入汤泡浴。当然也有男女共浴的汤池，这里只允许日本人使用，外国人禁止入内，也不许看。据说日本男女共浴时思想都比较纯洁,均无邪念,不会在泡温泉时出现男女关系问题,因为大家都和从母亲体内出生时一样,一丝不挂。

据说日本人在谈生意时遇到对方城府很深,或者双方分歧很大,谈不拢。这不要紧,互相邀请去泡温泉,在温泉中边泡边谈生意。在人赤身裸体、一丝不挂的环境中,自然很多分歧会烟消云散。有很多生意就这样一笔笔地在温泉中谈成。这大约就是日本的温泉文化。

故都·京都

　　京都是日本的故都，原是日本天皇居住的地方。1868年天皇才由京都迁都至东京。京都的日本民族建筑至今保存完好。京都仍保留着旧时都城的风貌，至今还可以看到门脸较小而店堂很深、式样老式的店铺。由于门脸小，店堂深，又称之为鳗鱼屋，现在这种鳗鱼屋在京都是随处可见的。为什么京都会有这么多鳗鱼屋呢？原来根据京都旧时的法规，征税时，是根据门脸的宽窄而不是店面的实际面积的大小而收税的。为了避税，在京都就出现了这被称作鳗鱼屋的店铺。看来日本人也有"上有政策，下有对策"的事例。

　　京都很少看见现代的大楼，仍保持着旧时原貌，这与东京产生了强烈的反差。我感觉京都太旧了，赶不上时代发展的步伐。后来了解到京都旧城改造也曾被政府提到议事日程，也曾开始过旧城拆迁工作。但这工作刚一开始就遭到了百姓的抵制，商人罢市，工人罢工。京都是日本寺庙最多的地方，连日本京都的和尚也出来抗议，最后老百姓胜利了，拆迁工作停止了，所以京都面貌依旧。我感觉这与社会的发展，经济的发展拉开了差距。京都的天很蓝，环境很美，寺庙很多，似为世外桃源。京都为我们保留了这日本的"清明上河图"，众多的寺庙也是来京都必看的景点。但现代化的步伐也悄悄在步入。

清水寺是世界文化遗产，建于音羽山上，为日本佛教北法相宗的总院。相传延镇上人于778年在此开山后，由大将军坂上麻吕于798年兴建清水寺，现存的部分建筑始建于公元1633年。清水寺被定为国宝的主堂，由139根立柱支撑，宛如硕大的舞台，又称"清水舞台"。这不由使我想起家乡，由国务院确定的保护文物"三槐堂"，也有很多一排排的立柱，连蜘蛛网也不生，实在神奇。我想这日本的建筑与中国的古代建筑应该有很多相通之处。

这清水寺路边立有一块石碑，上面刻有中国残疾人艺术团来日本访问表演"千手观音"和温家宝总理来访的经过，让人倍感亲切，这是日本和中国"一衣带水"的情谊。

清水寺的音羽瀑布下的清泉一分为三："聪明泉"、"美丽泉"和"长寿泉"，分别代表了"学业成就"、"恋爱成就"、"长寿祈愿"三种意思，被视为具有神奇的力量。传说从这三个泉口任选一个，然后饮下泉水，许下的愿望就能实现。清水寺外的二年坂、三年坂是具有京都独特风情的坡道，这两处坡道被列入日本"重要传统的建筑物保护地区"。

京都清水寺附近的清水坂、二年坂、产宁坂是三条历史保护街区。两边的房舍多半是江户时期的町屋木造房子。沿途多半是贩卖清水烧的小铺,京都特产古风瓷品店以及古意盎然的饮食店、纪念品店。此外,这里还因为石阶陡峭,有"若在此处跌倒,三年内会死去"的咒言。又传说若买葫芦就可以破除魔咒,一直到现在,产宁坂山脚还有一家卖葫芦的"瓢箪屋,大井人形店"。值得一提的是,这里还有一家培养艺伎的"本家"。游客花钱可以打扮成日本艺伎的模样去游清水寺。不过这些游客虽然身着艺伎的和服,脚着艺伎的木屐,头发也梳艺伎的发型,但是面上却没有抹厚厚的脂粉。日本的艺伎培养、表演传统的歌舞不知有没有被列入"非物质文化遗产"。不过在这儿我还真的遇见了几位日本艺伎,老伴还拍了几张我与日本艺伎在一起的照片,这门古老的艺术在日本也渐渐地少了,能与真正的艺伎合影真的是很难得。

我们的午餐是在一个相扑茶屋里享用的一次"京都汤豆腐定食"相扑餐。据说日本相扑手用这种餐后就由正常的人变成了大相扑,其实这相扑餐好似中国的肉片、豆腐、大白菜火锅,外加面条。吃完面条,可以再加豆腐、大白菜。这餐厅的一边有相扑手吃相扑餐前的照片,一个个原都是英俊清瘦的小伙子,对面是吃了一段时间的相扑餐后的照片,一个个变成了肥胖硕大的相扑手了。我们吃一次相扑餐是不会变成大相扑的。

我们又参观了京都的另一处世界文化遗产"金阁寺"。因为金阁寺是"聪明的一休"出家的寺，所以让我更加兴奋。"聪明的一休"因其电视连续剧在中国的放映而成为中国家瑜户晓的人物。

　　进入金阁寺的门票是一张纸符，上面写着"金阁寺舍得毁御守护，京都北山，鹿苑禅寺家内安全，开运招福，如意吉祥"。该寺因为舍利殿"金阁"特别有名，故被称为金阁寺，真正的名称为鹿苑寺，是临济宗相国派的禅寺。在镰仓时代这里原本是西园寺公经的别墅，叫北山第。室町幕府的第三代将军足利义满对此情有独钟，在应永四年（1397年）得到西园寺家的转让后，建造山庄——北山殿。以金阁寺为中心的庭园建筑被称为极乐净土世界再现于人间。这里不仅迎接过后小松天皇（一休禅师之父），并与中国明朝有过频繁的贸易往来，是为文化发展作出了贡献之地，这个时期的文化又特称北山文化。金阁寺的外墙贴有纯金的金箔。以金阁寺前房的镜湖池为中心，湖内分布了苇原岛等大大小小的岛屿以及当时各地诸侯竞相奉献的各种名石。惜西边的衣笠山作远景的这个庭园，是室町时代具有代表性的池泉回游式庭园。为日本国家级特别名胜古迹。方丈室北侧有一呈船形的"陆舟之松"，是京都的三大名松之一，据说是将军足利义满亲手所栽。

　　京都的西阵织会馆，陈列着各种日本的纺织品，琳琅满目，可以自由选购。那古老的日本织布机唤起了我童年的记忆。西阵织会馆的和服表演更让人领略了日本的和服文化。京都是一个美丽的地方,京都是一个神奇的地方,京都是日本文化保留最完好的地方,京都也是日本文化深深积淀的地方。

大阪城

　　大阪是日本的第二大城市。来到大阪,古老的大阪老城是不得不去看的地方。我们从下榻的大阪环球影视城PDRT 酒店出发,乘地铁来到了这大阪古城。大阪古城是一座石头城,它的城墙是由石头砌成,正像南京被称为石头城一样。大阪城的城墙保存完好,这石砌城墙的石头大小不是一致的。我发现城墙中有的石头大得出奇,我过去还没有见过这样大的墙石。大阪老城像所有的古城一样有一条绕城的护城河,这护城河比较宽,河水干净而清澈。护城河的河边种植了许多樱花,这绽放的樱花把绿色的护城河装点得分外妖娆。走进了城门,看见一个老者,一副武士的打扮,看来是一个日本武术的表演者,他的面前还有日本的刀、石锁等练武的器械。我们想这可能是一位卖艺者,上前一问才发现这位老者英文很好。他告诉我们他不是卖艺者,而是为了弘扬武术的武术爱好者,而且他的表演不收费。他说他愿意为我们进行一整套的表演,不过表演需 40

分钟左右。他不收报酬，既出力，又花时间，我们怎么好意思让他表演。但这位老者很有趣，说愿意为我们表演一段小的技巧武术，我们礼貌地驻足观看，很像中国的一段杂技表演。表演完成后，我们报以掌声，并提议与他合影，他欣然同意。看来这位老者在为有人欣赏他的表演而感到十分愉悦。从他流利的英语看来，是受过良好教育的。因大多数日本人讲英语时，不但只能说一点不连贯的单词，而且发音也不准。在日本遇到能说这么流利的英语的日本人我还是第一次。

日本大阪

离开这位武术表演者，我们进入大阪老城。在大阪市博物馆前的一片空地上可以看见一些民间艺人在这儿卖艺。有变魔术的,有表演武术的,有拉手风琴的,有弹吉他卖唱的,所有这一切都是有偿服务。我们买了几个冰激凌,然后坐在凳子上。一边吃着冰激凌,稍作休息,一边远远地看着这里的各类表演,听着人群的叫好声。

这里还有一个广场,好像教育系统正在那里举办一个活动。有人告诉我这里曾有个1970年的大阪世博会展馆,是木质结构的,世博后就拆除了。日本与世博会源远流长,1867年日本首次参加了巴黎世博会。1964年日本承办了东京奥运会,为战后日本经济复苏和飞速发展打下了良好的基础。1965年日本正式向国际展览局申办1970年大阪世博会。当时的日本经济实力已实现跳跃式的赶超,1968年跃居世界发达国家第二位。大阪世博会前几个月,彩色电视机在日本普及。借着媒体的威力,一场自上而下的世博运动很快兴起,媒体打出了"全家3口人,1万日元游世界"的煽情广告,日本国民的胃口被吊了起来。

1970年日本人口约1.04亿,大阪世博会参观人次达6 422万,这个纪录直到2010年才被上海世博会打破。全日本每4个人中便有一人离开自己的日常生活圈来到会展现场,人均入场次数为2.4次。

当时日本的参展单位,除了日本政府兴建的日本馆外,还有日本各行业协会、集团和企业展馆。其中参展企业最多的是电器厂商。东芝、日立等企业都建立了自己的独立展馆。汽车尚未普及,没有汽车厂商参展,只有这些电器厂商在积极地创造消费文化。为时半年的世博会,改变了日本这个国家的命运。在世博会上赢得了自信,树立了目标的日本人,把产业升级和质量监控放在了前位,开始重塑"日本制造"。举办大阪世博会时,日本虽然也是个出口大国,但少有品牌,一直处于产业链条的底端;世博会后不久,日本开始控制产品质量追求精工制造。"日本制造"终于成了商品品质的代名词,家电和汽车在全球的霸业渐成。这届世博会大大推动了大阪的交通,高档住宅,商业设施,旅游及文化交流场所的建设;推动了以大阪为中心的关西地带城市群的形成;对日本全国的经济发展和布局有极大的意义。想到我们中国改革开放以来经济的飞速发展,2008 年北京奥运会的成功举办和今年上海世博会的举办,与当时的日本真的有很多地方相像。大阪世博会是盈利的世博会,经济效益高达 1.5 亿美元,可想在当时世博会的投资是空前的。美国举办的几次世博会都是亏损的,旧金山、纽约、新奥尔良世博会均为亏损,新奥尔良世博会亏损达 1.2 亿美元。以至美国不得不取消预备 1992 年在芝加哥举办世博会,并且以后再也没有申请过举办世博会。预祝我们 2010 年上海世博会比大阪世博会办得更好,也一定会更好。

步出了大阪老城,眼前是一片樱花树林,这重瓣的樱花娇艳无比,我特地用数码相机拍摄了几个樱花的特写镜头,并在这片樱花林中留影。很多日本人,全家来到这里,在地

日本大阪樱花树下

上铺上塑料布,带上吃的喝的,在这樱花树中尽情地欣赏樱花,享受大自然给予他们的恩赐。这片樱花是樱花中最美的,它既不是垂柳樱,也不是染井吉野樱,而是山茶樱。樱花也有如此之多的种类,这无疑是一个很大的收获。

唯一遗憾的是,原本想去看一看我儿子曾做过交流学者的大阪大学医学院,无奈距离太远又不顺路,不得不忍痛放弃。也许家中那几张儿子在大阪大学医学院的照片,可以弥补这一缺憾。

道顿堀·白木屋·帝王蟹

　　道顿堀是大阪南部的一个标志，也是大阪人"吃叭下"饮食文化的发源地。道顿堀的街道狭小，沿途的小饭馆和酒吧间简直多得数不清。来到道顿堀已是傍晚，五颜六色的霓虹招牌，别出心裁的广告，装饰豪华的门庭呈现出一派灯红酒绿的繁荣景象。这儿又称道顿堀极乐商店街。道顿堀的后面便是一间间富有日本传统特色的饭馆。这些饭馆每一间都有半个世纪以上的历史，不少大阪名人也时常光顾这里，南岸是道顿堀中心区，以前曾是大阪剧场聚集区。

　　饥肠辘辘的我们一走进道顿堀街区，就被这满街的美食勾起了食欲。街头第一家便是蟹店，门楣上方是一个巨大的螃蟹模型，在霓虹闪烁中张牙舞爪，挥动着蟹螯，活动着八只脚爪，像是向我们爬来，更像是邀请我们进入店堂。好奇心让我们走进了这家吃蟹的餐厅，原来这里经营的就是大名鼎鼎的"帝王蟹"。

　　蟹店大堂有一个喷泉，下面放的是透明的水托盘，这水托盘里的螃蟹大得吓人,差不多有我们黄山晒东西的小"面盘"那么大。这些螃蟹全是活蟹,有的在横爬着,不时地举起双螯,吐出小泡,一副称王称霸的样子。我们仔细地看了一下,一只帝王蟹的价格都在一万日元以上,这帝王蟹是一蟹多吃,算上加工、服务等费用,吃一只帝王蟹要花很多钱。对于我和老伴这样节俭的中国人,只能是好奇,而无尝试的勇气,更何况这些蟹如此之大,我们两个人无论如何也是吃不完的。在街的那一头也同样看到了又一个张牙舞爪、霓虹闪烁的帝王蟹模型,但这诱人的帝王蟹再也激不起我们消费它的食欲了。

可是到了道顿堀总是想品尝一下这里的美食。有人告诉我这儿最有名的是"墨鱼烧"。我们决定去吃"墨鱼烧"。这"墨鱼烧"其实就是用淀粉做的炸丸子,这丸子的中间包有一小块墨鱼,吃到嘴里先是脆脆的,再是软软的,最后才是有一点嚼劲味道的墨鱼,这口味咸中带甜,我们只是当作点心吃一下。后来人们告诉我在中国北京、上海也有卖这"墨鱼烧"的。尽管中国有,但我们毕竟是在日本,在日本大阪最有名的美食街道顿堀品尝这最有名的"墨鱼烧",这才是地道的美食,这是其他任何地方都不能比拟的。道顿堀的美食真是多得看不完、数不清,只可惜我们无法将它们品个够。

与道顿堀相交的一条街道叫心斋桥筋商店街,是大阪最有名的购物区,它是在江户时期就形成的购物商业圈,距今已有 380 年历史,每天这里都热闹非凡。在长达 600 米的弧形天棚的商店街里,和服店、西式服装店、鞋类零售店、珠宝店、时尚服饰店,让人眼花缭乱,目不暇接。女同胞一走到这里,就速度放慢,频频掏钱,大有不掏空钱包,誓不罢休的架势。

这美食与华服,一穿一吃,正好在横竖两条街上结合得完美无缺,天衣无缝。中国有句古话说:"千里做官,只为吃穿"。起初,这商业区的设计者把吃穿放在一起,其中的精妙大概就是如此吧!

由于没有带照相机,没有能留影纪念,在这里仅仅吃了一点小吃,实在是有点遗憾。于是第二天我们又再次来到道顿堀。我们走进了一家叫白木屋的日本餐馆,坐下来点了几道日本小菜,还有一条鱼,要了瓶日本清酒,和老伴对饮了起来,要好好地感受一下日本的美食,体会一下日本餐馆的气氛。尽管这餐馆规模不算小,但每个包间小得可怜,几乎与一个小鸽笼无异。服务也还算不错,但桌子是矮矮的,坐在榻榻米上进食。日本清酒度数低,也比较淡,适合老年人饮用。一结账比我们预料的高很多。原来是我们没有点的菜,他们也上了,说这是必须上的菜,还要加服务费,这些都是我们事先不知道的。这是不是宰客?或是日本人的习惯?我们也无法了解,只是一餐饭多付了一些钱。后来我们才知道,白木屋是日本有名的连锁餐饮店。

我们住的酒店附近是大阪环球影视城,据说这影视城在全世界只有两个,门票要 1 万多日元,我们只留了个影,也不进去了。

返回中国我们仍然乘坐日航班机。大阪机场原来是建在海中的一座人造岛上,据说花了若干兆日元。日本的经济和科技实力是很强的。战后日本的宪法限制了军工生产,日本把大部分科学技术、人力、财力投入到民用,发展民用工业。日本有用陶瓷做的菜刀,这不同于用铁或不锈钢做的刀,它不改变肉类、水果、蔬菜的鲜味;日本的美容棒、面膜、化妆品在世界上是一流的;从东京到京都,到大阪,眼科医院、齿科医院随处可见,他们的医疗也是一流的。我路过丰田市,丰田汽车厂有自己的码头,这码头上放满了等待装船的丰田汽车。世界很多地方都出现丰田汽车召回事件,而日本国内丰田却没有,因为日本人给自己的产品永远是最好的,这是日本人告诉我的。

战后日本崛起了,这是日本人民卧薪尝胆、辛勤奋斗的结果。日本是一个美丽、整洁、环保、有序的国度,是一个国民素质较高的国度,是一个礼貌待人的国度。如果让我用两个字来形容日本,那就是一个十分"精致"的国度。

第二篇　美加行

到美国去

　　到美国去,很早之前不敢说,因为那时的美国和中国没有建交;早年不能说,那时因为口袋里没有钱,没有底气说;而现在中国人开始富起来了,加上签证的限制也少了些,尽管还是比较难,但是普通中国人还算能够说"我要到美国去"。

　　到美国去,过去可以说是一个虚幻的梦,对于生活在山城里的普通人来说,是一个真正的梦,醒来就又回到了现实中。我的女儿去过美国,不过那是工作,她公司的总部在美国的圣迭戈。她准备带我们老两口去美国玩玩,却未能成行。一是她因为忙,抽不出一段完整的时间;二是她有了时间,我因身体不适,不宜坐长途的飞机,还是不能成行。去年年底我的一位朋友刘昕和她的丈夫罗新生先生邀请我们夫妇和他们一块去美国。刘昕是新华社退休的高级记者,是北方人,为人豪爽大气,她的女儿已移民英国。有他们作伴,我们的子女也放心了,于是我们就报名参加了这个由很多离退休老新闻工作者的旅行团。这个旅行团有一个特别适合老年人的项目，即前往美国的一个老年人活动中心，参观他们的活动场所，了解当地人的晚年生活。这个节目无疑增加了我和老伴的兴趣，我们最终决定到美国去。

到美国去，最关键的必须拿到赴美国的签证。我们如实地填写好了所有的表格和准备好了相关资料，耐心地等待旅行社的通知。有人说世界上最难拿到的签证是去美国的签证。我想这也不假。自从发生过"9·11"事件以后，美国的签证也紧了起来。好在女儿到英国留学期间，曾带我们到欧洲旅行过两次，不过那是十年前的事了。那时出国的人并不是很多，英国的签证和其他欧洲国家签证，也不是那么容易拿的。不过我们两次都顺利通过了，在女儿的陪伴下，去了英国、德国、意大利、法国、西班牙……去了很多经典的名胜古迹和秀美的风景区，大开了眼界。这次能不能顺利地拿到签证，还不好说，我们只得耐心地等待旅行社的通知。

终于在2014年4月下旬的某一天，我们接到了北京青年旅行社的电话通知。因为整个团的人几乎都是北京人，只有我和老伴是安徽黄山人，所以必须提前赶到北京，到美国驻华大使馆面签。此时刘昕夫妇因其他原因不能参加这次旅行，这无疑让我们非常失落，因为这就意味着此行团队中无一熟悉的人。不管怎么说，团费已交，不好再退，和很多新闻界的先生女士一块去美国，也是一个不赖的选择。

好在北京也是我们常去的地方，我们儿子在北京某医院做外科医生。其实北京我们也有家，虽然是儿子的家，理所当然也是我们老两口的家。到北京办签证也不算太麻烦。

儿子是十分孝顺的，他提前到北京首都机场接到我们，又仔细地查看了我们的材料，又在网上查找了美国大使馆签证处的确切位置。因为他第二天有手术，不能亲自送我们，于是找到了他熟悉的司机朋友，联系好，让他送我们去美国大使馆签证处，这样他才放心。

这天天气很好，离签证集合时间还有一个多小时，司机如约而至。我们住在海淀区，怕路上堵车，所以提前量都算进去了，我们比预定时间提前了半个小时抵达指定的地点，实际上这是留学生签证服务处门前的小空地。这时还没有一个人来。春天北京的早晨，气温还是比较低的。司机朋友和我们下车看了一下，他又让我们回到车里，我们很奇怪，为什么又让我们坐回车里呢？他说："外面有风，很冷，我们在车里待会，等旅行社的人来后，我再回去。"简单的两句话，把我们说得心里暖暖的。

我们在车里待了十多分钟，司机朋友看到了有两位年轻人手里拿着材料，后来又有几位中老年人走过去询问。他们周边的人似乎多了起来，司机朋友让我们待在车上，自己走上去询问。后回到车里告诉我们："北京青年旅行社的工作人员来了。"这才让我们下车，直到把我们领到旅行社工作人员的身边，这才放心地开车离去，真的要谢谢这位司机朋友。

　　陆陆续续地来了四十几号人，都是来办去美国签证的，工作人员一一核对了我们这些人的姓名和护照，发给我们签证的注意事项。休息的间歇时间我们和一位八十多岁的老太太聊起来，这位老太太是一个人去美国，也没有老伴和子女陪同。一只手拄着一根拐杖，但精神矍铄。和她聊天才发现她可以说一口流利的英语。她告诉我们："老伴身体比她差，基本上不能外出了，而她身体尚好，虽然没有出过国，但很想去美国看看。"我们真的为这位老太太的精神所折服。老太太问我们去过哪些国家，当我们讲到其他国家时，老太太抿着嘴笑。当我们说到去过日本时，老太太本来微笑的脸马上严肃起来："日本我是不会去的！"老太太突然打断了我们的话，但她看到我惊讶的眼神，马上用缓和的语气说："你们不知道，日本鬼子占领北平时的情景我是知道的。虽然我那时还小，但对日本鬼子干的那些坏事，犯下的罪行还记忆犹新，所以日本我是不会去的，我恨死日本鬼子了。"我们明白了老太太，我们也理解了老太太。当年日本侵略者在中国犯下了滔天罪行，中国人是不会忘记的，尤其是经历了那一段当亡国奴岁月的老人。我们也不便过多地问老人一些事情，因为毕竟是刚刚见面。一个没有家人陪伴的老人，而且八十多岁了，能否拿到签证，不管怎么说，都有点悬。

　　旅行社的工作人员发给我和老伴一张打字纸，是教我们回答签证官问话要点的,也就是教你如何回答签证官的问话。我大致将打字纸扫了一眼,这密密麻麻的打字纸上,有二十几个问答题,真的让我们年近七旬的老人很难马上记下来,即使是年轻人也没有这过目不忘的本领,我们只有去碰碰自己的运气了。

按照旅行社工作人员的要求,我们排好队,这些老年人都是受过良好教育的,特别有教养,很有次序地根据要求,按号列队等待。不知怎么的,我突然感到自己似乎又回到了少年时代,回到了小学读书时刚刚入学的那个氛围,乖乖地听从老师的安排,十分听话。到了八点半我们的队伍开始很有秩序地穿过马路。这时我才发现我们的队伍仅仅是整个签证队伍的一小部分,前面还有一队一队的人,被安排在马路边上。进入了两边有栏栅的通道,这通道只能容一人通过。今天上午来签证的最少也有两三百人。签证的队伍不知不觉便成了长龙,我们在栏栅中随着人群慢慢地前进,好不容易走到了美国大使馆签证处门口,两个中国的武警战士威严地站在签证处的门外。每一个签证者首先向武警战士递上自己的护照,经确认是本人后,方可进大使馆签证处。走进这里才让人感到办签证竟和赶集一样,人是那样的多。在没有真正进入大使馆签证处之前,还必须通过安检。这里的安检和到飞机场登机一样,不仅要通过安检门,还要开包检查。我们也曾到过英国大使馆、德国大使馆、法国大使馆办过签证,但从来没有见过这种安检的阵势。几位老太太不无感慨地说:"美国大概被9·11事件吓怕了。"看到安检员那严肃的表情和一丝不苟的态度,真的让人哭笑不得。其实这中间绝大多数签证处的雇员都是中国人,从他们的脸上也看不出一丁点友善的表情,真的让人十分费解。

通过了安检,才被允许进入签证大厅,这里面有十几个窗口,人们依次分别在各窗口前排好队,人挤着人,在人与人之间都是用宽宽的带子隔离着,转来转去分流至各个窗口。头三个窗口是"导签窗口",这是我自己认为应该这么称呼的。在这里递上材料,工作人员告诉你应该去几号签证窗口办理签证。好不容易轮到我们递上材料,里面的工作人员递给我一个条,告诉我去最后两个老年人签证窗口,这是一个照顾老年人的一次优惠性的"政策"。老年人可以在签证窗口直接按指纹,减少了一个环节,减少了一次排队。其他人必须排两次队,先排队按完指纹然后再排队去签证。这时我才感到美国签证处这一比较人性化的安排。在工作人员的指引下,我们夫妇被带到老年人签证的窗口,这里人比较少也比较宽敞,边上还有靠背的椅子,可以坐着休息,工作人员比安检人员和气多了。我们仅仅坐了几分钟,就被叫到签证窗口。一对老人都只需一次面签询问,此时我和老伴看清了坐在玻璃窗内的美国签证官,这是一位女签证官,是一个美国人,约莫三十多岁,看上去没有什么表情,至少是看不出她的态度。她要求我们一个一个在窗前的一块有机玻璃上按指纹。开始我们什么也没有听懂，不知道她是什么意思，也没有听出来她说的是英文还是中文。当她重复第二次的时候，我听明白了，原来她说的是粤语口音很浓的中国话。好在老天照顾我，因为我曾在广州的中山医科大学进修过，很快适应了她这种广东口音很重的中国话。

我们第一次在那块有机玻璃上按手印，有时她要求我们用力按，有时又叫我们用大拇指单独按，我们都一一照做了，直到她满意为止。按指纹检查，我想象中不是《白毛女》中杨白劳按红印泥红手印，就是电视剧中犯罪分子用黑印泥按黑手印，结果不是手指被弄红了，就是整个手变黑了。这里在有机玻璃上按直接输入电脑，不仅科学也十分人性化，这一点改变了原先十分厌烦的情绪。

接着，签证官问我们两人以谁为主回答问题，我说："是我。"其实我心里也没有太大的把握，旅行社给的那二十几个问答题，全都不知丢到哪里去了。

"你们去美国做什么?"签证官问。

"去旅游，观光。"我答。

"你们在这之前去过哪些国家?"

"英国，法国，德国，意大利，西班牙，日本，新加坡等国。"

"你们有几个子女?"

"一男一女，两个子女。"

"他们做什么?"

"儿子是泌尿外科主任医师、教授。女儿是英国皇家特许注册会计师。"

签证官的脸上似乎不再绷紧,好像有一丝看不出来的笑意。

"这几年你们为什么没有出去旅游?"

"按照中国人的习惯,我们在家带孙子,现在孙子上学了,我们又可以出去玩了。"

这句话说得签证官也笑了起来。

"你们年龄这么大了,为什么要选择去美国?"

"正是因为老了,我们才想去美国。美国是世界上最强大的国家,如果这辈子不能看看世界上最强大的国家是什么样,这就会成为我们一生的遗憾。"

签证官笑了起来,笑得那么灿烂,笑得那么妩媚,笑得那么自然,笑得那么自信,笑得那么自豪。

"OK,祝贺你们签证通过了。祝你们在美国玩得开心,你们的两个子女是十分优秀的。"

"谢谢,谢谢你的夸奖。"

"你们的护照留下,这里有一个条子,请你们按照上面的时间和地址来取护照。"

在我们两位老人的眼里,签证官实际上也只是一位善良美丽的美国大女孩。

我今天把"世界上最强大的国家"这顶皇冠送给了美国

的签证官,让她乐不可支。我内心里将另一个词留着,留给我的祖国,这就是中国是最伟大的国家。伟大与强大还是有区别的,美国人对中文研究并不一定深,汉语实际上是世界上最博大精深的语言。

当我们走出美国大使馆签证处,旅行社的工作人员就迎上来问:"签证通过了吗?"我们笑着答道:"通过了。"

"我们准备的问答题,还有点作用吧?"工作人员问,我们愣住了。我们根本没有记着那模拟的问答题,签证官也没有问那准备好的问答题。为了不让旅行社工作人员失望,我们婉转地说:"准备的问答题,还是管用的。"旅行社工作人员笑了,我们也笑了。

我们招手搭上了一辆"的士",准备返回海淀区的家。不一会又路过一个大使馆,这个大使馆上飘扬的国旗过去没有看见过,问司机他说过去也没有在意,于是他放慢了速度从使馆前开过。

"这是巴巴多斯驻中国大使馆。"我们几乎同时说。我们都看清了使馆上的中文大字。这儿十分冷清,几乎看不见有人进去。

强大发达和弱小欠发达,区别竟如此之大。

大韩航空

　　知道大韩航空是在中央电视台的节目中,一架大韩航空的飞机在美国失事,机上坐着浙江去美国参加夏令营的学生。虽然飞机上大多数乘客脱险,但仍有两名女学生死亡。其中有一位女学生被抛出飞机但是并没有死,是在大量灭火的泡沫覆盖下被消防车碾压致死的。这件事在我的头脑中印象很深,从那时起,我对大韩航空就有了一个非常不好的印象。安全出行是最基本的要求,北京青年旅行社安排我们去美国坐的不是国航、东航、南航,偏偏是早在我心中投下阴影的大韩航空。航线是北京飞往韩国的仁川机场,然后再从仁川转机飞往美国纽约。虽然与上次大韩航空的最终目的地是不一样的。但要乘坐大韩航空的飞机是确定无疑的。我们也出过几次国,坐过好几个国家的国际航班,但从来没有坐过大韩航空公司的航班。至于旅行社为什么选择大韩航空,我们无从知道。是否机票便宜,折扣高,作为旅行团的成员是无法知晓的。既然参加了旅行团也就没有选择的权利，说句老实话，只有听天由命了。其实飞机作为出行的交通工具无疑还是安全的。

出团通知我们是在机场才拿到的，不过他们事先已在网上告知了我的孩子。

"请您在5月19日上午10时20分在北京首都国际机场2号航站楼二层4号门内集合。"

集合标志：领队举蓝底白字"欧美国际"旗帜。

领队：张威，联系电话139××××××××

航班号：KE856 北京——首尔（转机）

起飞时间：2014年5月19日下午13:20。

以下是相关联系电话和中国驻美国各使领馆联系方式。

看来旅行社考虑得蛮周到的。我们与大家还比较陌生，他们已是第三次见面了，相互比较熟悉。我们在外地没有能参加旅行社的相关介绍会，所以和大家比较生疏。领队告诉我们被编在三组，并把我们介绍给三组的组长。组长是北京某大学的教授，看样子是一位态度严肃，不苟言笑，似乎难以接近的人。他的太太则与这位组长性格不同，不仅十分开朗，而且易于接近，愿意帮助人。她和我们组长在一所大学工作。开始我们也感到有点别扭，整个过程中与这位组长没有讲过多少话。但后来我们发现其实他是一个十分负责的人，只是太内向了一点。无论登机，转机，清点人数，集中吃饭，景点游览，他都十分负责地照顾大家。

每次他的太太都走在小组的前头,而组长走在小组的后头,虽然他已年过七旬,但都十分尽职地当好小组长,这是后话。

领队发给我和老伴一条红黄蓝相间的背包带,这是让我们绑手提箱子的,这很像是我们系裤子的皮带,但它比裤带长,是帆布的。过去手提箱打绑带都是机器打的,而现在国际航班都改用这种包带来绑手提箱。原来现在国际航班安检更严格。每趟航班除了一般所必需的安检措施外,还会随机抽检旅客的行李箱,行李箱按规定一律不准锁上。这统一的背包带,让检查人员随时可以打开行李。由于背包带的捆绑,行李箱就不至于在旅途中被震开。看来使用这种新式的绑带,还是要好好学习一下。看到同行者都整齐的打好了绑带,我们俩难免有些着急。这时组长明白了我们还不会使用,就主动地前来帮忙,他仍然是不怎么讲话。领队也一边帮助我们,一边讲解,我们虽没有完全学会,但也知道了要领,在此后的旅行中,我们不仅学会了,而且我还打得有模有样,不仅得到同行的好评,还得到了老伴的称赞。

我们整个赴美旅行团,经过严密的安检,终于登上了大韩航空公司的航班,这是一架波音 747 大型客机,飞机的尾部是大韩航空公司的标志,这是一个中国人称的"太极鱼",是中国八卦图的中心部分,实际上韩国的国旗在我看来和中国易经的八卦是一样的,有没有其他差异,我实在说不出来。大韩航空公司的航班给人最明显而且最吸引人的是大韩航空的空姐。第一是空姐的服饰，第一眼就给人凸现了她们的民族特色。她们的服装是改进和改良后的民族服装，虽然有着现代空姐服装的主要成分，可显而易见的是韩国民族服装的元素仍体现在其中。她们的围脖也毫不掩饰她们的民族风格。她们的发型完全是韩国女性的发型，头发向后梳，在脑后挽一个发髻，发髻中穿过一根很大的簪子，颜色都很淡雅。所有空姐的簪子插在脑后的角度都是一致的，而且簪子的长度都大于头型的直径，显得那么醒目，让人一看就知道是韩国的空姐。我们中国各大航空公司的空姐服装说不出有什么特色，而大韩航空的空姐这民族特色明显，又有现代化的空姐服装的设计，实在比我们高明不少。

　　一踏进大韩航空的机舱，迎面而来的是韩国空姐春风般的微笑，这微笑显得那么自然而亲切。一般说来，空姐的微笑应该是专门训练的，很明显地带有职业微笑的成分。恕我直言，这种职业的微笑看多了，就会发现它的假，它的勉强。最让人常见的是两个动作，一是将眼睛微微地睁大一下，然后抿起嘴，嘴角用两腮向左右轻轻地拉一下，你看到的是一瞬间的微笑，不超过十秒钟，这种机械的笑就消失得无影无踪。韩国空姐的笑却是那么的自然，这里当然也会有职业微笑的痕迹，但让你很难看出来，这种公关微笑的训练看来是十分高明的。

大韩民族是一个出美女的民族,大韩民族也是一个出贤妻良母的民族。有西方人士就说,娶妻应娶韩国人(朝鲜)。同样的,韩国整形外科在全世界也是最有名的,韩剧中的主角大多数是整形后的美女俊男。我的职业是一个眼科医生,有时也做整形手术,但韩国的整形外科的确有不少过人之处。

　　我仔细地打量了一下这些韩国空姐,脸型大多数是瓜子脸,都是相当级别的美女,她们的鼻梁都生得比较挺,挺得恰到好处。我发现其中一位的鼻子和某西方女明星的鼻型完全一样。这结论是在坐定很长时间仔细观察才得出的,这也是我作为医生的职业观察。

　　她们用英文、韩文、中文向乘客问好,然后用优雅的姿势将客人引导到座位并在座位上方放好行李。飞机是宽体的,两边都有过道,整个机舱整洁,清新,不亚于让人有进入星级宾馆的感觉。这些就给人一个良好的初步的印象。

　　从北京飞往仁川机场空中的时间是三小时零五分钟,飞机飞行平稳,空姐有条不紊、彬彬有礼地为乘客提供服务。我发现她们的服务规范而又十分人性化。有位乘客也许是首次乘坐这种飞机,对座位前的多功能视频无法使用。听到按铃,一位空姐面带微笑走来并十分耐心地一遍又一遍地教授使用方法。也许是存在一定的语言障碍,教了很多遍,乘客仍然不能掌握。直到这位乘客能使用并且十分满意后,空姐才离开。可是仅仅过了十几分钟,这位乘客又按铃请求空姐帮助,空姐仍然面带微笑,十分客气地来到这位乘客的面前。原来这位乘客又因操作不当,看不上要看的节目,也听不上要听的音乐。空姐一点也没有厌烦的表现,仍然耐心地手把手地教这位乘客。这位乘客是一位老太太,也许年纪大了一点,接触电子产品比较少,也没有子女在身边,所以会遇到这种尴尬的局面。而空姐的耐心与和蔼可亲的态度,不厌其烦地敬业精神深深地打动了我。此时我才发现空姐一直是单跪着一条腿,这么长时间地帮助乘客。可能是这位乘客老太太还没有发现空姐是一直跪着为她服务的,她仍然喋喋不休、唠唠叨叨地问个不停。尽管空姐也许根本就没有听懂她的话,却看不出空姐有一丝半点不耐烦。老太太是坐在航空椅上的,正应了中国人所说的话"坐着说话(靠着说)不腰疼"。老太太总算说完了,大约这回真的学会了,那位为了方便与老太太交流的空姐一直跪着,这种跪式服务真的太让我感动了。看着空姐慢慢地站起来的动作让人感到这跪式服务的辛苦,但空姐那春风般的笑容不得不让人佩服她们良好的素质,这也包括心理素质、文化素质。亚洲很多国家都受过汉文化的熏陶和影响,这里包括日本、朝鲜、韩国、越南、新加坡等诸多亚洲国家,这里服务无不包含有敬老的成分。我觉得大韩航空公司的服务是良好的,这与公司的员工培训和教育有着深刻的关系。

飞机很快就要到仁川机场降落了。仁川机场实际上是韩国首都首尔的国际机场,从仁川机场到首尔还有五十多公里,仁川这个地名我是从"韩战"的"仁川登陆"而得知的,这是当年抗美援朝战争中的一个著名战例。从飞机上俯视仁川,这也是被很多丘陵环绕的海边城市,这里的地形地貌似乎与中国没有两样。飞机慢慢地降低了高度,机场的航站楼和停机坪上的飞机越来越清楚了。飞机着地了,在跑道上由快渐慢地滑行。韩国到了,仁川机场到了,飞机着落在韩国的土地上。我们来到仁川只是换乘飞机,换乘另一架由仁川飞往纽约的飞机。我们所有的乘客都下了飞机,大多数乘客是前往韩国首都首尔的,而我们换乘去美国纽约的乘客还必须在航站楼等待三个小时又十五分钟,换乘

韩国仁川机场

KE085号航班继续飞行。我们的行李是直接从北京托往纽约的，因此不需要再办理行李上下手续，我们仅仅是拿着自己的提包走进了航站楼换乘区间。严格地说，我们只是在空间上到了韩国，因为这航站楼建在仁川的土地上，但从法律的意义上说我们并没有进入韩国，因为我们没有办理韩国入境手续，仅仅是中转而已。

仁川机场的中转区其实也是很大的，虽然没有北京首都机场大，也没有北京首都机场装潢考究，但它简洁明亮，干净而气势不凡。中转区有很多登机口，领队要求团队每一位团员必须提前半小时到达登机口。并告诉我们要记住走的方向，要求我们不要购买东西，因为我们从美国返回还要到仁川机场中转，到那时再买不迟。大家都明白这个道理，不仅旅行时带东西多很不方便，而且到美国入境也要增加麻烦。队伍解散后，我们随着人群三三两两地进入了转机区。这里有一块很大的电视屏，上面有仁川到世界各大城市航班号、登机口、登机时间，不断地滚动显示。这是每位乘客都必须关注的。从这个显示屏一转弯就进入了购物区，第一个进入我们视野的是几个很大的商店。这里的服务员都穿着自己民族的服装，艳丽而又堂皇，带有鲜明的民族特色，让你感到目不暇接。这些售货员与空姐相比缺少的是端庄大方，文静幽雅，而多的是热情奔放，像燃烧的火。这里有颜色和形态各异的民族服装，有各种美容产品，还有糕点、咖啡、冰激凌、汽水等饮料和特色食品，当然少不了韩国泡菜。对于泡菜我很早就熟悉的。中国有名的是四川泡菜。记得我小时候,父亲从有关资料中知道了四川泡菜的做法,就买来做泡菜的坛子,将白菜杆、刀豆、萝卜、生姜和盐、冰糖、花椒等放在泡菜坛子里,盖上盖子并在特制的水槽中注满水,目的是与外面的空气隔绝。这四川泡菜也是十分可口的,香脆酸甜适中。我记得四川泡菜要冰糖,但不知道韩国泡菜的制法,这是他们民族的特色菜。韩国泡菜风靡世界,可惜的是我们的四川泡菜就不那么出名了。中国是一个出美食的国度,也许是美食太多,反而在世界上出名的不多。比如浙江的金华火腿,云南的宣威火腿,由于世界上各国的卫生标准不同,因而限制了它们的传播。也许是因为各国各民族的饮食习惯不同,所以没有被外国人广泛接受,这是十分可惜的事情。

我十分留意地看了一些商品的价格,开始以为是韩元标价的,本想买两个韩国的饼尝一尝,没想到全是美元标价,价格差不多是同类中国商品的十几倍,真的让人吓得不轻,结果我们什么都没买,转来转去又回到了登机口。我们的同伴有的去喝了咖啡,原来这西方流行的咖啡并不贵,仅仅比外面的咖啡稍稍高一点。可惜我们以为这咖啡和其他商品一样,价格高得离谱,不敢问津,结果上了大当。虽然嘴有点干,因为下飞机已超过两个小时了,但上了飞机,机上可以提供免费的饮料,还是划得的来。

很快我们又开始登机了,这是另一架相同机型的大韩航空的飞机,起飞的时间是十九点三十分。实际上北京与仁川的时差是一个小时,北京飞往仁川的空中时间只是两个小时而已,而仁川飞往纽约的时间是十三个小时。由于时差关系,我们这一航班降落纽约肯尼迪机场的时间是纽约时间二十点四十五分。这是一次夜航,这么长的时间单单坐在座位上是肯定吃不消的,要踏实地睡一觉也是不可能的,有的人选择了观看座位前的影视节目,这里的节目可供选择的,也不过是二三十个。节目的语种主要是英语、汉语、韩语、日语或者汉语字幕。我开始还是有点耐心地看节目,可是时间稍稍长一点,人就感到十分的疲乏,腰就有点酸,背也有点疼。看节目是戴耳机的,不会影响别人。有少数乘客还在低声地聊天,很显然他们要不就是同学、朋友,或者就家人。

空姐仍然准时地在过道上巡回,不时地为乘客提供饮料服务。她们有时十分细心地为已进入梦乡的乘客将已滑落下来的毛毯盖上,有时将没有收起的小桌板收好,应该说服务是细心而又周到的。从飞机的舷窗向外也看不到云层,又没有月亮,应该说窗外也无景物可看了,大家不自觉地或者知趣地拉下了飞机的窗帘。后来飞机主要的照明灯也熄灭了,剩下的是光线较暗的灯。很多乘客都闭上了眼睛或闭目养神或稍稍假寐。我身边坐着的是一位年轻人,他还在打开的手提电脑上查看着什么资料,资料是英文的。年轻人似乎长着中国人的面孔,我想离开座位,说了一句:

"请让我过去一下。"但他好像一点也没有听懂,一脸茫然的样子。我还没有弄明白,他的一本什么书滑落了下来,一看是韩文的书。我才明白他不是中国人,听不懂中国话。不过他已明白了我的意思,友善地笑了笑,然后起身让我过去,显得那么彬彬有礼,这是一位很有教养的韩国青年。我猜测他可能是去美国留学或到美国就业,我们语言不通无法交流,其实初次见面也不应该过多地去问别人的私事。但他明白了我是中国人,后又试图用中文和我做一点简单的交流。恕我直言,他的中文发音实在不敢恭维,我只能勉强地听懂几个词和断断续续的句子。他十分抱歉地对我笑了笑,我只好用我的笑容对他表示谢谢。

乘客们都有些困了,大多数裹上毛毯尽量地想办法睡一下,也有几位时髦的西方女性穿着短裙一点也不在乎是否要加盖毛毯。我的老伴感到十分疲乏,已幸运地入睡了。因为三年前我脑梗过,我做医生的儿子特别关照我在长途飞机上一定要隔一段时间走动一下,以免下肢形成血栓。所以我差不多是四十分钟就离开座位,从飞机的过道走到飞机的尾部,再从另一条过道走回来。因为大多数乘客都已入睡了,空姐服务的次数也减少了,所以来回走动也很方便。虽然人有些困,但是这隔一段时间的走动我也不敢停止,实际上也有很多好处。机舱的尾部有咖啡、橙汁、矿泉水,随时可以食用,还有一些饼干和小点心也是可以随意食用的,所以走来走去不渴也不饿。如要用厕,两侧的卫生间

68

也十分方便。

不知是走来走去太单调还是个人的好奇心,我开始观察飞机上的旅友们。这里有黑人,有黄种人,有白种人。肤色各异,面容各异,服装各异,睡姿各异。我心里有一丝自豪感,感到自己在"人类学博览会"参观,远比任何博览会更近距离,看得更仔细。还可以反复地看,来回地看,任何人也不会干涉你的行动,也没有任何人觉得不妥。

飞机在高空中飞行,没有气流,没有颠簸。飞机的发动机低低地、均匀地轰鸣,这声音并不大,是那么的柔和,那么的单调,仿佛成了催眠曲、小夜曲,让人忘记了是在飞机上。我每隔一段时间就在飞机两侧的过道上走一遍。

我发现一位中年的东方人,一直低头在认真地看一本书。这本书中夹有一支铅笔,不时地被他拿起来做做记号。尽管在机舱里的乘客大多未穿西装,也多脱去了外套,而这位东方人一直是西服领带正襟危坐,专心致志地读书?他的头发梳得特别整齐,一丝不乱,显然是打过了摩丝。每走过他身边一次,我都留意地打量他一番,这个人是哪国人?为什么一直都这么专心致志地读书,当我再一次走过他身边时,正好看到了这本书的封面。这位先生将书轻轻合上,稍微休息一下。那支铅笔正好夹在书中,那是他看过的地方。我才看清了是日本著名的企业家稻盛和夫的传记。因为日文中夹有很多的中文,我毫不费力地看懂了他所阅读的书名。一本书吸引了一个人彻夜不眠地阅读,那么认真地阅读，也许他不是在阅读一本普通的书，而是在阅读一本他心中的圣经，人生理念的圣经，人生战场搏击的圣经。这位应该是一个管理者，事业上的成功人士。我成了整个机舱里来回走动、彻夜不停的旅客，我是为了自己的健康；他成了整个机舱中彻夜读书的求知者。真的不得不让我对这位日本人肃然起敬。他的衣着一直很整齐，他的头发一直很整齐，他的坐姿一直没有改变，这不得不让人惊异。

　　人们对我是如何评价呢？我一直是一点也不知道，直到在美国旅行了几天后，有人才开玩笑地对我说："你就是那个整夜不睡，在机舱过道中走来走去的独行者。"正是我奇怪的举动，让大家记得了我，而我自己还以为大家都睡着了。实际上我也是为了防止下肢血栓才这样的。我没有解释，也不便解释。这古怪的行为竟让大家都记住了我，这也是好事啊！

　　机舱的灯又亮起来了，空姐们用托盘盛了热毛巾，递到座位上，让我们擦脸，这也算是洗脸了。毛巾是热的，擦洗在脸上感到很爽快，毛巾还带有香水味，这让人感到这种服务真的十分周到而且温馨，连细枝末节都想到了。用好了飞机上的夜餐或者应该叫早餐——因为时差的原因，我也说不出来是什么餐了——不管叫什么餐，吃饱了肚子不饿就行，吃了舒服就行。

　　我们听从了广播的指令，收起了小桌板，系好了安全带，飞机已经下降了。飞机的发动机几乎听不出什么声音，我打开舷窗的窗帘，努力地往下看，因为我们将要降落在全世界最著名的美国纽约肯尼迪国际机场。但看到地上并不像新加坡樟宜国际机场、北京首都国际机场那样灯火通明，十分壮观，这里只能看到点点微弱的灯火。这里真的是纽约肯尼迪国际机场吗？这个无璀璨可言，说得不好听一点，差不多黑灯瞎火的城市就是鼎鼎大名的美国最大的城市纽约吗？

纽　约

　　纽约曾经是世界第一大城市,中国人都曾看过著名的电视剧《北京人在纽约》,至少对这个世界大都市并不陌生。可是我到了纽约才知道它还有一个别称"大苹果"。据说纽约起初只是一些居民共同居住的地方,由于生活十分艰辛,很多人到乡下郊区从事水果种植。主要是种苹果,然后将自己生产的苹果再拉到市区来卖,以维持生计。世界最著名的金融区曼哈顿也是兜售苹果的集市,纽约的苹果于是出了名,纽约也就有了这么一个雅号——"大苹果"。虽然纽约现在是美国最大的城市和金融区,但"大苹果"的叫法仍然给人亲切可爱的感觉。

　　初到纽约的印象,这不是一个灯火辉煌的城市。不像我看到过的伦敦、巴黎、巴塞罗那、东京、北京、上海,那些城市在我的眼里从空中鸟瞰简直是一个不夜城,灯火璀璨、流光溢彩。也许是肯尼迪机场离市中心很远,也许是美国要求环保节能,虽然可以看到一排排整齐的灯火,但都显得那么昏暗,这与号称世界最强、最富有的国度的形象似乎差得太远了,这是我对美国的第一印象,确切地说,是对美国纽约市的第一印象。

走下飞机,当我走进肯尼迪国际机场的航站楼,第一感觉这里的一切都显得很陈旧,比起北京首都国际机场和上海浦东国际机场明显逊色多了。不如我头脑中想象的那样,是因为肯尼迪国际机场比上海浦东国际机场、北京的首都国际机场建得早,陈旧一些也是情理中的事。

我们走进了入境大厅,这里照样要排队,尽管入境检查的窗口很多,但依然要排很长的队。每个入境口都有边检官在查验护照,核对指纹,询问有关问题,然后才会盖章放行。不知道为什么,这儿边检官中黑人的比例比白人多。黑人的个头一般都比较大,看起来给人也有压力,看来用"黑将军"把国门,也是美国的一大特色。差不多到了半夜才轮到我和老伴到入境窗口,入境边检官似乎也十分疲倦了,他简单地询问了我们几个简单的问题,就将我们的护照在电脑上刷了一下。然后要求我们分别到那有机玻璃上按指纹,看来没有什么问题,他也没有说什么。现代的科技太发达了,我们在北京美国大使馆签证处的所有信息,包括指纹信息都呈现在这位入境检查官的眼前,人的指纹是唯一的,这是确认一个人的真实性的独特证据。这些检查完了,他又让我们对着视频的摄像头,再给我们各自照相,这才算检查完了。随后在我们护照上盖上入境章,并签上字递给我们，微笑着挥了一下手，让我们走过入境口。看到他疲惫的面容，深感这个岗位权力虽大也说不上是美差，而且入境签字就意味着如果有了问题，还有一个倒查机制，不能不说是责任重大。提取了行李还要入境安检，我们也没有什么违禁品，顺利地通过了。我们跟着领队的旗帜集中到一处休息，但还不能走，还有一个团员不知什么原因没有通过入境审查，不仅不能入境，还和一班人集中关到了一个单独的小房子里。领队要大家耐心地等，可是这已是下半夜了，这么长的空中飞行到现在还不能去酒店休息，大家自然心里不愉快。团里有人不能入境也难怪领队着急，他跑来跑去地去询问，我们只能是等，这时眼皮都打架了，但又有什么办法呢？过了四十多分钟，那名未入境的团员被领队领来了，此时大家才松了一口气。其实这位游客也没有手续不全的问题，据领队说美方对每批入境者都会从其中选择一二个暂不放行，集中到一起，在仔细询问后才准入境。是入境者有什么不对吗？也不是，只是入境检测官随机扣留复查。说白了看谁不顺眼就扣下谁。这大概是一种心理战，扣下的人员关在一间小房子里，询问半小时后才决定是否放行。其实领队多次往返美国，早已司空见惯了，这种做法实际上明显含有歧视。除了美国自以为是世界老大的地位，还可能有"9·11"事件后国土安全的考虑。这是不可苛求的，中国人也有"一朝被蛇咬，十年怕井绳"之说。

我们的地陪导游和接客的大客车已等候多时了。美国的地陪导游是一个小个子的美籍华人,一位三十来岁的女性。我们上了车,领队向我们说明了有关的注意事项,地陪导游告诉我们今天要去的酒店,这时我才知道今晚我们并不住在纽约市,而是到邻近的一家新泽西州的酒店。大家因为劳顿早已无精打采,靠在车子座位的靠背上稍稍休息。旅游车开动了,路的两边是两排十分昏暗的路灯,而且灯与灯的距离比较远。路虽然看不清什么样,但感觉并不太宽,还有些颠簸。看来说不上高等级,这是我对纽约市的第一感觉。此时我们也是真真切切地踏在美国的土地上。至于为什么舍近求远让大家住进邻近的新泽西州酒店,地陪毫不讳言纽约的酒店太贵,但不是为大家节约团费,而是为旅行社提高利润。总之大家都累了,也没有心思去想这些,大家不知不觉穿过了一条隧道,又行驶了一段时间,总算到了新泽西州的一处酒店,很快地都安睡下来。

这一晚由于旅途十分困顿,睡得也比较沉。叫早的铃声将我们叫醒,匆匆洗漱完毕,我们就都到楼下就餐。电梯并不大,显然这仅仅是一个小旅社而已。

早餐还算丰盛,有鸡蛋、肉肠、面包、牛奶。因为是自助餐,填饱肚子是没有问题的。好在过去也吃过西餐,倒也习惯了这种用餐方式。也许是体力消耗较大,所以早餐吃得比较多。老伴感到很奇怪,难道是美国的西餐很好吃,对我们的胃口?其实不是这样的,是因为饿了才感到好吃,才吃得多，这很正常。今天我们会驱车前往纽约市的曼哈顿，乘船观赏具有美国国魂标志的自由女神像，参观翘首金融界的华尔街，誉满全球的联合国总部大厦一层，名牌遍布的第五大道，气度非凡的洛克菲勒中心广场，撩人眼目的时代广场、百老汇大街和世贸大楼遗址。这些地名和景点的风貌可以说在画报上、图片上、杂志上、报纸上几乎都见过，但今天我们就要身临其境，目睹这些世界最著名的景点。

我们的旅游车，经过了长长的隧道，又从新泽西州回到了纽约市，来到了闻名遐迩的曼哈顿。曼哈顿高楼林立，我们第一感觉是街道很窄，车或人显得都比较挤，昂头向上看就好像进入了两山夹缝中的大峡谷。街上的人们来去匆匆，显得比较忙碌。在街头我们也看到一排排有着楼梯并面向街道的房子，这些房子比较陈旧。经由面朝街道的阶梯上去就有一个门，进了门就进了家。通常都是三四层的建筑，阶梯的两侧有两个门，是对着倾斜后下的坡，门显然是通往地下室的。这种建筑我们在《北京人在纽约》中见过，也许很多镜头是在这里拍的。沃尔特·惠特曼的一首诗才能形象地概括这个城市的风景，"这里既有陋室又有广厦，喧嚣，匆忙，活力又跃动"。纽约市就像一首交响曲，令人筋疲力尽但又变化无穷。

我们终于来到哈得逊河畔，眼前显得开阔多了。哈得逊河水漫不经心地流淌，我们看到著名的布鲁克林大桥。

这在当时世界上被称为第一座吊桥,形容为"至高的装饰""双层的彩虹",如果能步行穿过布鲁克林大桥将是十分的荣幸。现在的中国也有很多吊桥,有的比这座大桥壮观得多,不过毕竟这是最早建的世界第一座大桥。布鲁克林大桥的两边有很多的绿化带,这些树木种植得比较优雅,路两边有一排排靠椅,可供行人小憩。行人中有匆匆步行的路人,有挽着双臂的情侣,有打打闹闹的孩子,还有跑步锻炼的年轻人,或用轮椅推着老人的年轻人,真是一幅和谐的百姓生活画面。十分奇怪的是在路边还有铁架和铁丝网围起的台式的空中场地,有的人在这里做着各种高难度的动作,是在玩杂技还是在练功夫,我实在看不懂,大概这些人是在这里做一种什么锻炼。哈得逊河边停有一艘巨大的军舰,据说是一艘废弃的航空母舰,远远望去还可以看见甲板上停有好几架飞机。听说中国驻美国纽约总领事馆就在这航空母舰对面的街区里。

我们上了游轮开始了哈得逊游览,我们的目的是看自由女神像。自由女神像无疑是纽约城市的标志,是普遍视为机遇和自由的象征。1871年法国雕塑家来美选址,设想建一座纪念碑来纪念法国与美国共同的共和原则。回到巴黎花了十多年的时间设计打造出这座高151英尺的"自由照耀世界"雕像。随后自由女神像被用船运到纽约,安放到港口的一个小岛并于1886年与公众见面。我不知道这"自由女神的雕像"是按法国女郎,还是按美国女郎的形象塑造的。我们的船在哈得逊河上行驶,船头溅起白色的浪花时而溅在甲板上游客的身上,船舱里不断地几乎与船行同步地介绍哈德逊河两岸的景色,与各种典故和故事,主要是英文介绍。船上有个摊位,是专门为游客拍摄实景和与自由女神合成相片,价格比较昂贵,也没有多大的意思。自己带有数码相机拍起来也自由方便得多,这个冤枉钱也不用花了。游船来到自由女神像的下面,原来在远处看来很一般的自由女神像到她下面看却显得十分高大。自由女神昂着头,一手捧着厚厚的书。她的双脚下是被挣断的铁锁链。我深为自由女神这高大的雕塑而震撼。游船绕着自由女神像转了大半个圈,速度放得很慢,显然是两个目的,一是让大家仔细地观看一下塑像,还有一个目的是让大家可以抓紧时间照相。然后我们的游船前往埃利斯岛。

听着埃利斯岛的介绍,让人不能不感到美国有今天这样的富裕和强大,包含着多少时间以来各地移民的艰辛、血汗和苦难。从 1892 年至 1954 年,埃利斯岛一直是 1 200 多万想在美国开始新生活的移民的中转站。那时医疗卫生水平比较低,检疫工作还不知如何展开,所以想进入美国就必须先在埃利斯岛关一段时间,没有发现传染病才准许上岸进入美国。有人称这是移民的监狱,诚不为过,这其中有多少人就在这所谓的中转站中默默地死去,终究未能进入美国去圆那移民的梦。这种方法简单而粗暴,也有百分之二的移民，最终被拒绝入境。还有被贩卖到美国的黑奴更是生活在美国的最底层，连最基本的人权都没有。美国今天的繁荣应该包含有这些人的劳动、血汗和苦难。埃利斯岛上的移民站现在已被修缮一新，这里常放映有关移民的经历、移民的流程以及移民潮如何改变美国的影片。美国总算没有忘记这些为美国早期开发贡献了体力、智力和生命的移民。这不觉让我想到自由女神像脚上断裂的铁锁链，世界上任何美好的生活都是来之不易的。

　　曼哈顿的华尔街是不能不去的地方，这儿是美国的金融街也是世界金融中心。华尔街既是一条真实的街道同时也是美国的金融界的总部代称。2007 年末到 2008 年初的世界金融危机让曾经叱咤金融界的雷曼兄弟、贝尔斯登等老牌银行倒闭，令成千上万的员工失业，最终浴血重生。不过在公众的心目中华尔街一直都是目光短浅的贪婪与堕落、不负责任的代名词。华尔街不长也不宽，而且地面还是斜的。就是这样看起来不起眼的街道却影响到全世界的金融业。华尔街中心的铜牛是必须见识见识的。"牛和熊"是代表金融股市的两端，牛市就是看涨，熊市就是看跌。华尔街的铜牛十分有名的原因是它代表了股市的上涨，又称之为牛市。所以华尔街上只看到一头健壮无比的公牛，头稍稍低下，浑身肌腱突出，看起来真是牛气冲天。牛的犄角和牛头的部分被人们摸得金光闪闪。大概人类想发财致富的心都是一样的，故华尔街的铜牛边挤满了与之合影的人，他

79

们来自世界各地。

时代广场与剧院区是不可不看的。这里处于曼哈顿地区的正中央,时代广场五光十色,广告牌和闪烁的标语仍然是许多外地人心中纽约的形象,没有什么比新年夜在时代广场降落水晶球更有世界性的标志意义。第一次水晶球降落是100年前的事了,这正如中国春节联欢晚会每到零点新年钟声在各地鸣响、鞭炮齐鸣一样,虽然表达的方式不同,意义却是一样的。不过美国人不怕辛苦,不畏寒冷,老早的站好位置,等待着新年到来的时刻。剧院区"蜘蛛侠""变形金刚""机器人"不时地邀请你与之拍照,不过这可是要收费的。这里还有米老鼠、唐老鸭、剧院区最著名的是百老汇剧院,白天很多年轻人成双成对地坐在剧院的台阶上谈情说爱。我记得当第二次世界大战胜利的消息传到美国的时代广场时,一位美国水兵忘情地拥抱住一名女护士深情地一吻,幸运地被拍成了照片。这张照片很快地传遍了世界,被称为"胜利之吻"。不是水晶球而是"胜利之吻"让我记住了时代广场。

联合国总部所在地其实是一片国际领土,但在成立联合国时,联合国总部大厦建在何处是个问题。此时洛克菲勒财团财大气粗,就将在纽约中心地带的一大片土地赠给了联合国,于是这个世界组织才有了立足之地。后来在这里建起了联合国总部大厦,这片土地从此不再属于美国领土而是联合国领土。虽然不属于美国,但联合国总部建在纽约,这对于美国的好处,对于洛克菲勒财团的好处是不言而喻的。老洛克菲勒应该说非常有远见卓识。联合国总部大厦前面按字母顺序插着各国的国旗,但没有电视和照片上的好看,因为很多旗变旧了,褪色了。原来是可以参观联合国总部大厦一楼的,因为一楼正在维修只能作罢,这也许是一次失不再来的机会。

世贸中心的遗址记录着美国人民永远的痛。美国引以为豪的双子座大楼,在恐怖组织劫持的两架飞机撞击下轰然倒下,三千多名无辜的生命瞬间消失。在2001年9月11日恐怖袭击事件的世贸中心遗址上重建的工程现在已部分完成,这片占地16英亩的地方有一半用来缅怀"9·11"事件中的遇难者,让历史铭记。剩下的将被办公楼、一个交通枢纽以及表演艺术中心占据。纪念馆的重点是位于原双子座北塔和南塔遗址的两座大型瀑布水池。水池四周的铜墙上铭刻着在恐怖袭击中罹难者的名字。数百棵沼泽白橡树为这片遗址遮阴蔽热。耗资三十亿美元修建的世贸中心一号楼也被称为自由之塔,是"9·11"遗址的标志性建筑,装上楼顶的天线塔将达到1 776英尺,使这座大楼成为全美最高的建筑。

纽约,你曾被人称之为"大苹果",但我们不能仅仅看到苹果的美丽,还应看到你是苦难、勤劳、奋斗的成果。虽然现在纽约显得有点陈旧,但这些历史让人难以忘记。有人说曼哈顿的建筑不如上海陆家嘴漂亮,哈得逊河的游览比不上黄浦江夜游,从眼前的现实看,确实如此,因为纽约从 20 世纪 80 年代后就没有新的建筑了。但用历史的眼光看,这个"大苹果"还是有生气的,它的生气就存在于旧的建筑与事物之中。

费　城

　　费城是宾夕法尼亚州一个有着 145 万人口的城市,这里曾经是英国殖民帝国的中心地,也是终止其殖民统治精神和思想的发动机,现在依然能稳坐东海岸文化中心的头把交椅。费城的独特之处是美国宪法的诞生地,也是最早的美国首都。更奇特的是我们在中学物理书中读到的著名的避雷针就是由富兰克林发明的。到了费城我才知道富兰克林也是一位政治家,是美国《独立宣言》起草人和签署者之一。他是与美国的华盛顿齐名的开国元勋(富兰克林就是本杰明·富兰克林)。在富兰克林庭院的地下博物馆展出了富兰克林的发明,以及他在其他领域的杰出成就(政治家、作家、记者)。他本来可以成为美国的一届总统,但他没有去做。他在美国独立建国以及在科学、文学等领域的贡献让他享有与美国历届总统同样的荣耀。那庭院中间指向蓝天的长长的避雷针是他的一大发明,至今各种类型的避雷针都是按照富兰克林的避雷针原理去做的。他虽然没有担任总统，但他的人格、才学、成就仍然受到人们的崇敬。就这一点来说，他应该在林肯、华盛顿之上。费城是美国政府的诞生地，1776年7月4日来自全国13个州的代表就是在这里通过了《独立宣言》。费城曾经是大英帝国的第二大城市（第一大城市是伦敦），但却成了反对英国殖民政策的中心城市。在独立战争爆发初期和结束后，费城曾一度是这个新国家——美国的首都，直到1790年才被华盛顿特区所取代，成为新的美国政治中心。到了19世纪纽约市已经赶超费城，成为美国文化商业和工业中心。

从某种意义上说，美国是这个世界上比较年轻的国家，从独立建国到现在也不过200多年的历史。从这个意义上说，我们来到费城就是来到美国历史的源头。我们来到了费城的独立国家历史公园，这座占地415英亩的L型公园是与老城区一道被认为是美国最具历史意义的一平方公里，最早期的国会大厦就矗立在这里。这座大厦在今天人们的眼里也是再普通不过了，实在不是很大。从外观上看很像日本人统治台湾时期的总督府，如今是台湾的"总统府"。也是红色砖砌的墙，应该说是一幢典型的佐治亚风格的建筑，与我们所在的独立国家历史公园仅仅一条路相隔。今天正好是学校放假日，好几波身穿校服的美国中学生集体到这里参观，中学生的嬉闹和天真烂漫给这里陡然增加了勃勃生机。忽然一只较大的松鼠从国会大厦的院墙边的树上跳下来，站在院墙上对着众多的人毫不胆怯地东看西看,还不断地竖起毛茸茸的大尾巴,孩子们争相拍照。在孩子们的感染下我们也举起了相机拍下了美国费城国会大厦院墙上的小松鼠,这无疑是今天在美国最古老的国家旧址上留下了富有生机的诙谐的一幕。不一会小松鼠就跳上了院内的大树跑得无影无踪了。

自由钟应该是除了《美国宪法》外最重要的历史文物了。这口钟是为了纪念《权力宪章》(由威廉·佩恩于1701年在宾夕法尼亚州制定)颁布50周年而设立的,重达2 080磅的青铜钟于1751年由伦敦东区筑钟场制作完成。这座钟被放置在宾夕法尼亚州议会大厦(即现在的独立大厅)的钟楼上,每逢重要的场合都会被敲响,最著名的一次当属在独立广场首次公开宣读《独立宣言》的那一天。19世纪自由钟开始出现了裂痕,虽然进行了修复,但在1846年为乔治·华盛顿生日鸣钟后再也没有使用过。现如今自由钟已从钟楼取下,珍藏在国会大厦对面一座建筑里妥善地保护起来。因为这是美国的国宝,所以游客必须排着队,隔着玻璃才能参观自由钟。这口钟在中国人的眼里很普通,历史也不长,但在美国人的眼里可是美国最古老的国宝级文物。刻在钟上的铭文取自《圣经》"利未记第25章第10节",写着"向世界各方土地、各方居民宣告自由"。虽然仅仅是一句话,但向世界昭示了美国的建国精神。

最有趣的是这里还有号称"美国第一厕所"的文物建筑,据说美国独立宣言的起草者——十三个州的代表都在这里行过方便，也是美国最早的抽水式厕所。一个厕所也会成为文物，而且还号称美国第一。不过也很有意思，这美国的第一厕所至今仍可以使用，而且是自由使用。我们刚刚看完了自由钟，看来上这个厕所也有自由精神。厕所就在国会大厦的边上，如果不说，真的与许多中国二十世纪五六十年代的公共厕所没有什么区别。既然是美国第一的厕所文物，那不进去一次绝对不能满足这好奇心的。于是我和老伴分别进入了这男女厕所，出来后感觉都一样，比起现代的洗手间，只是古老一点罢了。不过这号称美国第一的厕所并没有被人为地保护起来，仍然自由地发挥厕所的功能。

参观完了费城的政治中心，我们将去巴尔的摩欣赏秀美的海港风光。我过去仅仅知道巴尔的摩有著名的美国报纸《巴尔的摩太阳报》，今天才知道巴尔的摩是美国国歌的诞生地。可是我们到达巴尔的摩天公不作美，哗哗地下起了大雨，由于我们事先没有做好准备，没有带雨具，不得不走进两边的商店里躲雨。但我们看到海港停泊了很多船，虽然在港湾里而且抛了锚，仍然见到了这些船在水中不断地摇晃。雨从天上来，海港的水汽从水面上升起来，不一会就形成了海市蜃楼般的景色。晴天是晴天的景，雨天有雨天的雾，虽然全身淋得透湿，但还是不虚此行的。不过就是不能眺望那远处的山，据说那才是产生美国国歌的地方，可惜那叫什么山没有记住。我想，查查相关资料，还是可以了解的。虽然有缺憾,但还是有收获。在我们躲雨最近的地方,海港里有条海盗船,这与电影中的海盗船完全一样,不过这是 20 世纪的海盗船,两头尖尖翘起,船上挂有人头骷髅标志的海盗旗。这应该是供人参观和拍摄影视用的。可惜因为大风大雨,大家只能隔着商店的玻璃欣赏,正如隔着玻璃看自由钟一样。

我们在来时的路上,参观了美国最早的大学——普林斯顿大学。普林斯顿大学是美国八大常春藤盟校之一,它的建校早于美国建国,是先有普林斯顿大学后有美国这个独立的国家。原先这是最早的教会大学,这里的建筑式样是"后哥特式"。普林斯顿也是一座小城,小城即大学,小城也为大学服务。我们到过英国的牛津大学、剑桥大学,那里应该是更有特色。不过普林斯顿大学有一处校门,这是牛津、剑桥所没有的。据说新生一律从此门入校,在校期间不能再走此门,只有毕业取得学位,离校时才能从此门出去,此门只能一次进出。我们径直从此门进入,一个多小时后又从此门出来,大家开玩笑地说:"我们不到两个小时就从普林斯顿大学毕业了。"说得十分开心。

回国后我从报纸看到美国大学 2013 年度的排行榜,以往都排在七八名的普林斯顿大学,2013 年度却全美排列第一名,而哈佛大学、耶鲁大学都排在它后面,这真的让我吃惊。

导游说费城又称"废城",我说应该称"废都"才对。

华盛顿

　　华盛顿又称"巧克力城"，这是一个多么吸引孩子的名称，这样一个充满甜蜜、让孩子们梦寐以求的名字，可它居然是美国首都华盛顿的别称。实际上华盛顿并不大，但整洁又干净。为什么美国首都会从费城迁到这面积不过6 803平方英里，人口到现在才仅仅 60 万的城市呢？像美国很多历史篇章一样，华盛顿的历史也充满了妥协与让步。美国南北的政治家都想把联邦政府建在自己的势力范围内，经过一番争议之后，最终才达成了这样一个平衡的结果。由于南方的种植园主反对已过于工业化的波士顿、费城和巴尔的摩做首都，最后南北双方决定在波托马克河岸边 13 个殖民地（美国最初的 13 个州）中间位置选定一个城市。为此马里兰州和弗吉尼亚州都捐赠了土地。

　　特区最初由国会管辖。1812 年战争期间遭英军焚烧。多年来特区是美国联邦政府的所在地，政府职员也在此居住，与此同时城市的平民区也生活着非洲裔、海外移民。随着 2008 年奥巴马上台执政，纽约人也都喜欢来。奥巴马总统有时会加入路边的篮球赛还会大驾光临路边的餐馆，这在美国的历史上堪称绝无仅有，而且还是华盛顿"土著人"中的一分子。可是我们没有这个眼福，在华盛顿并没有见到奥巴马。我在一个商场里似乎看到了奥巴马，走近一看原来是印在硬纸板上的奥巴马像，和电影、电视中的奥巴马一个样子，还穿着西装打着领带。这个纸板像与真人一般大小，这纸板奥巴马身穿的西装和领带正是这个商店推销的产品，国家元首被普通商场当作时装模特，我还真没有见过。因为奥巴马不是"过气"的总统，而是正在执政的总统，这也许正是美国政治的自由。我站在这位广告模特奥巴马边上，请领队为我按下了快门。这纸板模特非常逼真，真的像与奥巴马合影一样。同行者都认为这张像照得好，这也就成了我此番美国之行所受到的"最高礼遇"了。

华盛顿分为四个区，多数景点位于西北城区，而最破败的社区多在东南社区。

美国国家广场有希腊神殿式的大理石建筑、亚伯拉罕·林肯纪念堂和倒影池。在倒影池远眺还可以看到美国著名的建筑——五角大楼。为什么大楼要建成五个角？没有人能告诉我。我忽然想到美国国旗星条旗上的星是五角的，美国飞机上的军徽也是五角星，这个五角大楼也应该如此。五角大楼是美国国防部的所在地，每天有两万多人在里面上班。路过时导游提示大家："你们发现了没有，五角大楼有一个角的颜色比较淡。"大家一看,真的一个角墙的颜色比其他角淡很多。导游告诉大家,那是"9·11"事件恐怖分子驾机撞后爆炸坍塌,重新修补的结果。美国的科技这么发达,这一点颜色的趋同决不会难倒他们。实际上是美国故意这么做的,这不一样的颜色让人们记住"9·11"恐怖袭击事件。不过说来也十分神奇,那次飞机撞击五角大楼造成大面积坍塌和燃起了熊熊大火,但五角大楼并没有太大的损失,仅仅死了两个人,此两人并非五角大楼工作人员,而是两名装修工人。原来这个角的内部正在改装,大部分已搬空,也无人办公。虽然建筑损坏很大,但两万多名国防部工作人员,也只有一人受伤。文件和设备损失也不大,也许是老天保佑美国,如果撞上五角大楼另外任意一个角,那损失比美国纽约双子座损失更大。到华盛顿之前,我们曾路过几个机场,据说当年"9·11事件"恐怖分子的飞机就是从那里起飞的。恐怖分子造成了美国那么大的创伤,同时也使美国很多地方成了知名的景点。登上希腊圣殿式的大理石建筑,应该是十分雄伟而壮观的。在此眺望碧波荡漾的倒影池和两边成行的绿茵,如果不是这远处五角大楼颜色明显改变的一角,你只会感到这是一片静谧的土地。美国国家广场是美国最伟大的公共空间,公民可以在这里抗议政府、观赏日出、参观博物馆、领略最负盛名的国家象征:一端起于林肯纪念堂,另一端止于国会山,中间是华盛顿纪念碑和第二次世界大战"纪念馆"。这整整 1.9 英里长的草坪广场是美国的最中心,也是政治中心的位置。

站在林肯纪念堂的台阶上极目远望,对面就是著名的美国国会山。这应该说是谁都认得出来的美国最明显的标志。它与林肯纪念堂正中那座高高的方尖碑,也就是华盛顿纪念碑,形成了一条中轴线,也就是华盛顿的中轴线,应该说也是美国政治舞台的中轴线。一眼望去是绿色的草坪,这三个标志性的建筑,都是以白色为基调。白色也许是美国人认为是圣洁的象征,但我没有仔细地研究。在这里不觉让我联想到祖国北京的天安门广场。天安门、人民英雄纪念碑、毛主席纪念堂也在天安门广场的中轴线,红色和黄色是这里的主色调,红色象征着喜庆,黄色象征着威严,人民大会堂和中国历史博物馆位于两侧,中国的广场和建筑物宏伟、壮观而不失威严。

或许在美国没有一个其他标志性场所能像国家广场这样能见证民众之声并改变历史。从 1963 年马丁·路德·金发表"我有一个梦想"的演讲,到 20 世纪 90 年代的抗议全球化示威,都是在这里发生的。每年这里仍会发生数百场集会。宏伟的纪念碑和博物馆林立,游人、遛狗人、黑人、白人、黄种人和理想主义者往来不绝,任何人都可以为了任何事情,在这里发表自己的观点。这也很像伦敦海德公园的海德角,是让人发表观点,宣泄情绪,标榜自己的地方。

美国的国会大厦坐落在国会山顶,与最高法院和国会图书馆隔广场相望。自 1800 年以来,这里便是美国的政府

美国华盛顿国会山

"立法"机关,即国会起草全国法律的地方。参众两院分别在国会大厦的南北两翼召开会议,国会办公建筑环绕在广场四周。一片怡人的住宅区一直延伸到林肯公园。我们来到国会山,国会大厦的前面居然搭建有临时的建筑,据说要在这里进行表演。美国是一个法制很健全的国家,能在这里搭建临时建筑,肯定是获得批准的,否则是不可能的,不过听说是杂技表演,这让人实在不能理解。国会大厦也应该是一个十分庄严的地方,这里搭建起了建筑,而且是表演杂技,真的让人不可思议。如果在中国,在天安门和人民大会堂外搞搭建是肯定不允许的。当然中国也有特例,当年张艺谋就在北京的午门搭台表演了《图兰朵》。这仅仅是在故宫的午门外,都引起了好多人的不理解,在美国国会大厦的正面,搭建表演杂技的临时建筑,太令人费解了。不过这临时搭建,色调上与国会大厦一致,是同样深浅的白色。国会大厦是圆顶的建筑,这已让人看习惯了。这棚式的临时建筑是尖顶的,和美国普通帐篷的式样差不多。如果想在美国国会大厦留个影,可能大部分拍到的是这些临时建筑。于是大伙分散到两旁的阶梯走上去选择角度,尽量以美国国会山为背景留个影,因为这是美国真正的标志性建筑。整个团队在哪里合影留念? 领队征求了大家意见,通过举手表决,还是美国国会大厦。这大概是我们在美国国会前行使的一次民主权利,由于人比较多,最后还是在国会大厦的正面合影。由于我们排成了好几排,把背景中的临时建筑遮挡了不少,那高高的国会大厦圆顶照得那么完整。这是一张十分有意思的照片,有国会大厦的圆顶还有马戏团的临时搭建物,还有一群通过举手民主表决的中国游客,真的是挺有意思的。

　　这个美国政治中心中轴线的两侧有两座不能不看的纪念碑:一座是朝鲜战争老兵纪念碑。这座碑所在环境是十分奇特的,必须走下去,走到低于地面的位置才好观赏。这里相当于一个圆形的大坑,黑色的大理石环绕,形成一面完整的碑墙,这一块块碑墙上刻着那些在朝鲜战场上捐躯的美国兵的名字,那密密麻麻的名字你要是慢慢地看,怎么也看不过来。这就是美国人对战争捐躯者永久的纪念。也很奇怪，它的对面就是越战老兵纪念碑，除了刻有越战相关文字和捐躯者的名字外，在中间的空地上铸造了一群美国大兵。他们穿着美国当时的军装，手里拿着当时的武器，每个人都是战斗的姿态，向着一个方向成散兵队形，向前扑来。这让人很快回到越战中的残酷场景。这一群美国大兵铸造得和真人一样大小。看完这两座纪念碑真的让人有了不少的想法。这两场战争都与中国有关，一场是与中国直接交手，一场虽说是间接交手，也有直接交手的成分。这两场都是以美国失败而告终的战争。在中国人的眼里，特别中国年轻人的眼里，可能已淡忘了。但是在美国不仅没有忘，而且还建立了永世不忘的纪念碑，这纪念碑就建在美国华盛顿中轴线的两边。美国是在勿忘战争的耻辱，还是别的什么意思我不好说。但这一点对中国人来说，也是一段真实的历史，也应该是不应忘却的纪念。在这两块纪念碑前，我没有照相。越战纪念碑与华盛顿其他以白色光洁的大理石建筑截然相反。这是以黑色大理石建成的 V 型低矮建筑，借以表达越战给他们带来的心理创伤，58 267 名阵亡士兵的名字，按阵亡时间排列，一一凿刻在黑色的墙壁上。

　　白宫是美国总统的官邸。国家广场边缘坐落着宽阔的爱里斯公园，公园的东侧是政客云集的宾夕法尼亚大道，雾谷是美国国务院和乔治·华盛顿大学的所在地。白宫是世界上最有权势的美国总统的官邸，白宫的墙壁是白色的，其实并不大,它是一栋地面两层的楼房。白宫的草坪非常美,著名的白宫南草坪常常是美国总统接待外国政要或发布重大决策的地方。在电视中看到的白宫和实际的白宫虽然是一模一样,但白宫实在是太小了,它远远没有我想象中的那么大,它的大小可以说和普通百姓的别墅没有太大区别。从"9·11"事件以后,白宫已围起了黑色的铸铁围栏,原本普通人可以进去参观的开放日现在也取消了。代之而起的是白宫房顶上那六个百发百中的狙击手。领队告诉我们看白宫时,千万不能对着白宫做危险动作,如果白宫屋顶的狙击手看见,他是有权开枪的,后果就不堪设想了。

离白宫不远是美国的商务部,这里主管着美国国内国际贸易的决策和管理,以及庞大的美国经济运转。在离它不远的地方是美国的印钞局或者叫制币局。全世界流通的美元就是从这里印出来的。美元具备世界货币的功能,这得益于布雷森林体系,原本是以美国储备的黄金做后盾的美元,现在已经变味了。原本任何持有美元的国家,随时都可用手中的美元兑换定量的黄金,现在已不能兑现了,但美元国际货币的地位,目前仍无法替代。这神秘而普通的制币局,这静静而外表毫不起眼的制币局,是美国取之不尽的金矿。

美国的国立植物园,就在这块政治机构和博物馆林立的地方。美国的国立植物园里栽培着各种各样的温带、热带、寒带和沙漠中的植物。其实更确切地说是一个巨大的温室,但它比起中国北京的植物园、广州的植物园,甚至于新加坡的植物园都小很多很多。不一会工夫,我们就走出来了,难免有点让人失望,给人的印象只不过是一个不算很大的温室,和不算太大的庭院。

然后我们参观了自然历史博物馆、航空航天博物馆以及珠宝云集的华盛顿国家艺术博物馆。在参观这些博物馆时,并没有在英国、法国参观博物馆、艺术馆那样给人很多惊喜,看了那些珍藏的艺术品,就体会不了美国博物馆的特色。美国的国立美洲印第安人博物馆,详细介绍了美洲原住民,即美洲印第安人的文化。展出了一系列相关的服饰、饰品、音频和文物,给人印象深刻。美国国家航空航天博物馆最吸引我。我们看到了这里莱特兄弟发明的飞机,还有查克·耶格尔的 Bell X-1,查尔斯·林德伯格的"圣路易精神号"以及阿波罗 2 号的指挥舱。馆内还有 IXAMX 电影院,天文馆和模拟飞行器,这真是世界上绝无仅有的航空航天展览。我们的孙子读小学五年级,他很喜欢和热爱科技活动,而且特别喜欢飞机模型。我们决定给他买一个 F-16 战斗机模型带回中国。据说美国的飞机模型质量是最好的,后来我一想这飞机模型是在美国国家航空博物馆买的,如果在其他地方就买不到这么高质量的飞机模型了。

在这里参观博物馆,有一件事给我留下了深刻的印象。参观实际上也是很累的,我们参观自然博物馆后稍稍休息了一下。自然博物馆的外面有一个很大的喷泉,很多小朋友都在喷泉的边上嬉戏，我和老伴也在路边找了一个石凳坐了下来。喷泉的水让我们感到十分惬意，休息了一会，老伴要去一下洗手间，她将背包交给我，要我看好包。我顺手就将包放到石凳上，十分高兴地看着孩子们在喷泉边玩耍。我感到手有点黏糊糊的，就径直走到喷泉边捧起水来洗了洗手。又看了一会喷泉，当我回头时，发现老伴的包还在石凳上，我真的吓出了一身冷汗，因为这包里不仅有美元、银行卡还有我们两个人的护照，如果丢了，这就是一件天大的事。我十分庆幸没有人拿走我的包，也许是因为美国的社会治安特别好的缘故。这时，我眼前忽然发现一个人，是一位美国警察站在离石凳不远的地方。他看到我走过来，轻轻地微笑着向我点点头，我这才明白这位美国警察一直在看着我的包，我赶紧用英文向他说了声："谢谢。"他什么也没有说，笑着向我挥了挥手，头也不回地走了。

最甜蜜的小镇

　　最甜蜜的小镇在哪里？这就是宾夕法尼亚的好时镇，又名赫尔希镇。据说这里本没有镇，是一位在纽约经营糖果生意失败的年轻人，决心另辟蹊径，开始在这里生产糖果中的一种——巧克力。生产糖果做糖果生意失败，难道做巧克力就能成功吗？生产巧克力的原料可可豆其实并不产在美国，而是盛产在南美、非洲、印度尼西亚。远离原产地生产巧克力是一个大胆而又十分冒险的行为，但这位年轻人的冒险获得了成功。他最先在这里小规模地生产，而后大胆地建筑住房，让务工者安居，还招募年轻人来这里定居，成为最早的工人。于是这里成了世界上最大的巧克力产地。这里无论是建筑，还是道路，无不与巧克力相关联。我们曾到过法国的戛纳，那里没有一样不与电影相关联，就连路边的电话亭都做成了电影胶片的形状。中国现时也有所谓的"一村一品"，即生产一种产品，打造一个品牌，造就一个村落以至一个小镇。如浙江的沥浦以生产芋头出名，就成了沥浦芋头村。黄山的"豆腐干"以休宁五城镇出名，这休宁五城也成了远近出名的"豆干"镇。过去一家一户小作坊生产的豆干也逐步被流水线和真空包装所替代，不过人们还是喜欢手工加工的"豆干"。如何把手工艺与大规模的工业生产结合起来，创造世界知名的品牌？好时镇应该是真正的典范。好时镇距离华盛顿203公里，离哈里斯堡国际机场仅10分钟的车程。"欢迎来到好时镇——世界上最甜蜜的地方"是好时镇欢迎世界各地朋友的欢迎词，也是欢迎口号。这里是儿童的乐园，也是儿童们十分向往的地方。儿童的参观反而带来了他们的父母，当然实际上是家长们带他们心中的天使们来参观。这里群山环绕，林茂水绿，郁郁葱葱，自然环境相当优美。每年有数十万计的家长、孩子踏上这块不愧休闲旅游的胜地。这儿儿童在游客中比例如此之高，也是其他地方从未见过的。一踏进好时镇，就好像进入了巧克力世界。每一天都被巧克力包围，客房里的床单居然是著名的好时 KISSES 巧克力的图案，床头柜和书桌上各摆放着四板精美的巧克力。餐厅用餐，菜单上赫然有一道"巧克力鸡翅"的特色菜，主要配料居然就是好时巧克力酱，而等你吃完，巧克力冰激凌是他们首推的甜点。这还不够，好时镇的每一家饭店都会等你用完餐后送上一小块好时巧克力，这样的餐后服务在全世界也是独一无二的。

好时镇的巧克力风情无所不在，只要走在好时镇上与好时或巧克力相关的事物总是目不暇接。路牌上就有"巧克力大道"和"可可大道"等路牌,而且巧克力大道上128盏路灯的灯罩居然也是"KISSES"巧克力的形状,路边的可可树丛也非常特别,很多路名也会让你感到奇怪。"印尼爪哇岛""特立尼达多巴哥"还有委内瑞拉首都加拉加斯,或是可可豆的进口港,或是可可豆的产地。

好时镇的唯一产业就是生产巧克力。整个好时镇拥有三家现代化的巧克力工厂,是全世界最大的巧克力产地,工厂每天24小时运转,每天生产的巧克力仅仅KISSES品牌一个品种就多达3 300万颗。走进"巧克力世界"博物馆,甜蜜中的甜蜜就属这个世界最甜蜜的地方了。这里弥漫着巧克力的芳香,瓶装的、罐装的、袋装的,KISSES,REESE'S,ALMDNDJOY,好时巧克力排块,数十个品种,上百种包装的巧克力,充盈货架,还有各种各样印有好时标志的纪念品,置身其间,仿佛走进了巧克力的海洋。

参观巧克力制作过程,是坐小火车参观的,我们还是第一次有过这种经历。我本来以为走上一圈就可以看完巧克力的制作过程,哪里知道这参观巧克力制作要坐小火车才能完成。这所谓的小火车其实并不大,像是一辆辆四人一排的游览车串在一起。在一个小火车头的牵引下缓缓前行。小火车行驶在窄窄的火车轨道上,实际上我们在一条玻璃隧道中穿行,我们与巧克力生产车间是隔有密封的玻璃墙的,在玻璃墙外可以清楚地看到可可豆的碾磨过程,看到巧克力是如何在那些不锈钢和玻璃制成的各种容器中搅拌、混合、加热、消毒……这里是全自动化的大规模的生产，可以看到巧克力被各种磨具压成各种不同的形状，有巧克力排，有巧克力豆，有巧克力条。无论哪种巧克力的形状、品种都是分开生产的。我们还可以看到巧克力是如何包装的，巧克力条里面内衬的铝箔纸和各种包装的纸是如何包得那么一丝不苟，可以看见成批的巧克力条如何放整齐，如何装箱，还可以看到巧克力豆如何按均等的数量装入各种各样的罐中，又是如何封罐，如何贴上标签。整个生产线应该是在密封的环境中进行的，从这里我才真正地体会到现代化大规模生产与小作坊的区别。只是偶尔才能看到有少数员工穿着白色工作服在与生产线隔绝的环境中，查看着仪表。真的让人大开眼界，我还是第一次看到这样的现代化大规模生产。你怎么也想不到在小火车上看到了这种世界一流的最大的巧克力生产线，就是最初做糖果生意亏本的小伙子创造出来的，这真是奇迹，世界的奇迹。这条玻璃的隧道让我们看到可可树生长的环境，可可豆的采摘、检验、收购、运输的全过程，还有巧克力生产、发展、进步销售的全过程。好时镇的巧克力销往了全美国乃至全世界。这条玻璃隧道里还有各种会叫和会做各种滑稽动作的卡通人物，米老鼠、威尼熊等等，它们会朝着火车上的人挥手、说话。到了一个拐弯处，小火车的速度突然加快，对面的屏幕上出现了我们的小火车，我们的人，大家都兴奋起来，自己与自己在屏幕上的形象招起手来。不一会我们走下了小火车,这时在出口的地方有台电脑,不断地放出我们在小火车上的照片并征求大家的意见。如果要照片就付上 12.9 美元,然后给你一张条,让你到大厅里去取。刚刚从火车上下来,大家心情都很兴奋,大多数人平生第一次有这样的经历,本来就觉得这样好的机会没有让人拍照,十分可惜,而现在能有这样的照片带回去,也是很有纪念意义的。

我们又走进了一个"巧克力博物馆"大厅,在巧克力大厅里挑选着各式各样的巧克力。我们的团友大多数都是爷爷奶奶、姥姥姥爷辈,这巧克力不带回去,是没法交代的,而且这么有特色的巧克力是世界上最好的,还要带一点给亲友。大家不停地挑选,手上的筐越来越沉,后来又觉得太多,又放回去一些,但想想又加上一些,大家拎着沉沉的筐,走到电脑前结账,每个人都是满载而归。领队和导游告诉大家,哪些品种的巧克力会融化不好带,大家又依依不舍地退掉了一些。

我们走到了取相片处,递上了条子,准确无误地取出了我和老伴在小火车上挥手的照片,非常好。不仅两人挥着手,笑得也很开心,很自然,而且装裱和相夹也特别高雅,花点美元也是值得的。其他的朋友,大多一对一对笑嘻嘻地取走了相片,坐在一边欣赏。老伴也很开心,坐着对着照片笑。忽然她脸色一变,大声地说:"老头子,你的手遮住了我的脸。"我赶紧一看真是这样的,我一挥手真的遮住了老伴的半个脸,但此时我已无法挽救了,也不可能回去重拍了。老伴叹了口气:"这么好的照片,只是老头子照全了,我只剩半个脸。"我自责地说:"我也不是故意的,实在对不起,不过能认出你来,肯定是没问题的,这就叫'犹抱琵琶半遮面'吧!"老伴乐呵呵地笑了起来。

尼亚加拉瀑布

尼亚加拉瀑布,印第安语意为"雷神之水"。这也是我们神往已久的地方。从好时镇驱车大约七小时,前往水牛城——布法罗。我们在旅行车上虽然是经历了七个小时的车程,但一点也不感到困乏。可以毫不夸张地说,这七个小时我们完全是在一个超大的公园中行进。这一路全是绿草茵茵的草地和形状各异的高大的乔木,鸟语花香,彩蝶纷飞,绿色平静的湖水嵌在这一望无边的草地间,间或有水鸟从水面飞起。这草坪似乎是一样的绿,一样的整齐。它们天衣无缝地一片一片地连接在一起,可以有高低起伏,可以依水畔路,或者偶然可以有山坡,兀立其间,但是那一望无际的整齐的草坪从没有间断。偶然这中间夹杂着一片墓地,这里的墓地整齐而肃穆,只有墓碑没有坟头,墓地的边上有很多住宅,原来美国人认为墓地是宝地、福地,靠墓地而居,是最有福气的。我们到过欧洲很多国家,那里也有一样的草坪,但都不大,那里也有树冠优美的乔木,但步行就能到达草坪的边缘。中国内蒙古大草原可以一望无际,而远在北美的树草相间大公园,竟然也一望无边。汽车开行了七个小时,七个小时呀!竟然是一样的公园式的绿化带,这太神奇了。神奇得让人难以置信,但它确实如此,确实如此。这十分难得一见的北美风光,让人陶醉,让人陶醉!中途下车休息,几乎每个人都取出了相机,在这十分难得的北美奇树绿草中摄下了值得珍藏的镜头。今晚我们下榻的就是布法罗俗称水牛城的地方,因为明天我们将会到尼亚加拉大瀑布游览,从加拿大和美国两个方向分别观赏瀑布的壮观景象。我们明天要出境至加拿大,还要游览加拿大第一大城市多伦多。

尼亚加拉瀑布位于北美洲五大湖区的尼亚加拉河上,是世界上第一大跨国瀑布,号称世界七大奇景之一。它的年均流量 5 720 立方米/秒,连接伊利湖和安大略湖的尼亚加拉河流,经过宽约 350 米的弋特岛时,跌入断崖,并一分为二地分别流入美国的纽约州和加拿大安大略省形成两个瀑布。尼亚加拉瀑布被认为是世界上最壮观的景致之一,特别是受到度蜜月者的欢迎。尼亚加拉河长仅 56 公里,上接海拔 174 米的伊利湖,下注海拔 75 米的安大略湖,这 99 米落差,使水流湍急,加上两湖之间横亘一道石灰崖断崖,水流丰富的尼亚加拉河经此骤然抖落,水势澎湃,声音如雷,称之为雷神之水,真是名副其实,毫不夸张。丰沛而浩瀚的水汽也震撼了所有的游人。尼亚加拉大瀑布每年吸引约3 000万来自世界各地的游客。瀑布的水呀,从高处的伊利湖流入安大略湖,湖水经过河床绝壁上的山羊岛分隔为两部分,分别流入美国和加拿大。从加拿大这边看,一大一小的两个瀑布,比从美国方向看起来更加壮阔漂亮。大瀑布因其外表形成一个马蹄状,而称马蹄瀑布。马蹄瀑布长约670米,落差56米。水声震耳欲聋,水汽高耸而又浩瀚。每逢阳光灿烂的日子,由于阳光的折射,大瀑布的水花水雾间便会架起一条七色的彩虹。小瀑布因其极为宽广细致,很像一层新娘的婚纱,又称婚纱瀑布。婚纱瀑布总长约320米,落差58米。由于湖底是凹凸不平的岩石,因此水流是漩涡状落下,与垂直而下的大瀑布大异其趣。要欣赏这个与别处不同的瀑布,可以有不同的方式,最特别的莫过于搭乘"梦少女号"观光船,穿一身防水雨具到瀑布下参观,穿梭于波涛汹涌的瀑布之间,置身于扑朔迷离的水雾之中,让涛声惊心动魄,让雾水涤尽尘嚣。

从尼亚加拉大瀑布纵身跳下,曾经是很多冒险者的勇敢行动,或者是贸然盲动。人们曾经设计了好多种方式,试图从马蹄形瀑布或者婚纱瀑布纵身跳下。有的冒险者将自己捆绑在小艇,或者气垫船上,有的干脆绑上救生衣和救生圈,从瀑布的入口跃入断崖。水可以飞溅起无数的水花,可人就很少有生还者。据说能够仅存下来的两个人是从小瀑布跳下落入水中,而没有落在凹凸不平的岩石上才得以幸存。这种几率实在太小了。于是美国和加拿大都制定了法

106

律,绝不允许游客和探险者从尼亚加拉大瀑布跳下。法律从严,正是出于对探险者人身安全的考虑。当然偶尔也还有几个不怕死的、不服气的探险者,冒死从尼亚加拉大瀑布跃下,很显然都是不能生还的。严格地说,这大瀑布可以说是死亡的瀑布。这样做,在中国人的眼里无疑是自寻死路,十分不值。当然,自杀者不在此例,他本身就是找死。

尼亚加拉大瀑布的声音震耳欲聋,似雷声轰鸣。雷声显得那么短暂,为什么尼亚加拉大瀑布的轰鸣声能那么持久而不停歇?因为尼亚加拉河从不缺水,所以这雷鸣之声没有停止的时候。据说仅仅美国的淡水量就占世界淡水的四分之一。这么多淡水才造就了这优美的环境和良好的生态。这是上天赐给美国的天然资源,他们没有浪费上天的恩赐,无论美国还是加拿大对于生态的保护始终是关注的。尼亚加拉瀑布上的彩虹为什么不罕见,因为瀑布形成的水雾水花一刻也没有停止过。水雾水花形成"棱镜",这无形的"棱镜",老天从不悭惜,它可以说是永恒的存在。只要有阳光照射,它就会产生绚丽的彩虹,这彩虹跨越了瀑布,变成虚幻的桥,如果有中国的"牛郎织女",他们分别会从美国和加拿大,到彩虹桥上来相会。也许会有世界的"牛郎织女"也相信中国美丽的神话传说,难怪这里受到世界各国情人的欢迎,纷纷来此度蜜月。

我对尼亚加拉大瀑布从美国方向或是加拿大方向都做了细致的观察,从各个角度、各个方向不断地拍摄这大瀑布美妙的多姿多彩的倩影。虽然有各种观察方法,有各种不同的角度,但毕竟是一个固定的景点,也有审美疲劳的时候。我渐渐地将目光转向了游客。这里的游客来自世界各地,各种肤色、各种民族、各种国籍都有。有的西装革履,有的穿着本国本民族的异样的服装。在一个地方集中了世界各地的游客,他们和谐而幸福地欢聚在尼亚加拉河两岸,尽情地享受大自然赐予人们的世界奇观,这画面本身不更是一幅伟大的画卷么?

有白种人、黄种人、黑人,有中国人、印度人、巴基斯坦人、美国人、加拿大人、坦桑尼亚人、阿拉伯人……从他们的服饰可以初步判断出他们来自哪个国家,当然有一些是难以说出的。我发现人群中最多的是印度人,他们的典型服装是不会错的,那美丽的丽纱是最好的证明。于是我有了一个新的想法,拍一些游人的游览照,也不失为在这里的一个很好的选择。有十几个印度人自己集合在尼亚加拉河畔合影,从年龄和表情上看,这是一家三代人。他们拿出相机请别人为他们全家拍照,他们排好了队形,也成了我涉猎的对象。我赶紧拿起相机连连按下快门,于是我又有了一组游客的照片,这正体现了世界和平和世界各民族和谐相处的景象。为什么游客中印度人特别多,因为印度也和中国一样是一个新兴的大国,也是一个正在崛起的大国。印度人的数学是世界公认为最棒的,印度人的计算机软件应该说是世界最先进的,他们的国度称之为世界办公桌(室)而不是世界工厂,美国的软件工程师大多数是印度人。尼亚加拉河两岸,一边飘扬着美国的星条旗,一边飘扬着加拿大的枫叶旗,而尼亚加拉河两岸的游客心里飘扬着世界各国的国旗。

多伦多

多伦多是加拿大最大的城市。加拿大地域辽阔，但人口并不太多。这个加拿大最大的城市市区面积 97 平方公里，人口是 59.9 万(1981 年)，如果包括大市区北约克等五个市辖区，面积 1 619 平方公里，人口约 299.9 万(1981 年)。这个加拿大的第一大城市是安大略省的省会。

进入加拿大境内，很明显这里已没有美国沿途的北美风光，没有那么多看不到边的绿茵茵的草坪和数不尽的园林树木。失去了美国那整齐而又让人赏心悦目的自然风光。从这点说加拿大比美国差得很远，至少绿化没有美国做得那么规范。美国到加拿大的整个沿途美国境内就像一个完整的大公园，毫不夸张地说美国境内的七小时完全好像行驶在一个大公园里。加拿大一侧就显得绿化带与绿化带衔接得很不好，没有统一的风格，显得支离破碎，就像中国过去小孩的"百衲衣"。自然，"百衲衣"也有"百衲衣"的特色，那是仁者见仁，智者见智的。导游告诉我们，美国绿

110

化得好，主要是他们对自然环境保护得好，他们几乎不砍伐美国森林的树木，所需的木材大多是从加拿大进口，也从南美洲亚马孙原始雨林进口，甚至从南亚的印度尼西亚进口。美国的很多森林即便是枯死的树也不准砍伐，这使我想起了一个知名的中国成语——损人利己。美国的生态保护好了，而别国的自然生态被破坏了。但至少美国有两点比其他国家高明，一是对自然生态的重视比别的国家起步早，二是能持之以恒地坚持生态保护，故而今天蓝天绿地碧水，空气清新怡人。美国财大气粗，有钱又舍得投入环保，所以就有了我们途中所见到的美丽风景。不过中国虽然起步比较迟，但不论去上海的高速公路旁还是到江西的铁路沿线，绿化也渐渐有了起色。多伦多移民众多，居民中49％是来自世界各地的移民，它还是北美地区有名的华人聚居地。这里有四十多万华人，每年新移民大批到来，带来了大量资金，加强了其作为加拿大经济、商业、金融文化中心的地位。加拿大有名的各大银行总部如皇家银行、帝国银行、蒙特利尔银行全部汇聚在这里，90％的外国银行驻加拿大分支机构都设在多伦多。按交易额计算，多伦多交易所是北美第三大交易所，这里的高科技产品占全国的60％。

多伦多的街头很干净，这一点给人印象深刻。这里的街道并不算太宽敞，不过较为陈旧的欧式建筑也不算少，并且保存完好。多伦多的市政大厦有新老之分，老的市政大厦是老的欧式建筑，新的市政大厦的的确确是现代化建筑。

加拿大多伦多新市政厅

它是由三座大厦组合而成，两座相对的楼都是弧形，它的弧度都是不完全一致的，它们不是一个完整的半圆而是三弧的一部分。两个弧形大楼的中间是一幢圆形的大楼，这个圆应该是正圆。导游告诉我们，如果坐直升机从天上往下看，这三幢大楼的屋顶恰好是一个人的眼睛，两个弧形屋顶正好是人眼的上下眼睑形成的眼裂，这中间圆的屋顶恰好是人的眼珠。这三幢大厦的屋顶，就组成了一只完整的眼睛。我本身就是一个眼科医生，对这样的建筑产生了浓厚的兴趣。我虽然此时不能乘直升机到天空中去看，但我完全想象得到从天上所看到的景象，一只有三座大厦屋顶组成的眼睛。我不知道这幢大厦的本意是什么，老天开眼"开天眼"这是中国人的口头禅，难道加拿大人也有同样的意思吗？

来到多伦多这天下第一高塔——CN 电视塔是不可不看的。我们走近了这高高的电视塔，抬头望去可以看到那直指蓝天的塔顶和西式建筑的外观，被称为世界最高的电视塔，肯定是到目前为止还没有一个国家的电视塔超过它的高度。我们看过世界很多地方的电视塔，从印象中想想差别不大，因为电视塔都有相同的功能，它们都被称为塔，让它的高度去占领世界第一吧！有的游客只能在塔边照相留念，这其实也很难看出是与电视塔合影

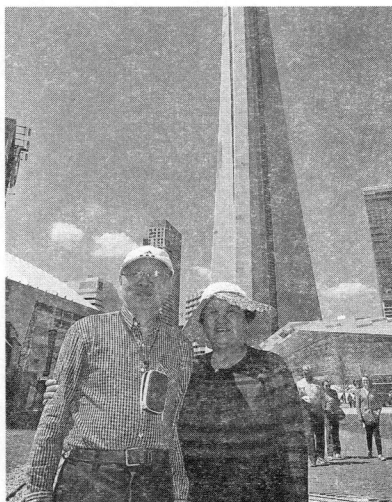

加拿大多伦多电视塔

了，只有塔下的文字证明这是在加拿大的多伦多的电视塔下。

　　多伦多市中心还有一个广场，十分奇特，广场的地上铺设有铁轨，可以行走老式的火车。火车是老式的，速度是缓慢的，因为这种式样的火车只有在火车博物馆才可以看到，或者在过去的老照片上才可以看到。这不能不让大家十分振奋，花很少的钱坐一坐老式的火车，在多伦多市区的广场上转上两圈，怎么说都是值的。怀旧的情绪，怀旧的火车，真的遇上了一群怀旧的老人。

　　市政大厦的附近就是加拿大最著名的大学——多伦多大学。多伦多大学在加拿大全国排名第一，这所大学与世

界著名的牛津大学、剑桥大学一样是散落在城市中整片的建筑之间。这里的路也是大学的路,多伦多大学也没有校门和校牌,散落在多伦多城市的很多古老的建筑之中。楼房的正面都钉有显著标牌,有多伦多大学理学院、文学院、医学院。在这里似乎看不到在草坪广场上走动的大学生,这时应该是上课或者是自修阅读的时间。我也看到了多伦多大学医学院的附属医院,这让我产生了浓厚的兴趣。多伦多大学医学院在世界上非常著名,在全世界医学院的排名中名列第三,更重要的它是著名的加拿大医生白求恩的母校。白求恩医生在中国是家喻户晓的人物,是在中国抗日战争最艰苦的时候来到延安,来到晋察冀支援中国人民的伟大抗日战争而献身的。他也是中加人民友谊的纽带和桥梁。作为一个医生能走进这所大学,个中感受和意义自不待说了。

　　当然还有一些我放在心里没有说出来的话。和我同在中国皖南医学院医疗系读书的两位同学,大学毕业后都考入了多伦多大学读研究生。一位是沈建华同学,安徽芜湖人;另一位是杨育洲同学,安徽铜陵人。他们都功成名就,虽然移民加拿大,但在北京协和医科大学也有定期工作的实验室,我来到这里真的为我这两位同学感到骄傲。因为没有联系,不知他们是否还在多伦多,也许他们在北京,因为没有留下他们的电话号码所以也没法联络。今天来到这里也了却了我没有能够出国深造的遗憾。他们凭借着自己的努力出国深造了，而我大学毕业后却下了农村，虽然那也是我的工作，可每每想到这里心里总是酸酸的，这种酸楚只有我自己心里知道。

我们走到了多伦多大学的图书馆。我因为出国前有一个思想准备，将自己出版的三本书带了出来，两本是文汇出版社出版的，一本是短篇小说集《奶奶的童年》，另一本是长篇小说《天使咬过的苹果》，还有一部是由作家出版社出版的我的自传《凡人旧事》。我虽然是医生业余也爱好文学。我出版过眼科书也有文学书，这三本书是近年出版的。文学是交流思想感情的种子，于是领队和导游领着我走进了多伦多大学的图书馆。图书馆的负责人热情地接待了我，接受了我的捐赠并和我合影留念。一位在图书馆见习的中国留学生也热情地帮助我这位中国来的老乡，此时我酸楚的心情才好了许多。

这次我带了两套同样的三本书，另三本捐赠给了美国普林斯顿大学。说也奇怪，普林斯顿大学历年在美国大学排行榜上总是排在第七八名，回国后我在《参考消息》上看到了2013年美国大学排行榜，普林斯顿大学超过了哈佛大学和耶鲁大学，成为全美国第一的大学。这真是让我没有想到的。全美国第一的大学和全加拿大第一的大学都有了我的书，我冥冥中感觉到这也许是上苍对我的厚爱和补偿。

拉斯维加斯

　　拉斯维加斯是世界著名的赌城，是建在沙漠中的赌城，不说别的就凭这点也会让人感到新奇。好奇心实际上每个人都会有的，特别是对我们年纪比较大又没有经历过那种纸醉金迷世界的人来说，开开眼界也是值得的。

　　这次我们乘坐的是泛美航空公司的班机从布法罗飞往夏洛特，然后从夏洛特转机飞往那沙漠中的赌城拉斯维加斯。从布法罗飞往夏洛特的飞机航班号是 US528，空中时间是 1 小时 43 分钟。从夏洛特飞往拉斯维加斯的航班号是：US637，空中时间是 1 小时 35 分钟。坐的都是泛美航空公司的飞机，从美国的东部飞向美国的西部。在布法罗机场，原来的女导游已完成了她的使命，在布法罗机场就和大家道别了。我们一到拉斯维加斯机场，我们的新导游是一个男性导游，他自我介绍还没有成家，按照中国老辈人的习惯应该称他为小伙子。这位小伙子是美籍华人，也是一位从中国东北来的移民，有东北人做导游，应该是很容易沟

116

通的。

　　飞机在美国上空飞行差不多四个小时,在夏洛特机场因为转机所以停留了三个多小时。我们从河川纵横,绿茵遍地的东部,渐渐地看到了山峦起伏,秃山大漠的沙漠地带。在快到拉斯维加斯的上空时,我们看到了真正的沙漠、沙丘和光秃秃的山峦,当飞机即将降落时,我看到的是一片荒凉。在这片茫茫的沙漠上居然还可以见到几处碧绿的水面,这水面是湖,是沙漠中的湖泊。沙漠中有湖这本不是稀罕的事,中国新疆大沙漠中曾有过面积很大的罗布泊,也生长了众多的胡杨林。可是罗布泊早已干枯,胡杨林也早已死去,仅仅剩下胡杨的残骸。这里却完全不同,沙漠中有了一片绿洲,各种耐旱的树木,成排成排地保护着这沙漠中的赌城。高大华美的建筑,掩映在这翠绿之中。绿色是生命的颜色,正是这些顽强生长在沙漠中的树,才给了人一些生气。飞机降落了,这已是美国时间下午六点多钟了,不过这是美国西部时间。导游带着我们乘坐专为我们准备的旅游车前往拉斯维加斯市区。此时的拉斯维加斯市区华灯初上,让我们看到了一个灯光璀璨的赌城,各式各样的建筑,各种形状的灯让你目不暇接。拉斯维加斯又称罪恶之城,是美国人也可以说是很多其他国家的人横财梦想的神经中枢。在豪华酒店的跑马灯上,亿万富翁名字闪耀,到处可听到老虎机喧闹的声音,酒杯觥筹交错,如催眠曲的节奏一直持续到天明。在棕榈树下啜饮鸡尾酒,在游泳池旁玩 21

117

点。这里仿佛让你一夜游遍巴黎、罗马、威尼斯、狂热的西部和热带的岛屿。

拉斯维加斯是全世界唯一一个让你在短短数小时之内可以看到古老的象形文字、埃菲尔铁塔、布鲁克林大桥和威尼斯水道的地方。当然这些都是复制品而已。这儿虽是一小块沙漠,可它却将自己变成了世界上最奢华的地方之一。这个有着多重性人格的城市,也是罪恶之城的目的。它使人着迷,被它吸引的对象多种多样,大佬们流连顶级的酒吧,大学生寻找廉价的场所纵情声色,爷爷奶奶沉湎于赌博机……如果你能想出自己要的假期是什么样子,它已经在这里成了现实。

入住了酒店,匆匆吃了晚餐,我们就被导游带到了拉斯维加斯大道上的世界顶级的酒店——威尼斯大酒店。据说这个酒店有上万个标准间,如果要总统套房,当然不成问题。在酒店里可以看到威尼斯水道,可以看到贡多拉船在水道中行驶,划船者都穿有威尼斯水手的服装。由于我们去过意大利的威尼斯,尽管这个酒店内建有和威尼斯大水道一样的建筑,可我们一点兴趣也没有,因为做得再像也是假的。在沙漠酒店中有威尼斯水道,这实在太奢华太浪费了。百乐宫大酒店是世界上知名的大酒店,游览空中琉璃花园,宛如进入了仙境;在夜幕下欣赏音乐喷泉的水中芭蕾,让世界各地来的游客都兴奋不已,在这里真正领略赌城充满刺激与诱惑的魅力。我不断地用袖珍的数码相机拍摄着在世界其他地方看不到的美景。对面的大楼突然喷出了一团烈火,红色的火焰高高地喷向天空,天都被它映红了许多,人群在惊叫着。这不是什么别的,也是拉斯维加斯的一景,这喷火也有它的典故和故事。

老伴忽然将我拉到一边,悄悄地告诉我,这里那么多美女,赶快拍几张照片带回去。此时我才发现一群金发碧眼,皮肤白皙,身材高挑,曲线分明,衣着暴露的美女,从百乐宫大酒店里走出来。她们是那么的美,那么的迷人。这些美女中有白种人、黄种人、黑人……总之你不可能说出她们的国籍,但她们应该有一个共同的名字:美女。这些人虽然肤色不同,国籍不同,但她们俏丽的五官,魔鬼般的身材,婀娜的步履可以说几乎挑不出毛病,这里正是世界顶级美女云集的地方。难怪能吸引世界上那么多人来到这个沙漠中的赌城,我站在一边偷偷地拍了几张美女照,老伴看后连声说好。不知为何,这里在这个时段会出现成群的美女,可能这正是她们开始上班的时间。

到拉斯维加斯如果不赌一把就等于没来过拉斯维加斯,回到酒店后我十分后悔,没有去赌一把。我是一个一辈子不抽烟,不喝酒,不赌博的人。说句笑话,到现在我也看不懂麻将牌,更遑论赌博了。因为在拉斯维加斯赌场到处都是,我们住的酒店的楼下就有一个赌场。我和老伴商定到赌场逛一逛,看看人们怎么赌博,这应该是一个好主意。我和老伴走进了楼下的赌场,成排成排的赌博机在喧嚣着,很多人都聚精会神地在赌博,还有更大地赌——轮盘赌。这里服务周到热情,但也有分寸。如果你想赌,工作人员会热情地带你去看一看。这些工作人员会英语、法语,也有少数人会说一点中国话。如果要赌他们会赠给你十元赌资的筹码,还会送你一个小礼物,一副赌场的扑克牌,同时要登记本人的身份证件。我在赌场中遇到了好几位我们团的团友,他们大多数和我一样,是夫妇双双来赌场玩的,我们在此见面都会心地一笑。我站在赌博机过道边,边走边看,忽然有人向我招手和我打招呼,"哈喽!"我一看原来是一位身材不高的光头白种人,他的身边还有一位中年的女人,看来是在玩赌博机的。出于礼貌我也向他挥挥手打了个招呼"哈喽!"我万万没有想到这位中年光头男子走了过来,一把将我拥抱起来,笑嘻嘻地不断地拍着我的背。这股热情劲真像久别重逢的好友。他的嘴里不停地"嘟噜"着什么,肯定不是英语,是什么语种我听不出来。他很热情,又是笑又是说,又指着轮盘赌场的那边,我心里明白他是邀我一起去赌博。在国外遇见一个陌生的热情人,我唯一的方法是装傻。我什么也不说,只有两个动作,一个是摇摇头,一个是摇摇手。我仍然保持着满脸笑容,我的这两样动作和表情最终让这位光头的男性中年白人无可奈何,只好对我笑一笑,无奈地摇了摇头又握了手走了。

同在赌博场的同团团友都看到了刚才的一幕。他们惊奇地问我:"这个人你认识他?""他是你的朋友?"我摇摇头告诉他们："什么都不是。"大家都为我捏了一把汗，因为拉斯维加斯也是"罪恶"之城，全世界的黑社会分子都在这里出没，比如意大利的"黑手党"，华人的"福清帮"……如果落入了他们的圈套，就是警察也救不了你，我也为自己刚才的一幕吓出了一身冷汗。我的微笑、摇头和摇手救了我，大家也为我庆幸。北京大学的一位教授看我什么也没有玩，主动地帮助我到赌博机上去试试运气。我决定在赌博机上下最小的赌注——1美分，结果不一会，我就赢了64美分，我再玩，结果又输了28美分，最后是我赢了36美分。这真是实实在在地在玩，我就此收手了。我最终以赢了36美分的成绩在美国拉斯维加斯赌城进行了一次世界级的赌博。这位北大的老教授开玩笑地说："你还是赢家，我是输家。"原来他是一美元一美元地玩，最后输了二十几美元。不管赢还是输也只不过是人生一次小小的游戏。那成百、上万、上百万地玩，才叫"豪赌"，我们只能说是"毫赌"罢了。

科罗拉多大峡谷

　　科罗拉多大峡谷是最让人震撼的峡谷。峡谷有多大？我可以告诉你比中国的台湾岛还大一点，有趣的是它的形状就和我们的台湾岛差不多，而且稍大一点。说句十分形

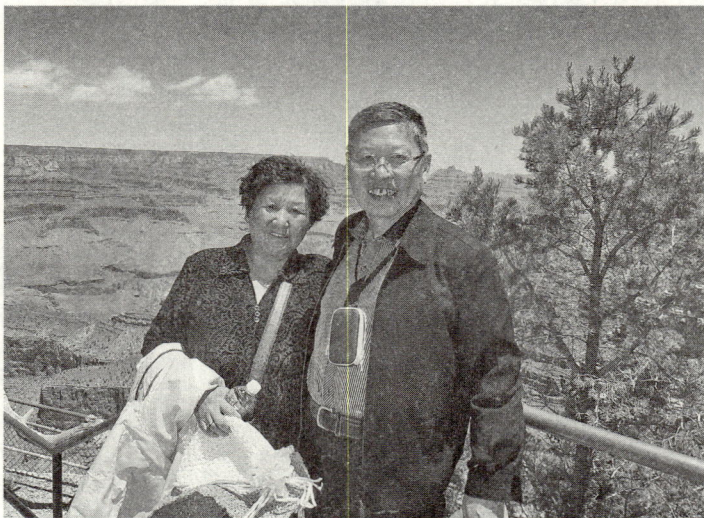

美国科罗拉多大峡谷

象的话,将台湾岛整个放进科罗拉多大峡谷就非常合适,这样整个概念就有了。科罗拉多大峡谷有一个美丽的名字:地球美丽的伤口。大峡谷是在地壳运动中撕裂的伤口。在大峡谷地面蜿蜒的是长达 277 英里的科罗拉多河,它在过去的 600 万年间,雕刻着并暴露出有 20 亿年历史(地球年龄的一半)的岩石。大峡谷的两端给人的感受是不一样的,它们之间相距 200 多英里。我们是从大峡谷的南缘前去参观的,因为这里交通方便,服务和景致丰富不会让人失望。安静的北缘也有它自己的魅力,在海拔 8 200 英尺比南缘高出 100 英尺的地方,气温更低。有开满野花的草地和又高又密的白杨林和云杉林,它是一幅画,层层解析了地球的历史。大自然为它添加了细节,崎岖的高原易脆的尖顶被阴影遮盖的山脊,在太阳划过天际时,更加吸引你的眼球。

我们来到科罗拉多大峡谷的边缘,地球为我们造就了这样一个伟大而令人震撼的景观,这是奇迹造就的奇景。你知道山崩地裂的情景在电影中可以看到,地裂和地陷而整整裂开一个相当于台湾的大裂口,这真的让人难以置信,难以置信就在你的眼前。深深的大峡谷就是巨大的地裂,它的断面为你展示的是 20 亿年前的岩石。20 亿年是个什么概念? 在这个大峡谷的面前人生显得多么短暂,任何人都显得那么渺小。大峡谷的两岸都是红色的巨岩断层,岩层嶙峋,堪称鬼斧神工。这里的土壤虽然大都是褐色,但它沐浴在阳光中就又变化无穷。太阳是直线照射的,不论从哪个角度它都不会拐弯，也不可能绕道而行。这样面对地形奇妙的断崖残壁，陡峭山峰和塌陷的残岩，突兀而起独特的怪石，就产生了千变万化的景色。角度不同，景色各异，阳光在岩壁上的折射会产生各种深浅明暗不同的红色。如果我们把科罗拉多大峡谷比作是一幅油画，即使最伟大的油画家也难以调出这难以言说和命名的红色。即便是中国的国画大师粉末丹青的里手，也难以显示其中的美妙，即便是最伟大的摄影师也很难拍出这科罗拉多大峡谷的神韵。我静静地走在大峡谷边的小道上，有时也沿着有围栏的崎岖小路，沿谷地边缘走一段，无论你是站着静静地欣赏大峡谷的壮观还是边走边看着大峡谷的变化，你都会觉得这大自然的鬼斧神工是怎么也看不尽，怎么也看不完。

苍鹰不时地展开它那宽阔而有力的翅膀，在大峡谷的上空翱翔，它们似乎是这大峡谷的主人，主宰着大峡谷那湛蓝的天空。它们一会儿展开翅膀一动不动的在天空滑翔，一会儿垂直而下直坠谷底，有时又拍打着翅膀向那长有少数灌木的巨崖上冲去⋯⋯仅仅是欣赏苍鹰就会让你着迷。苍鹰为什么能在科罗拉多大峡谷生存？是这儿有它们的生存条件？我们不知那谷底的科罗拉多河有没有鱼，因为鱼也是苍鹰的食物，我想应该是会有的。这儿人迹稀少，更没有人在科罗拉多河捕鱼，苍鹰的食物是不成问题的。大峡谷的边上有很多树，大峡谷中的其他崖壁很适合鸟类住居，这些鸟类也可以为苍鹰提供美味的食物。这些灌木丛中还有着很多的小动物，野兔、松鼠我们随处可以碰到。它们根本不怕人，应该说在这个国家级的大峡谷公园里，它们并没有受到过伤害和干扰。它们都把人类当作了自己的朋友。我看见树丛中走出一只松鼠，它的个头太大了，大的差不多比得上野兔，但它的大尾巴告诉我这是松鼠。它一点也不怕人的站立起来用一双前爪捧起游客丢下的面包、花生豆，这种人和动物的和谐在这里随处可见。虽然告示牌告诉大家不要喂野生动物，不要接近它们以免被它们抓伤，而且告诉人们这些动物身上有病毒会传染给人的，但人还是愿意亲近它们并给它们拍照，留下它们可爱的身影。大自然有大自然的规律，作为人不要破坏大自然的自然规则，这就保证了物种的延续，自然的进步。

我们在来科罗拉多大峡谷时要经过一片一片的原始森林，这些保存完好的原始森林可以看到一些枯死的树，这些树并没有被人砍伐走，不论是已经倒下或仍然站立都保持着它的原貌，自生自灭没有任何人的干预。美国人讲了一件很有趣的事，原始森林常常会因为雷电而引起森林大火，森林大火后再长出的树，很少发生虫灾，看来大自然的规律竟然这么神奇。

在返回的路上，我们留意起这一路的原始森林，不仅可以看到小动物在森林中嬉戏，也可以看到大型动物毫不回避的来到公路边上。大型的驼鹿大摇大摆地走出森林，走到马路边上，抬着头看着旅游车上的游客一点也不害怕。

导游讲了一个这个原始森林的故事：森林中有一个被人遗弃的木桶，这个木桶里面有半桶雨水。一只野鹿来到这个木桶旁边转来转去半天都不离开，并不断的用它的脚在木桶中上下翻动，整整一天不吃也不喝，直到傍晚木桶中的一只小鼹鼠被鹿用脚从木桶中救出。但这只鹿还没有离开，一直等到小鼹鼠在地上回过了神爬了起来，走掉了，这头鹿才离开。看来动物之间还是有仁爱之情的。

另一个是发生在美国黄石国家公园的故事。一对夫妇到黄石公园游玩，碰巧遇上了一头熊和它的两只小熊，躲避也已经来不及了，结果这对夫妇遭到了这头熊的攻击。虽然黄石国家公园的警察赶来救援，但这对夫妇都受了重伤，而且丈夫已伤重去世。这头熊已被警察用麻醉枪击中俘获，最后这只熊被法庭判处安乐死，但这对夫妇中活着的妻子要求法庭免除熊的死刑。她告诉法庭这是一头母熊带着自己的小熊应该说是熊妈妈，是他们自己不小心闯入了熊的领地，母熊为了保护孩子才对人进行了攻击，这不全是母熊的过错。母熊终于免除了死刑，放归黄石国家公园，与它的两个孩子团聚了。看来在美国人与野生动物的相处竟是这么的人性化。

内华达大沙漠

　　内华达州是美国气候最干燥的州，州内大部分地域属于美国的"大盆地"的自然区，有崎岖的山地、平坦的峡谷和沙漠。州的南部属于莫哈维沙漠。从拉斯维加斯前往美国加利福利亚州最大的城市就必须穿过内华达大沙漠。内华达大沙漠在我的心中最深的记忆是这里有美国的核试验场，因此在我的心中有着一种神秘感，就像中国新疆的戈壁沙漠一样。

　　旅游车在荒漠戈壁中行进，车内由于有空调根本感觉不到沙漠的干热，舒适而且平稳。从玻璃窗里你可以看见沙漠荒凉，但不是人们想象的沙漠景象。这里是沙漠但常年没有沙尘暴和移动的沙丘，沙漠的沙和戈壁的碎石片都没有随风移动的痕迹。远处的荒山一看就知道那是戈壁，这里是沙漠却没有自天而降的飞沙走石。沙漠中的柏油路笔直而宽阔，高速路上的双行车道上，来来往往都是来去的客车、小汽车、货车，除了周围荒凉一点外一切正常，像平原上的高速公路一样。这是大漠戈壁，从山上到山下，到处是一丛丛灰绿色的植物，这些植物确切地说是灌木丛，名字就是骆驼草。骆驼草对我们来说并不陌生，从小学的地理书和初中的植物学都可以看到它的名字。这是一种沙漠中的耐旱植物，不仅有着固沙的作用，而且还可以改变沙漠的生态，同时也是沙漠小动物的食物和藏身之地。那么多的骆驼草漫山漫坡漫地的生长着，它们顽强地坚守在这沙漠之中。奇怪的是这些骆驼草，似乎生长的都很整齐，行距间距大体都一致。为什么能长得这么整齐，难道是人工栽培的吗？其实它们就是人工栽培的用以固沙抗击沙尘暴的。普通的骆驼草根系通常只能深入到地下 15 米深，这深入沙漠中的根系是维系骆驼草顽强生长的根本。而即使是这样的根系，在极端恶劣的环境中也会死去。像中国戈壁沙滩的胡杨林、骆驼草很多因为地下水位的下降，往往成片地死去。罗布泊的周围就可以看到这种可怕的景象，胡杨林成片的死去，干枯，甚至变成了树化石。这就是罗布泊的干涸而引起的。原来一丛丛的骆驼草，早就枯死后被沙漠中的风暴吹得无影无踪了。内华达大沙漠上的骆驼草为什么长的这么好？原来这有一个秘密，科技的秘密，这些骆驼草都是转基因的，它的根系可以深入到地下 50 米。由原来的 15 米延伸到 50 米，难怪它们的生命力那么的旺盛那么的顽强。正是这些转基因的骆驼草，改善了沙漠戈壁的生态环境。将沙固定在骆驼草的周围，那些高大的仙人掌生长也旺盛起来,它们间或在骆驼草的中间突兀而起,成片的生长,与骆驼草相互依偎,成了大漠中相生相成的植物。

忽然司机告诉大家,前面的路上发生了交通事故,可能要耽误大家的行程。这一下大家紧张起来,在这大沙漠中出现交通事故,我们没有准备被困在沙漠中如何是好。司机安慰大家警察会很快处理的,好在 GPS 提醒我们边上有一条路可以绕过去,当我们绕上这条岔道行使不远司机就停车了,这是一条断头路,不能再前进了。司机叫大家不要慌先下车方便一下再说。在美国随地大小便是不允许的,我们的旅游车内都带有厕所,但司机告诉我们这是空调车,是密闭的,而且天气热,用了会影响车内的空气与环境。好在我们是在大沙漠中,男士们下车后背对着车,面对着沙漠很容易解决。当我们走下空调车,一股热浪立即向我们袭来,车外的温度至少比车上的温度高十几、二十度。我勇敢地向前跨上了几大步,走到一丛骆驼草前,用手摸了摸这神奇的转基因骆驼草。这草看上去和中国普通的骆驼草没有太大的差别,但还是有点刺手,我小心地摘下了一小枝骆驼草的茎叶,带到车上仔细的研究研究。

因为这一条岔道是断头路,前后和对面都没有车,这真是让大家放松一下"方便"的大好去处。男同胞的内急解决了,那么女同胞怎么办呢?万一方便时后面又有了车和我们一样开了过来,实在有失文明,而且会招惹警察找一些不应有的麻烦。因为车开得时间已经很长了,车上大多是老年人，这不是可以随意忍受得了的。领队和导游是两位年轻的小伙子，车上的女游客都已是他们的奶奶、姥姥辈。结果他们想了一个绝妙的办法，他们各人打了一把伞，在车的两头，背对着大家，后面是车，两面是两把伞，正面是荒无人烟的大沙漠，这就形成了天然的露天厕所。不一会这些女游客都上了车，大家都夸领队和导游聪明，放松后的大家又在车里随便的聊起天来。不一会司机得到通知，交通事故车辆已被交警拖走，道路恢复通畅了，大家看了一下表，前后也就半个小时。在荒无人烟的大沙漠里排除交通事故，是这么的迅速，真的让人感到美国交通警察的工作效率如此之高，不能不令人佩服。

我们的车又倒回了原来的高速路上，和其他的车辆一样，继续前进。忽然开来一列火车，这列火车是军列，火车上装有装甲车、火炮和其他的军事装备。火车速度并不算特别快，在沙漠中看到火车也十分新奇，火车离我们的高速路并不远。有人举起相机准备将军列拍下来，导游和领队向大家摇摇手予以制止。实际上在任何国家这种车辆也是不能随便拍摄的，内华达大沙漠里有美军的军事基地，我们都大把年纪了，谁又愿意自找麻烦呢？火车很快的超过了我们。

很快的我们将要到下一站——奥特莱斯。奥特莱斯是一个可以购买到各种相当便宜的世界品牌产品的地方。品牌服装，手表，皮箱……这里几乎是国内的同类产品一半的价格,甚至更低。奥特莱斯原本是军供服务站,这里的产品是供应沙漠中军事基地的美军和家属的,所以说这里的供应价相对便宜。后来由于国外的旅游者要路过这里,因为便宜而且可以买到真正的品牌,奥特莱斯购物名声大震,成为了全世界来美国旅游者必到的购物天堂。现在的奥特莱斯已形成很大的购物中心,这里不仅世界各种品牌产品应有尽有,而且环境一流。空调在灼热的沙漠自不用说。在购物商店的门外都有自动喷雾的加湿器。空气不仅凉爽,而且湿度适宜。来到这里的游客购物的欲望相当高,上千美元的皮箱,他们一买就是好几个,大箱里装着中箱,中箱里又套着小箱。上万元的手表一买就是几个,高档的服装有人手里抱满了,好像钱在这里不是钱。难怪说中国人到了国外,是外国人最欢迎的顾客。我们在奥特莱斯转了半天,共买了五个打火机,是送给朋友和亲戚的;给孙子买了一顶太阳帽,给两个外孙女买了两件普通的衣服。这里实在有不少是中国制造的产品,据说即使是中国制造的服装,国内买也是这里的两倍价格。如果来美国一趟,买了中国制造的衣服回去岂不让人笑话。

同行者告诉我如果从奥特莱斯带一些奢侈品回去,只要卖出一两件,就把出来的旅游费都赚回来了。我半信半疑。你个人手中的奢侈品别人会相信是真正的品牌吗?真能按你想象的价格卖出去,那几千元,甚至上万元的箱子能回中国销售掉吗?如果销售不掉,自己能消费的了这么多手表、皮箱和品牌服装吗？中国人是虾有虾路，鳖有鳖路，也许有人出来可以发一笔横财，我们既没有这个胆量，也没有这份雄心。

现在国内有的购物中心，也取了"奥特莱斯"这个名字，这里肯定是真正的国际品牌产品吗？这里的价格肯定和奥特莱斯一样便宜吗？我不敢肯定。其实说白了，只不过是用了"奥特莱斯"货真价实、价格低廉之名来销售自己的商品。商业运作我们实在不懂。我觉得有吃就行，有用就够，这就可以了。品牌和时尚也不是我们这把年纪的人追求的目标了。

洛杉矶

　　洛杉矶这个城市的名字在中国人的眼里并不陌生。它曾经是一个雾霾笼罩的城市，烟雾之都，经过长达60年的治理，才有了今天的白云蓝天；这里曾发生过种族骚乱，以至动用"国民警卫队"进行镇压。这里有全世界最著名的影都——好莱坞，这里聚集着美国最富和最贫穷的人——扎根最久和刚移民不久的人，最有教养和最粗暴的人，最美和最平凡的人，最博学多才和头脑空空的人。这里的风景也是整个美国的浓缩，涵盖了海滩胜地，白雪皑皑的高山，摩天大厦，郊区以及荒僻的原野。洛杉矶的人都是探索家或者是探索家的后裔。可能突然一鸣惊人，也可能瞬间一败涂地，这里面有很多是华人。我们的导游是个东北的小伙子，高中毕业就来到洛杉矶，但他国内的好友打电话给他，问他是不是生活在金发碧眼的美国人中间，每天都讲英语。他说："我生活在华人之间，每天都讲中国话，好像就在中国一样。"他的回答让他国内的朋友十分吃惊和失望，实际上他说的是实话。据说洛杉矶这座 400 万人口的城市里，华人就有 100 万之多，四分之一是华人。如果生活在华人社区，真的就像生活在中国一样，唯一不同的是这里也可以使用英语。

我们到洛杉矶是前往老年活动中心，参观他们的活动场所，了解老年人晚年的生活。我们的车开进了洛杉矶的一个华人社区，开到了老年活动中心的门前。由于事先联系过，活动中心的负责人已在门口迎候。他向我们简单地介绍了活动中心的情况。因为他们都是华人，讲的都是中国话，不需要翻译，我们就可以愉快地交谈。

在洛杉矶，除了政府颁发的许可证是英文外，墙上张贴的都是中文的有关资料。如活动中心管理人员，都配有工作卡，卡上有照片，还有简介和工作职责，以及活动中心的相关制度。还有两个栏目很有趣，一个是老年人的书法和绘画作品，毛笔字和水墨画都是中国的国粹。再就是那些养老保健的栏目里很多都是中医的保健理念，其中也有中国的太极拳集锦，还有很多充满中国哲理的谚语、警句，甚至顺口溜之类的保健养生常识。这儿有的老人在电脑上上网，有的在象棋和围棋的棋盘上搏杀，有的在读书读报。这里除了中文报纸外还有英文的报纸。因为我记得这天报纸上登了一件趣事，我很想将这份报纸带回中国做个纪念。我征求了一位正在看报纸读者的意见，他说可以，我就准备将这份报纸收起来带走。后来一想不对，还必须征求老年活动中心负责人的意见。我请领队代我问一下,管理人员的回答,没有说可以,也没有说不可以。只是告诉我这里的报刊资料是要如数装订,作为资料保存的。这也是婉言告诉我报纸是不可以带走的。为了不让我失望,管理员将这个活动中心教唱的《美国国歌》歌词送给我一张做个纪念。我一看这又有曲谱又有歌词的《美国国歌》也有一点纪念的价值,我就收了下来。这时其他的游客也想要,于是他们马上找复印机复印了起来,我们每人都有了一张还有一点温热的《美国国歌》。

　　忽然有两位游客在老年活动中心遇上了他们在一个胡同里住过的邻居,这简直有点神奇了。从东方的中国来到西方的美国,应该是有万里之遥,居然在洛杉矶一个小小的社区遇上了昔日的邻居,太不可思议了。地球说大也大,居住了几十亿人口,说小就小,人们往往称它为"地球村"。只是从东半球到西半球,碰上邻居这个机率实在太小了。这是北京的一对老夫妻,这是一对移民美国的老夫妻,他们已经很多年没有联系了,这样的偶遇让他们四个人都流下了激动和思念的泪水。北京的这一对是新闻工作者,美国这一对是内科医生。这对医生因为子女移民美国后也移民到了美国。虽然他们也做了美国人,但从内到外,他们都还是中国人,有一颗未变的中国心。

　　活动中心有一个很大的舞蹈培训中心,这里播放着很多的中国歌曲,教跳的舞蹈与中国社区大妈们跳的广场舞蹈差不多。开始大家看着电视屏幕一招一式地练习着,可是不大一会,大家都会了。这些人都是中国新闻界的,接受能力都很强,有的本身就有舞蹈基础,有的纯粹是无师自通。不一会旅游团的参观者和美国洛杉矶社区老年中心的老年学员一起跳了起来。随着音乐的响起,大家都无拘无束地跳起了舞,银发在头上飘飞,舞姿在音乐的节律中翩翩然,此时已经分不出谁是中国的游客,谁是美国洛杉矶社区活动中心的老人。这里没有中国人和美籍华人的区别,国籍是不会写在脸上的。我们都是一样的黑眼睛,黄皮肤,我们每个人的心中都跳动着一颗中国心。血是一样的热,血是来自一脉相承。在美国意外地相聚,在美国热情地团聚,这是一群欢乐的老人。

如果来到洛杉矶,不去明星大道,不去看好莱坞环球影城就算是白来洛杉矶了。这星光灿烂的明星大道就在市区,这里有古老庄严的中国大戏院、奥斯卡颁奖典礼的所在地——杜比剧院(原名柯达剧院)。热爱电影的朋友如果不来这里简直就是遗憾终生。

明星大道就在这条街道的右侧,古老的中国大剧院和杜比剧院也都在这边,这里的街区不算很大,道路也不算特别宽阔,但这里充满了电影及与之有关的元素。右侧的街边有化妆好的佐罗、蜘蛛侠……有很多人们所熟悉的电影中的人物,电影明星,但最耀眼的应该是电影明星玛丽莲·梦露。她那美丽动人的西方美女的面容,那标志性的美人痣,那爽朗妩媚的迷人笑容和那魔鬼般的身材,真是动人魂魄,撩人欲火,甚至可以说摄人魂魄。我们过去也看过梦露的照片,包括生活照和电影剧照。梦露的迷人在我们心中早有记忆,今天我们在洛杉矶明星大道遇见了一个"真人梦露"怎不叫人惊艳。在这里是可与这样扮演影片主人公的"演员"合影的,而且是不收费的。当然如果游客高兴也可以给一点美元作为小费。我和老伴选择了和"梦露"合影,得到了"梦露"的欣然同意,于是就有了我们与"梦露"的合影。一身白色服装的"梦露"更显得娇美,她将双臂搭在我们的肩头。由于我和老伴在中国人中间都算是矮个子,而且既年老又相貌平平,美艳绝伦的"梦露"在我们中间更突

美国洛杉矶星光大道

137

现了她的美艳。这个演员太像"梦露"了。其实美丽的梦露结局是很悲惨的,死时才三十来岁。虽然她生前得到美国肯尼迪总统和他的弟弟司法部长的爱慕,但最终还是死得不明不白,至今仍是一个世界难解的谜案。我们也深为梦露而叹息。

　　古老庄严的中国大剧院到现在已有 100 多年的历史了,这个剧院门口最引人入胜的地方是地上有世界最著名的电影演员、导演所留下的脚印、手印和签名。能够在这儿留下手印脚印则是电影演员至高无上的荣誉。据说最早是因为中国大剧院初建,门口的水泥地坪还没有干透,一位冒失的电影演员一脚踩了上去,这水泥地坪留下了他的足迹。剧院的老板没有为此而生气,这反而给了他一个创意。他要求著名的电影演员和导演在这里留下脚印和手印并签上名。久而久之这就成了著名电影演员的最高荣誉,似乎有点像诺贝尔奖项一样知名。此时我才发现从这里以至刚刚走过的路上都有一个个大的五角星,五角星呈粉红色,中间是一个圆,这里保留着著名影星的手印脚印和签名。我们终于找到了玛丽莲·梦露的手印和脚印以及她的签名。当然我最想找的是中国人的签名,我心目中的张艺谋、巩俐、章子怡,怎么也没有找到,只找到了两个中国导演,一位是吴宇森导演,一位是冯小刚导演。我心里非常为张艺谋、巩俐、章子怡不平。打听了一下确实没有。实际上对艺术的评判,也是仁者见仁,智者见智。外国人眼里的东西也不一定是最好的,艺术是要自己看了好,自己开心就行,它往往没有一个评判的绝对标准,因为这不是数学与物理。

我们走进了杜比电影院,进门后感到电影院的大厅无比壮观,两边是一级级的台阶,那些荣获奥斯卡金像奖的演员、导演等正是从这一级级台阶走上去接受颁奖的。我不是电影工作者,但我今天却沿着这一级级台阶走上奥斯卡金像奖的颁奖圣殿,体会了一下走上奥斯卡圣殿的心情。当我们走上台阶,有一个圆形的井,我们好奇地探头向里面张望,井里有很多明星的笑脸,这是他们的老照片。

这里实际上是很有商业气息的,可以买到一些电影剧本、明星照片,关于电影的明信片,还有各种演员服装和道具的仿制品,所有关于电影的这里应有尽有,在杜比影院还可以看到远处"好莱坞"的英文大字嵌在好莱坞的山头上。

我们进入了世界最大的以电影题材为主的电影电视制片厂——好莱坞环球影城。走进了这世界上最大的影城,各种著名电影的片断、海报和电影场景让你目不暇接。还有那打扮成埃及艳后、007、佐罗、变形金刚等各种电影中的人物,踩着高跷在影视城中来回走动与游客照相。这里有着各种风格的建筑,还有冲浪。当我们登上一个很高的台阶时,对面山上的"好莱坞"英文大字更近了,更加清晰了。我们走进了两个影院,观看了 4D 特技电影,记得好像一个是《变形金刚 4》。看这种电影可是需要一点胆量的,这电影中无论出现什么场面,不管是枪战还是打斗,都好像是身临其境。你必须时刻想到这是在看电影,否则你会被吓破胆的。

我们又来到美国环球影视城电影制片厂下属的主题公园,它占地420英亩,共有48个摄影棚。我们乘坐环城游览车进行摄影棚巡礼,参观电影的制作过程。这里有小桥流水人家,也有大雨倾盆的山洪暴发,以至山崩地裂的大地震。这里还有惨绝人寰的空难现场,这里的飞机都是真飞机。这里还可以在海底游览,与大鲨鱼并肩而行。这里还可以看到大白鲨冲向小艇,将游艇中的人拖入海中,不一会海面上漂起一片被"血"染红的海水。这里可以看到"越战"的丛林,毁弃的坦克、装甲车。这里还可以看到电影特技的拍摄,以及世界各地各种民族风格的建筑。

影城让我们看到了太多的高科技,看到了机器与人的搏斗,看到了太空人与地球人的厮杀。我觉得太科技了会让人脱离生活,脱离平常人的生活,反而不会有真正的电影享受。因此我不敢苟同好莱坞的高科技大片,我还是真的爱看生活片,享受人的喜怒哀乐,享受人生。

旧金山

　　今天我们将前往美丽的城市——旧金山。从洛杉矶出发前往旧金山途中又是另一番景象。在美国的东部，不论走到哪里给人的印象就是一个完完整整的大花园，而在西部沿途是一片连绵不断的农田、果园、牧场、农机站和农村庄园。如果说东部是一个供人休闲的公园，西部沿途则是生产人类赖以生存的谷物、大豆、水果、牛奶、牛肉……这沿途的农田一望无边，整齐美观。这里的葡萄园，这里的农作物生产大棚也是一片连着一片。美国是私有制的，这大片的耕地都是庄园主的。隔一片地方就可以看到一个农机站，据说这些农机站也是属于一个个庄园主的。这整片整片的耕地都是大型的农机在工作，在收获的季节也很少见到人，主要是机械化收获。导游向我们介绍了一种山核桃，这种山核桃与中国的山核桃完全不同，外观上很像中国的大核桃，但核壳却比较薄，可能有的人叫它"碧根果"，这种坚果很多人都吃过。但它的采摘十分神奇。有一种山核桃采摘机,据说它有一个很大的套子,可以套住整个山核桃树的树冠,然后用机器摇动树干,山核桃全部落入网袋之中。这种采摘山核桃的机器可以抵得上 70 多个劳动力手工采摘。我的家乡也是山核桃的产区,雇用劳动力每天上山采摘,也采不了几百斤,一季山核桃雇人采摘前后差不多要一个多月,还要给雇工供吃供喝供住,300 元人民币一个工还很难请到人。由此可见,美国农业劳动生产力和劳动效率何等之高。美国的耕地还采用了休耕、免耕、间作、套种,科学地利用土地,不但土地的肥力不减,而且土地的利用率高,土地的质量保持不变。在这大片大片的土地上,可以看到各种滴灌设备,各种喷灌设备,几乎对所有耕地进行了全副装备,以保障农业的旱涝保收,似乎气候对农业的影响不大。偶尔在一片耕地上发现了人数比较多的妇女,这是在美国的耕地上很少见到的。据导游说这是在采摘蓝莓,这些女工大多数来自邻国的墨西哥。这些女工是用手工采摘蓝莓的,蓝莓属于浆果,用机械无法采摘。看来美国的大农业也有用不上机器的地方。当然美国的为数不多的农业人口可以养活全美国人,还有大量的谷物、大豆等农产品出口,这与美国的大农业(土地集中在农场主手里,实行大规模的机械化耕作)集约化的劳动、集约化的生产和科学化的耕作管理是分不开的。各国有各国的国情,适合本国国情的就是好办法。中国由农业集体化转变为"大包干"责任制,这是一次土地革命。几十年来改善了中国的农业生产,农民的生活。现在又将所有权、承包权和经营权分开,进行土地有偿转租,将土地集中经营管理,这又是一大突破。中国正在向着土地集约化,大规模经营迈进,变小农经济为大农经济。中国正在迈向农业现代化,美国的大农业也许可作为借鉴的榜样。我们还看到路边的养牛场、养马场,规模都是比较大的,这也让我们开阔了视野。我觉得这比起美国东部的旅游风光让人更加受益,当然环境保护和大规模的农业生产对人类都是十分重要的。

　　沿途我们前往了具有北欧风情的淳朴小镇——丹麦村。这里的人带有浓郁的异国情调,感受到处处流露出丹麦的文化气息,让人仿佛置身于安徒生童话的梦境中。这儿早期由三个丹麦籍美国人开发,逐渐发展成村庄,先前以卖马和农副产品为主,现在已成为著名的旅游景点。后驱车前往充满自然风景和富有艺术历史的波西米亚小镇——卡梅尔小镇。我们参观了私人庄园,也看了几个风格迥异的高尔夫球场。森林草地和礁石海浪构成了一幅美丽的画图。

　　到了旧金山这个中国人早就十分熟悉的城市,这里不仅仅是美国最美丽的城市之一,而且很多著名的美国大学都离这儿不远,比如著名的加尼福利亚大学伯克力分校、奥克兰大学。这里不仅仅是过去开采黄金的地方,还是美国培养一流人才的地方。20多年前我曾收到过美国一些大学的邀请函,其中有芝加哥大学、亚里桑那大学,因为一些原因当年未能成行,至今仍感慨万千。

旧金山由 40 几个小丘陵组成,形状就像一只大螃蟹,双螯合起来就是世界知名的金门大桥,身体正是美丽的旧金山湾。旧金山有高新技术,绿色企业,言论自由和烹饪实验,这一直都是旧金山的主流。但这里也有同性恋的解放,每年都会有同性恋者的大游行以庆祝这个群体的自由。我是医生,影响人的性取向是有很多因素的,从人性上说这些人不是异类,更不是罪过。同性恋的自由应该是允许的,旧金山在法律地位上确定了同性恋的合法性,应该说是一种进步。不论是丁克家庭或者选择单身,应当是允许的,而不能歧视这些人。在美国有的州法律上这没有被允许,也是不能强求的。在炎热的贝壳海湾,脱掉 T 恤,或者裸身日光浴也很正常。也许你认为这是一个不知道害羞的地方,但他们却说:"你好,旧金山;再见,性压抑。"

来到旧金山,金门大桥是不可不看的,这是这个城市典型的标志性建筑。也许你在今天可以看到世界上有不少城市都建起了比这座金门大桥跨度更大,更雄伟,更壮观的大桥。比如中国的杭州湾跨海大桥就比这金门大桥长很多很多。这座建于 1937 年的金门大桥是由工程师约瑟夫·施特劳斯,建筑师格特鲁德以及艾尔·文默曼设计建造的。据说这座双层(上行人和汽车,下行火车)斜拉桥是世界上最早建成的双层功能的大桥,至今也快百年历史了。这在当时是世界上了不起的工程。据说当时的设计师是德国人，所以还有美国桥德国造之说。

我们来到金门大桥时，正遇上金门大桥大修，我们从另一侧的桥上通过。可以清楚地看到工人们在拆除旧的钢梁，向下一看就是旧金山湾。这种场面颇为惊心动魄。现在的高科技，已让过去许多不能做到的事能轻而易举地做到了。桥的对面还有金门大桥设计师的塑像。不论你是什么人，也不论你是什么国籍，只要你对人类做出了巨大的贡献，人们都会永远记得你。高耸的艺术装饰设计和橘黄色的油漆曾成为那个时期的国际流行。

为巴拿马"太平洋万国博览会"所建的艺术宫仍在。我曾经在安徽祁门劳动和工作过，那里产的红茶曾获得博览会金奖，这使我对博览会艺术宫情有独钟。金碧辉煌的市政大厅前的广场十分壮观，市政大厅的一楼是可以供游人自由进出参观的，这和欧洲的市政厅的建筑风格是迥异的。如不是工作人员的热情接待，你肯定不会想到这是市政厅。出了市政大厅，有一辆超长的林肯车停放在门口，穿着婚纱和礼服的新郎和新娘，正手捧鲜花在市政厅门前照相，不少围观者为他们祝福，生活的气氛显得那么的静谧，那么的和谐。人们不觉得这是"衙门口"，而是一处普通的公共设施，他们也没有影响到市政厅里的办公，因为办公室在市政厅的二楼以上。

渔人码头面对着旧金山湾，从轮渡大厦的两边依次排上，它的右边是双号 2,4,6……一直到 50 号码头，它的左边是单号1,3,5,7……一直到57号码头。最吸引我们的是这里的一个巨大的螃蟹雕塑,旧金山本身就像一只大的螃蟹,螃蟹就象征着旧金山。这儿是游客们照相的好去处。渔人码头有很多水果摊,一问价格有点吓人,才知道这里的水果也这么贵。这儿顾名思义,是过去打鱼人的码头,现在已变成了各类商品和各种小吃的一个个小集市。也许渔人码头的原有功能早已发生了异化。我们走进了一个出售旅游纪念品的小店,看到其中不少商品都是中国制造的,我们只好选择了美国制造的指甲剪,这种指甲剪很小巧,上面镶嵌着金门大桥,这无疑是我们来旧金山很好的纪念品。

蜿蜒曲折的九曲花街,应该是很美的,既然称花街,理所当然地是街边是花,街在花中。奇特的是这一条条的街都是从主轴边上笔直地伸向山上,可以说是一条条笔直的登山道,道边的建筑传统而典雅,间或是时装店,油画店,别墅花园。各种花卉争奇斗艳,陪伴着你一直向上。这种景色是你在别的地方看不到的,这登山逛街的感觉也是我们过去从来没有体验过的。当我们登山逛街而归时,我们已累得气喘吁吁了。

我们来到一家路边的保健品商店里休息,这主要原因是这家店面在主轴线边上。更重要的是这家店是华人开的,这里的工作人员都能说中国话,到了这里我们就感到亲切得多。这里有可供休息的椅凳,也给这个保健品商店带来了众多的中国顾客。不知不觉这些健康保健品吸引或感染了大家,很快店内的保健品就成了大家热购的商品。

我坐在这里舒适地享受着空调,靠在椅子上,隔着店堂的大玻璃观赏着马路上来往车辆和行人。车辆来来往往,人们匆匆行走,有白人,有黄种人,有黑人;有印度人,有阿拉伯人……有西装革履的人,也有袒胸露背的人……这儿成了我开阔眼界,饱尝眼福的地方。忽然一辆类似印度的"叮当车"开来,古色古香,车上坐满了各种各样的乘客,还有的乘客勇敢地趴在或挂在车边上,这真是奇观,这不像是在发达的美国,倒有点像在发展中的印度。叮当叮当的声音远去了,那古色古香的"叮当车"也看不见了,可我仍然陶醉在这美好的意境里,忘记了是坐在购物忙碌的保健品商店里。

夏威夷

    今天是 5 月 31 日，我们乘坐夏威夷航空公司的飞机，从旧金山圣何塞机场起飞，飞往夏威夷檀香山国际机场。夏威夷是一个天堂，在夏威夷早晨可以潜水探索珊瑚的世界，日落时分可以聆听夏威夷吉他的乐音，啜食汁液丰美的西番莲。夏威夷是一串位于蔚蓝色太平洋上的碧绿岛屿，距离任何大陆都超过 2 000 英里。夏威夷群岛是喜爱日光浴的游客和新婚燕尔伴侣们的神往之地，清风瑟瑟的棕榈树下戴着花环的美女跳着草裙舞，迎接远方的宾客。大家都说夏威夷是人间的天堂，但当地岛民知道夏威夷不总是天堂，但在这里每一天都宛如天堂。

    在这里我听到了令我惊异的事情。美国现任总统奥巴马就毕业于这里的夏威夷大学。中国辛亥革命的先驱，第一次推翻帝制建立共和的孙中山先生也是毕业于夏威夷大学。当我们路过夏威夷大学，看到掩映在绿树丛中的大学校园时，真的惊叹不已，这里居然出过两位不同国家的总统。夏威夷大学在美国不能算是名校,可百年前出了一位东方大国中国的黄种人总统,现在又出了西方大国美国第一位黑人总统。两位总统差不多是相距百年的校友,这真的让人感到太惊奇了。从登上夏威夷航空公司的班机那一刻起,我就发现机尾的公司标志是一位鬓角上插着一朵淡雅的花朵像花朵一样美丽的夏威夷姑娘。航班上的空姐穿上了漂亮的夏威夷特色的花衣裳,这种花大多是夏威夷当地的花,特别大而且色彩又特别的鲜艳,一看就具有太平洋岛国的风情。这鬓角上的花是什么花? 我好奇地向导游请教。导游告诉我,这种花就是夏威夷的州花,叫"鸡蛋花",它有一股迷人的芳香。这个鬓角也不是随便插的,插在左边就是一位"待字闺中"的姑娘,是可以追求的。插在右边就是一位大嫂或者已经定情的待嫁女子,是不可以追求的。这样女性仅凭着这"鸡蛋花"就可以区分婚否了。游客中有人开玩笑地说:"如果左边和右边各插一朵呢?"这一下导游被问住了,不过稍稍停了一下说:"这是不可能的。如果你一定要两边都插,那肯定是荡妇和疯子。"说得大家都笑了起来。

我在酒店花园里看到了正在盛开的"鸡蛋花",我很仔细地看了看它的枝干和叶子,然后近距离地观看了这个"鸡蛋花"的花蕊花瓣,又用鼻子闻了闻它的花香,细细地品味,觉得它和中国的一种大家都十分熟悉的花十分相似,这就是栀子花。它的枝叶花瓣香气都和中国的栀子花相似相近。我不是植物学家，但它们一定属于十分相近的科和目，也许它们就是同一种植物，由于生长在夏威夷这得天独厚的环境里长得高大罢了。不过中国的栀子花在中国每到农历的端午节，农村的姑娘和妇女也会像夏威夷的女人一样插在鬓角上，不过不像夏威夷的女人那么讲究罢了。我当年插队农村，生产队的女性都有这个习惯。只是我们那里的栀子花只开一季，比"鸡蛋花"小。我们是在温带而夏威夷是太平洋热带海洋气候，一年四季都有"鸡蛋花"。"鸡蛋花"得名于它白色的花瓣和黄色的花蕊，很像一刀切开的熟鸡蛋，但总让人感到叫这个名字实在太亏待了这个州花。有一天我翻开了一本介绍美国的书，称这种花叫"芙蓉花"。"芙蓉花"在中国也有两种，一种是夏天荷花的别称；再一种是秋天盛开的木芙蓉，显然与这个"鸡蛋花"不属于一个科和目。我想，叫它夏威夷的栀子花吧！似乎也有些不妥，细想一下，叫它"鸡蛋花"也没有什么不好，中国人爱说秀色可餐，不正是应了这一点吗？

夏威夷人见人爱说："阿啰哈。"这"阿啰哈"有多种意思，有"你好""再见""早上好""晚安"等意思，但你千万注意，这"阿啰哈"的"啰"发音千万不能拖长，如果你说"阿啰……哈"，这就变成了"我爱你"，这可不是随便说的。看来夏威夷人的语言中有的词语拉长声调就会改变意思，弄得不好是会出大笑话的。看来用于问候的"阿啰哈"好学，但是要小心，不小心也许会被夏威夷姑娘留下，你就回不了

150

家了。

　　来到夏威夷最引人关注的旅游景点应该是珍珠港。珍珠港是美国"二战"太平洋最大的海军基地。1947年12月7日清晨,日本皇家海军战斗机和微型潜艇偷袭了珍珠港,给美国海军造成了巨大伤亡。最终美国对日宣战,成为"二战"转折点。来到夏威夷珍珠港是不能不去的。

　　我们乘车前往珍珠港,首先观看了珍珠港事件的纪录片。这部纪录片把我们带到了70多年前的12月7日。美军在毫无防备的情况下遭到了日本军队的空袭和水下潜艇的攻击。宁静而美丽的珍珠港在日本飞机的突然袭击下,顿时大火冲天,毫无战斗准备的美国海军在炸弹和炮火的袭击中匆忙冲出来想进入自己的战斗岗位,但不等他们就位就在日军炸弹的硝烟中倒下了,或者被日本飞机密集的枪弹射中纷纷倒在血泊之中。停泊在珍珠港内的战舰,来不及出港就被日本飞机的炸弹击中,或者被日本潜艇发射的鱼雷击中。很快,珍珠港成了一片火海,大批的美军还没有反应过来就已经阵亡了。这血与火的场景让人们无不感到日本军国主义的卑鄙和凶残,这是一场不宣而战的战争。日军因珍珠港事件而嚣张跋扈,自以为能一举消灭美国太平洋的海军力量。正是这场珍珠港事件让美国不得不对日宣战,也正是这场战争让日本军队开始从"胜利者的顶峰"跌落下来。从此日本军队开始逐步走向失败。每一个从电影院里走出来的游客都为那血与火的战争感慨万千,对日本军国主义的凶残、无耻、背信弃义、怒火中烧。离开了电影院,我们将乘坐美国珍珠港海军汽艇去参观建在海湾上的珍珠港事件纪念馆。珍珠港事件纪念馆设在离珍珠港港口并不太远的海中。这是一个并不太大的纪念馆,它的建筑式样就是美国海军水兵的"船形帽"。这个太平洋中水兵"船形帽"形状的纪念馆下面,就是美国在珍珠港事件中被击沉的战舰"亚利桑那号"的残骸。我们一登上这座纪念馆就为它的简洁而称奇。这个纪念馆内并没有什么特别的设施,仅仅是两头的墙上刻着纪念的文字。一头是珍珠港事件的概述,另一头镌刻着珍珠港事件中"亚利桑那号"牺牲的 1 177 名美国海军官兵的名单,名单排列整齐而肃穆。这一个个、一排排的名字都曾经是鲜活的生命,而在日本人卑鄙的偷袭中丧生了。这份阵亡将士名单中有两对一模一样的名字(实际上是美国名字的姓),原来其中有一对是亲兄弟,一对是亲父子。这对于两个家庭来说是灭顶之灾。以后美军有了一个新的规定,父子兄弟不可在同一个部队服役。

从纪念馆里可以看到"亚利桑那号"这艘沉默的战舰,静静地躺在海水之中。战舰的烟囱差不多就在水面之下,有时被破坏的烟囱中还会流淌出黑色的"眼泪",其实这是"亚利桑那号"残骸渗出的燃油。大海是那么的平静,海风在轻轻地吹,一切都显得那么宁静。战争已远离我们 70 多年了,郁郁葱葱的夏威夷岛是那么的美丽,根本感觉不到这里曾是美日海军厮杀的战场。珍珠港纪念馆的不远处停泊着一艘战舰，这是美军的"密苏里"号战舰。这艘战舰是在二战结束日本投降时向美国递交投降书的地方。为什么这艘军舰会停泊在这里呢？据说以前日本人很喜欢到夏威夷旅游，特别是喜欢参观珍珠港。他们中间很多人因日军在珍珠港打败了美军而炫耀。为了压一压日本人的气焰，特地将接受日本投降的"密苏里"号战舰停泊在对面。听说，后来日本人来珍珠港参观游览的就少了不少。这虽然只不过是传说，但仍应引起人们警觉，因为现在日本右翼分子的军国主义之梦，还没有放弃。

当我们从纪念馆返回珍珠港时，我们仍乘坐美国海军的汽艇。我不断地举起相机拍下了纪念馆的全景，也有意将不远处的"密苏里"号战舰一并摄入镜头。我忽然发现汽艇上工作的美国水兵不仅身材非常之好，而且服装笔挺，十分英俊。在美军中大块头、大腰围的士兵比比皆是，很少看到这种身材非常好的士兵。我曾在法国巴黎的埃菲尔铁塔下见过法国的卫兵，身材和这汽艇上的水兵一个样，我于是用相机摄下了汽艇上的水兵。当我正走下靠岸的汽艇时，没有想到那位英俊的水兵对我笑着打了个招呼，他问我是哪国人，我告诉他我是中国人。没有想到这位年轻的水兵，笑着将我搂住，拿出手机给我们俩拍了一个自拍的合影。可惜的是我手里只是一个"老头手机"无法拍照，这无疑让我留下了一个遗憾，虽然有与美国水兵的"自拍照"，但我已不可能再看到了。二战时中国和美国都是同盟国，是战胜法西斯的盟友。

夏威夷是一个美丽的地方，这里可以享受夏威夷三宝"阳光、空气和水"。我们自行前往了威基基海滩，结伴逛了著名的商业街卡拉卡瓦大街。那里有世界顶级的名牌专卖店，我们每人选购了一件夏威夷风情的衬衫，也为孙子同样购买了一件，还为两位外孙女各买了一条夏威夷裙子，让我们带回一点夏威夷的太平洋岛屿的风光。

我们游览了库克船长的登岸地——钻石山，高级豪华的住宅区——卡哈拉住宅区。这里有很多顶级名人的别墅，如成龙、章子怡等，还有台湾李登辉的私人别墅，豪华得很。可是张学良将军与赵四小姐并没有别墅，他们仅仅是住在养老院、医院，不过这对中国现代传奇式的伉俪双双安葬在夏威夷美丽的海岛。

火山熔岩造成的天然奇观——喷泉口、兔子岛、乌龟岛、夏威夷族保护区——巴里大风口。原住民们的住房都是别墅，他们现在无忧无虑地住在这些漂亮的别墅群里，政府为他们提供了十分优裕的生活。原住民在这里过着闲适的生活，用那特有的夏威夷原住民胖而耐看的身材在节奏感较强的舞曲声中愉快地跳着草裙舞，这是所有人都最爱欣赏的风情。

巴里大风口的树林中有着一群群的鸡。有的老母鸡还带着一群半大的小鸡，我一直以为这是夏威夷散养的家鸡。

不过这里的鸡个头并不大，体型很像中国的"斗鸡"品种，观察了半天也没有看见这些鸡打架。导游告诉我，这些都是原先夏威夷家中养的家鸡，现在放在山上也不去管它们，让它们自生自灭。不过这些鸡一群一群地自生却没有自灭，而且现在发展得越来越多，并且一点也不害怕人。我在海边的草坪公园也能看到它们的身影。我赶紧把它们拍了下来，给它们取了一个不伦不类的名字——"野家鸡"。

"领导"和"山姆大叔"

　　我们的"领导"是指我们旅行团的领队和导游,"山姆大叔"是指我们旅游车的驾驶员。"山姆大叔"实际上过去是美国的形象代表,我记得"山姆大叔"的形象是头戴着高高的礼帽,礼帽上是美国国旗的图案。"山姆大叔"戴着眼镜,留着高高翘起的山羊胡子,身上穿着燕尾服,脚上蹬着尖尖的大皮鞋,手里拄着拐杖,一副绅士的模样。而我们所称的"山姆大叔"只是我们美国旅游车的司机,前几位司机都是地道的美国白人,也有一位美籍华人,后来到了夏威夷,开车的是一位夏威夷的原住民,严格地说我们所说的"山姆大叔"实际上包括三个美国白人司机,一个黄种人的华人司机和一个太平洋岛国原住民司机。不论他们属于哪个种族,他们的职业都一样——大巴司机。他们都恪守职业道德,一样地全身心地为大家服务。他们都是美国人,却看不出他们有丝毫的傲慢,所以大家都亲切地称他们为"山姆大叔"。不论在美国的东部还是在美国的西部,他们除了每天保持着车内的清洁,让大家舒适地生活在旅游车内,还要保证整个团队的安全出行。早晨他们都起得比较早,准时地等待在旅游车前,帮助每一位游客将行李箱提上客车的行李舱,并将这些行李排码整齐。到了住所处又将我们的行李从行李舱中提出来。因为行李舱比较低矮,每次他们都是弓着腰钻进沉闷的行李舱,将大大小小的行李箱从车上卸下,累得满头大汗,但他们总是忠诚谦卑地为大家服务。后来我发现每当我们下车参观时,"山姆大叔"还坐在车上认真地在一些表格上填写,并用尺子认真地在纸上画图。后来我才知道,他们每天必须将行车的详细情况向交通主管部门报告,这是美国的交通法规规定必须要做的。微笑服务对他们来说,应该说已做得非常之好,虽然我们之间存在着语言障碍,但每天微笑打招呼,逐步地拉近了我们的距离。当我们下车时"山姆大叔"总是站在车门口微笑着搀扶着老年人和女士下车。有一位"山姆大叔"还自费花钱买了一些糖果让旅客下车时随意地取吃,以缓解旅途的不适,对此大家都很感动。

美国旅游大巴不仅很有特色而且很漂亮,于是我在旅游大巴停下休息时,很想在车内与一位"山姆大叔"合个影,以便回国时有个纪念。"山姆大叔"得知我要和他照相非常高兴,他让我坐在他的驾驶位边和我合了一个影。他忽然离开驾驶位,然后把我拉到驾驶位上,叫我如何手握方向盘,目视前方,教我如何做个驾车的样子。然后他十分欣喜地坐在我的身边看我如何驾驶。当然我是不会开汽车的，只是装模作样地像驾驶员一样，这样我就有了一张在"山姆大叔"陪伴下驾驶旅游车的照片。如果仅仅看到这张照片，还以为我在美国开旅游大巴呢！但"山姆大叔"看到数码相机上我和他在驾驶室的照片，高兴地拍着我的肩膀哈哈大笑起来，笑得那么纯真那么开心。

"山姆大叔"也有不开心的时候。有一位"山姆大叔"因为在帮助大家卸行李时不慎扭伤了腰，必须到医院检查，中途依依不舍地告别了我们。还有一位"山姆大叔"为了方便大家下车，在一个不该超时停车的地方停车超时而被罚款。大家知道了这件事都为"山姆大叔"被罚而感到内疚，如果大家动作快一点，这位"山姆大叔"就不会被罚了。我们的领队也是一位非常有人情味的小伙子，他和大家商量了一下，让大家在这位"山姆大叔"最后一天帮大家下行李时，每人给这位"山姆大叔"一点小费，至少要补上这位"山姆大叔"的罚款。这天这位"山姆大叔"每下一件行李，游客都会递上一张美元，有 5 美元的也有 10 美元的还有更多一些的。感动得这位"山姆大叔"连声地说："谢谢，谢谢。"这天我们又要换车子，这位"山姆大叔"感激地向大家挥手告别。

更有意思的是在夏威夷，那位当地原住民"山姆大叔"要与我和我的老伴一起照张相。我以为是邀请我们到驾驶室里照，后来我才明白他不是这个意思，他是要我们和他一起在他心爱的旅游大巴合影，而且他特别注意要我们把这个旅游车公司的标示以及车号得照下来,这是一位非常有头脑的"山姆大叔"。

与美国夏威夷原住民司机

我们的导游在美国期间一共换了三次,美国东部一次,美国西部一次,夏威夷一次,他们都是华人。美国东部是一位女导游,我们不妨叫她"东导",这位女导游是中国云南红河州人,是一位个子不足一米五的小女生。这是一位从大山里走出来的山里孩子,她居然在毫无背景的情况下来美国打拼,在美国扎下了根,考取了美国的导游证并取得了美国的国籍。她貌不惊人居然能在美国定居,真的让人很难置信。她对工作是敬业的,每到一个景点她总是尽力详细地介绍当地的历史沿革,名人轶事,重大历史事件的背景。她的讲解是认真的,是下了大力气准备的,如果你聚精会神地听就会感到非常详尽,能让人获得不少有益的知识。她的语言比较平淡,不太有特色,但她在这方面正在做很大的努力,有时她似乎很想幽默一下,不知怎的一出她的口即使是一个笑话也不能引起人们发笑,这可能与她还没有掌握语言的技巧有关,也许与她的人生履历,生活环境有关,也许与她的性格有关系。但我自始至终认为她是一个合格的导游。她虽然是少数民族,出生在载歌载舞的彩云之南,但她并不属于能歌善舞者。她为大家唱了一首电影《芦笙恋歌》里的插曲,唱得也很一般,我知道她尽力了,旅客们照样给了她掌声。我想,也许时间长了,她的导游会做得很好的。

美国西部的导游是一位男导游,这是一个中国东北哈尔滨的小伙子。这小伙子不仅长得英俊身材也好,有一米七八的个子,而且讲话时声音洪亮。他是一位中国干部的子女,高中毕业就到银行工作了,后来就到了美国。开始英语不行,渐渐地学会了英语,考入了一个社区学院,相当中国大专的学历。他见多识广,上知天文,下知地理,从政治到经济,甚至流氓黑帮、环境污染、高档商品、珠宝皮箱、手表服装、营养保健品、奢侈品,无所不知无所不晓。他在大专学的专业就是奢侈品营销,后来又学过装潢,还开过长途大巴,现在又做了导游。至少他能打得开,处事机智灵活。

美国机场的人员他也能搞定,我们在美国国内的机场上上行李,一切都听从他的安排,结果为大伙节省了不少钱,大家对他的表现是十分肯定的。据他说他已加入了美国国籍,他在中国当干部的老爸老妈也来到美国,看来他的社会活动能量是非常大的。他为大家唱了一首东北民歌,不仅声音洪亮,音色音准也不差。他还在奥特莱斯指导大家选购商品,也得到了大家的好评。他告诉我们,他在中国东北谈了一个对象是舞蹈演员,现在已经来到美国做舞蹈教员,不久就要结婚了。他的能干是公认的,他的背景在国外并没有人想知道,更不会去打听。

除了"东导""西导"外,再就是我们到夏威夷的导游,权且我们就称之为"夏导"吧!夏导当然也是华人,也是美国国籍,这位夏导祖籍是中国海南文昌人,他家移民夏威夷至今三代了。他是一个十分典型的中国南方人,有典型的中国南方人的脸型和黑黑的皮肤,个子不高,身材是那样瘦瘦的,一看就是一个十分精明的人。他的中国普通话,真的让人感到比较难懂,不过有了半天时间,就会让人适应。这浓郁的海南味的普通话也是别有一番滋味的。夏威夷是他的出生地,所以他在给我们介绍夏威夷时就显得那么自信、自如还有点自豪。他给我们介绍了夏威夷的服装特色,夏威夷原住民的生活习惯、音乐和舞蹈。夏威夷的原住民本来就是这片土地的所有者,但由于现代文明的进入,由于大规模的开发,让他们失去了耕地、森林等很多资源,人口也减少了。为了保护原住民的族群，当地政府采取了很多的积极措施，为原住民建设了保护区。现在他们都住在这些保护区内，一家一户都住在有着前后花园的别墅区内。这些被称为"廉租房"的别墅，每月的租金廉价到你不可想象，每月仅仅只收一美元的象征性房租。他们的生活基本都由政府承包下来，牛奶和面包也不用掏钱，生活十分安逸。原住民都以肥胖为美，有人对此譬喻为"屁股长在前面"，虽然不礼貌，确也是事实。

"夏导"是一个非常注意观察和分析游客的导游，从他的年龄来看，他至少当了 15 年以上的导游。有的人评价他有点"油"，这也许与他的阅历和职业习惯有关。他发现我们这个团队虽然是老年人多，但整体素质非常之好，身体和自理能力都比较强，有很多人都能说一口流利的英语，这是一个有很多高级知识分子的团队，导游也十分懂得应怎样带好这班人。他为大家提供了很多方便，既发挥大家自身能动性，也不疏于管理。他十分谨慎，十分注意分寸，总体上让大家满意，安全。对大家想要了解的夏威夷黑珍珠，他也会详细地介绍，但不到商场给大家介绍，以避免导游导购的嫌疑，因为他十分精明也十分聪明。我们的领队叫张威，他的人就像他的名字一样，长得十分威猛，在我们这个团队里不需任何标志，他一站在那，那就是个标志。他一米九几的个头在全团是最高的，更不用说他举起一面小旗，让人家一看就知道他在哪。这个小伙子是北京人，上过大学也当过兵,从他身上一眼就看出来他受过良好的高等教育和部队严格管理的纪律教育。他很活泼、俏皮也很认真,有时也有些严肃。但在我们这群爷爷奶奶辈的眼里,他还是个孩子。他也把这个旅游团队的人当作长辈。数人数这几乎是他每天要进行几次的工作,上车后他会从车头到车尾的清点人数,吃饭时他也会清点人数。他和大家相处得很好,不几天他就记住了我们团队的所有人。护照是发给每个人自己保管的,还有每个人手头都有领队和中国驻美大使馆领事处的电话号码,这些是在不得已的情况下使用的,领队要保证每到一地和地陪导游联系好,还要安排每天的住宿、用餐,事情十分繁杂而劳累,有两件事至今仍让我感动。

有一次安排住宿,对方早餐的时间比我们出发时间要晚,这就必须自备早餐。大家都交过团费,当然不能自己去购早餐,否则也容易出问题。这天我们返回住宿地已经很晚了,张领队让"山姆大叔"将车停在一个超市门口,我们开始并不知道他要干什么,最后发现他一次又一次地从超市里把一箱一箱的矿泉水和方便面还有苹果拖上车。然后一个座位一个座位地给大家每人发两瓶矿泉水、一盒方便面、两个苹果。他一样一样地发,就是这几样东西来回从车头到车尾要整整走六趟。这么壮实的小伙子已累得气喘吁吁满头大汗了,真的让这些大爷大妈心疼了好久。

还有一次在参观科罗拉多大峡谷时,有两位老人没有按时返回旅游车,张领队和导游要大家在车上等待一下,五分钟过去了,十分钟过去了,二十分钟过去了,大家都急了。张领队和导游告诉大家不要急,他们下车去找。可是他们下车回到过去的地方找了二十几分钟,两人又匆匆地赶回来了。大家都着急起来,人走丢了,特别是老人走丢了,这可是大事,何况是在科罗拉多大峡谷? 危险随时会发生。他们又用电话联系,但电话又联系不上,整个团队都非常紧张。领队和导游再一次下车去寻找而让其他的旅客留在车上原地不动。又经过了半个多小时的寻找,我们终于看到了领队和导游带着两个走失的游客返回车内,大家都将提起的心放了下来,原来这两位游客因照相而走错了路。总算在另一个团队的中国游客帮助下回到了停车场。张领队此时紧张的情绪也松了下来。为了缓和大家紧张的情绪,他用韩语为大家唱了一首韩国的儿歌《三只小熊》,接着又用中文唱了一遍:

有三只小熊,熊爸爸,熊妈妈,熊宝宝。

熊爸爸英俊又魁梧。

熊妈妈美丽又大方。

熊宝宝活泼又可爱。

三只小熊幸福地生活在一起。

大峡谷也是熊出没的地方,张领队这首儿歌很快地使整个团队的情绪改变过来。他多像一个活泼可爱的大男孩,他那高大魁梧的身材与这首简单又俏皮的儿歌不知怎么就显得那么和谐。张领队在车厢里还为大家演唱了《外婆的澎湖湾》，他的嗓音很好，大家都爱听。他借用俄罗斯民歌《喀秋莎》曲调，为大家演唱了《开心小调》。

买四根萝卜，切吧切吧炖了吧。

买四块豆腐，也一起煮了吧。

没有花椒，大料，你就加点醋吧，

咕噜咕噜一起喝了吧！

唱得大家笑得前俯后仰，太开心了。开心的美加之行，开心的大男孩，开心的张领队。

第三篇　俄国行

漫步红场

    6 月的莫斯科，天空是湛蓝湛蓝的。蓝蓝的天看上去很高很高，一朵朵的白云飘荡在蓝色的天穹下，显得那么洁白，那么纯净，柔软地展示着它那轻柔的身姿，那么温柔，那

俄罗斯莫斯科红场

么温情，又显得那么温暖。这是 2015 年 6 月 11 日上午，我们漫步在莫斯科红场。

红场的"红"在中国就是红色。这里曾被认为是世界革命的中心，"红"场、"红"军、"红"色政权。红是颜色，曾经是苏联国旗的颜色。其实"红"在俄语中还是"美丽"的意思。"红场"也可以称为"美丽的广场"。红场并没有我们想象中的那么宏伟。在我们这一代人头脑中，红场是世界上最大的广场。其实不然。它在国际上的知名度虽远远高于天安门广场，可是它大约只是天安门广场的五分之一，南北总长 695 米，东西宽 130 米，总面积为 90 350 平方米，成不规则的长方形。红场的地面全部用古老的条石铺成，条石呈赭红色。由于多少年来人们从这些条石上踏过，条石表面油光发亮。奇特的是这些条石大小一样，不太长，也不是很宽，很像中国监制的砖块一样。每块条石的表面是凹凸不平的，奇怪的是虽然经历了四个世纪，这些条石的表面却一直保持着这独特的凹凸不平。是经常更新这些条石，还是石头无比坚硬？我想这大约还是与石头的质量有关。这应该是一种特别坚硬又特别耐磨的花岗岩。当然，这只是我的一种猜测。广场的两边呈斜坡状，整个广场微微隆起。红场原名"托尔格"，意为"集市"。它的前身是 15 世纪末伊凡三世在城东开拓的"工商区"。1517 年广场发生大火灾，广场曾被称为"火灾广场"，1662 年改称红场。现位于市中心，是国家举行大型庆典及阅兵活动的地点，是世界著名的广场之一。第二次世界大战时,由于德国法西斯的疯狂进攻,这里曾进行过震撼世界的莫斯科保卫战大阅兵,当时斯大林就曾和其他苏联领导人在这里检阅苏联红军。苏联红军的阅兵部队接受检阅后,不再回兵营,而是直接开赴前线,参加莫斯科保卫战。最终击退了德国法西斯军队的进攻,迎来了莫斯科保卫战的伟大胜利。这在世界战争史上也是绝无仅有的。它既表明了苏联是世界反法西斯主战场之一,也显示了俄罗斯民族有压倒一切敌人的伟大气概和巨大的民族牺牲精神。

6月莫斯科广场的风,轻轻地吹拂过来。吹在人的脸上是那么的轻柔,那么的温柔,像是中国南方那和煦的春风,给人的感觉是暖暖的,柔柔的,是那么让人舒适,让人惬意。看到这红场宽阔而又靓丽,古老而又年轻,怎不令人浮想联翩?怎不让人心潮澎湃?怎不叫人追今抚昔,感慨万千?怎不让人流连忘返,不舍离去?

由独特条石铺成的红场地面,显得古老而神圣。红场是莫斯科历史的见证,也是莫斯科人的骄傲。红场的西侧是列宁墓和克里姆林宫的红墙及三座高塔。在列宁墓和克里姆林宫红墙之间,有几块墓碑,其中包括斯大林、勃列日涅夫、安德罗波夫、契尔年科、捷尔任斯基等人的墓碑。这些苏联领导人,都曾有过他们显赫的一生,以及他们在苏联历史乃至国际共产主义运动历史上的巨大影响,甚至可以说有一段丰功伟绩。看到他们的墓碑,看看今日的世界和今日的俄罗斯,真的让人感慨万千,真的有沧海桑田之感!历史上的风流人物,都已随风吹去了,千秋功罪自有后人评说。附近还有朱可夫元帅的雕像,这位反法西斯的战神,在二战中,捍卫自己的祖国,功勋彪炳卓著,是永远让人们怀念的。红场的南面是莫斯科瓦西里大教堂,北侧是国家历史博物馆。附近还有无名烈士墓,东面是古姆商场。

红场是十月革命后成为苏联庆祝重要节日的地方。过去这里既是莫斯科商业中心,又是沙皇政府宣读重要诏书和举行凯旋检阅的场所。红场北面是一座三层的红砖楼,其式样仿照古代俄罗斯建筑,南北各有八座尖塔,这是建于19世纪的博物馆。里面收藏着450万件展品。红场最著名的建筑物要数南面的瓦西里升天大教堂,又名波克罗夫大教堂。在这里,我才弄清楚了东正教与天主教、基督教十字架的区别。原来东正教的十字架比基督教、天主教的十字架多了一撇。过去从来没有注意到这一点,在这里又让我多了解了一些宗教发展及教义的肤浅的知识,也感到宗教对历史发展和现代社会的意义。瓦西里升天大教堂是伊凡雷帝为纪念1552年战胜鞑靼军队而下令建造的。这座教堂中间是一个带有大尖顶的教堂冠。八个带有不同色彩和花纹的小圆顶,错落有致地分布在它的周围,再配上九个金色的洋葱状的教堂顶,绝妙无比。当你看到这座教堂,就会被它独特的建筑风格所吸引。不过这里也有一个悲怆而残忍的故事。伊凡雷帝为了别处不再出现这样美丽的教堂,竟然下令弄瞎了建筑师的双眼。可怜的建筑师因为自己非凡的建筑才华和无与伦比的建筑成就,反而让自己终生陷入了黑暗的世界,成了一位盲人。教堂的前面是民族英雄米宁和波扎尔斯基的雕像。因为他们在1611年至1612年打败了波兰侵略军,解放了莫斯科,他们也是国家的民族英雄。

教堂的前面有一个圆形的平台,俗称断头台。是当年向群众说教和宣读沙皇令的地方,也是行极刑的地方,行刑在台下进行,在台上宣读处死令和犯人罪状。

列宁墓坐落在红场西侧,在克里姆林宫墙正中的前面。1924年1月27日建成,最初是木结构,1930年改用花岗石和大理石建造。卫国战争后,装有列宁遗体的水晶棺重新更新了。列宁墓一半在地下,一半露在地面,墓体表面是阶梯状的三个立方体,红色花岗石和黑色的长石建成。陵墓的体积为5 800立方米,内部容积为2 400立方米。墓前方刻有"列宁"字样的碑石,碑石净重60吨。墓顶是平台,平台的两翼是可以容纳万人的观礼台。每当举行重要仪式时,领导人就站在列宁墓顶上的观礼台指挥。今年在纪念世界反法西斯战争胜利70周年的庆典阅兵式上,中国国家主席和其他国家的领导人与俄罗斯总统一块参加了阅兵式,中国人民解放军的方队,也迈着坚定的步伐,在红场上接受了检阅。

沿着黑色的大理石台阶而下,可进入陵墓中心的悼念大厅，列宁安详地躺在铺有红色党旗和国旗的水晶棺内，身穿黄色上衣，胸前佩戴一枚红旗勋章，脸和手都由特别的灯光照着，清晰而安详。列宁墓不远处有列宁纪念馆，里面珍藏着列宁的遗物和列宁传记等。斯大林遗体最初也在列宁墓内，1962 年 10 月 31 日被移出列宁墓，葬在列宁墓的后面。沿着克里姆林宫墙往前走，墙壁上还安放着朱可夫元帅、列宁的妻子克鲁普斯卡娅、高尔基、第一位宇航员加加林及其他苏联名人的骨灰。

瓦西里升天大教堂的南面是瓦西里斜坡，一直延伸到莫斯科河畔。莫斯科也是一个水系发达的城市。有很多的河流在莫斯科穿过，这些河都叫莫斯科河。虽然俄罗斯在中国的北方，但它的空气非常湿润，清新，好像中国的江南。这主要得益于俄罗斯森林覆盖面积之大和河流纵横、湖泊充沛，而不像中国的北方，空气干燥，尘土飞扬。红场边的莫斯科河，河水清澈，水深碧蓝，蓝得让人心动。这让我想起了美国的纽约，在去自由女神像的码头边可以看到泡沫塑料和生活垃圾在水中漂浮，水是发黑浑浊的，虽然没有明显的臭味，但仅仅这河水就让人兴味索然了。而莫斯科的河水，清得那么让人心动，那么可爱。可见莫斯科的环境保护是何等之好。其实莫斯科也是一个国际大都市，它的人口也有 1 200 万。我觉得俄罗斯的环保如此之好，主要是俄罗斯公民素质很好，加上良好的生活习惯和严格的管理，以及得天独厚的自然环境。漫步在红场上，可以看到成群结队的游客在导游旗的指引下认真地听导游讲解。这里有来自世界各地的游客，还有市民们带着孩子来红场散步，以及一对对情侣相携相拥，呢喃细语。警察不时地从人们身边走过，这里有阳刚之气十足的帅小伙男警察，也有英姿飒爽英气十足的俏姑娘女警察。他们都十分文明地在广场上或站岗或巡逻，当行人向他们询问时，他们总是面带微笑地回答。明天就是俄罗斯的国庆节了，加强治安防范是可以理解的。这里没有喧哗，没有吵闹，显得如此和谐，真的在红场上可以体味到这和谐氛围。我们漫步在莫斯科红场，感到的是一种享受，是深沉的历史享受，是深厚的文化享受，是清新的大自然享受，是温馨和谐的人际关系的享受，是文明礼貌的精神享受，更是华丽、庄严、肃穆的视觉享受！

克里姆林宫墙就连在红场的边上，这座世界著名的宫殿坐落在鲍罗维茨丘陵上，南临莫斯科河，北依亚里山德罗夫大花园，东界红场，呈不等边三角形，面积 27.5 万平方米，周长两公里多，曾为莫斯科公国和 18 世纪以前的沙皇皇宫。由许多教堂、宫殿、钟楼、花园和多层塔组成，天使长教堂里存放了彼得大帝之前各个沙皇的灵柩。重达 258 吨的沙皇大钟及大炮，伊凡大帝钟楼以及钻石库也安放和建于宫中，令人目不暇接。这座宫殿始建于 1156 年，原为苏滋达里大公爵尤里·多尔格鲁基的庄园，其中有木造的小城堡，称"捷吉涅茨"。

克里姆林宫宫墙高 14 米，厚 6 米，长 2 235 米，围墙上有塔楼 18 座,参差错落地分布在三角形的宫墙上,其中最壮观、最著名的要数带有自鸣钟的救世主主塔楼。5 座最大的城门塔楼和箭楼上装上了红宝石五角星,这些五角星是以红水晶石和金属框架镶嵌而成的。内置 5 000 瓦功率照明灯,红光闪闪,昼夜遥遥可见。这就是直径为 6 米的红水晶五角星,也就是人们常说的克里姆林宫红星。克里姆林宫享有"世界第八奇观"的荣誉。宫墙内,林木葱郁,花草繁茂,教堂耸峙,殿宇轩昂,政府大厦拔地而起,各种博物馆穿插其间。

克里姆林宫,它的建筑形式融合了拜占庭、俄罗斯、巴洛克和希腊、罗马等国风格。这座古城堡不仅是俄罗斯政府所在地,而且是俄罗斯历代艺术珍品的储藏宫。步入宫门便是红石铺成的中央教堂广场。广场上矗立着三座金顶大教堂,大克里姆林宫更为突出,是一座完全按俄罗斯传统建造的宫殿,又名多棱宫,曾是皇家接见外国使臣的地方。最高的建筑是白色的金顶伊凡大钟楼,高 81 米,里面藏有 50 多口铜钟。钟楼外陈列着一口最大的钟,高 6.14 米,直径 6.6 米,重达 200 多吨。表面上铸有浮雕、人像和题词,声传 50 公里,为世界"钟王"。它是 18 世纪时由 200 多名俄罗斯的能工巧匠费了两年多的时间铸造成的,是俄国铸造工艺的纪念碑。据说当时为了得到最佳的音色,除了用铜和锡外,还加了几公斤的金和银。与钟王相伴的是长 5.34 米,口径 0.89 米,40 吨重的炮王。这座古式铜铸大炮从 1540 年开始建造起，一直到 1585 年完工，中间换了八个沙皇，至今尚未使用过，巨大的炮口内可以同时爬进两三个人。旁边的圣母升天大教堂，巍峨壮观。沙皇曾在这里举行过典礼。大文豪列夫·托尔斯泰也就是在这个教堂被逐出教门。其西有报喜教堂，南有天使大教堂。此教堂是彼得大帝以前历代帝王的墓地，伊凡雷帝即葬于此。克里姆林宫的西角是武器宫，现为武器博物馆。收藏着古俄国的盾和箭等各种武器。这里有苏联部长会议大厦、苏联最高苏维埃主席团办公大厦。这里是统治俄罗斯帝国多代君王的皇宫，十月革命后是苏联最高权力机关和政府的所在地，今天又是俄罗斯的总统府。议会和政府现已迁出了克里姆林宫。可以说从公元 13 世纪起，克里姆林宫就与俄罗斯的所有重大事件有关。它见证了俄罗斯从莫斯科大公国发展至今日横跨欧亚大陆的强大的国家的全部历史。宫内有大片花园，花草纷繁，林木葱翠，整个宫城平面呈三角形。外围砌以雉堞宫墙。莫斯科的克里姆林宫位于首都的最中心。它那高大坚固的围墙和钟楼，金顶的教堂，古老的楼阁和宫殿耸立在莫斯科的博罗维茨基山冈上，构成了一组无比美丽而雄伟的艺术建筑群，被联合国教科文组织列为世界文化和自然保护遗产。莫斯科克里姆林宫是国家的象征，是世界最大的建筑群之一，是历史的瑰宝，是世界文化艺术中古迹保护最完美的圣地。

　　漫步在莫斯科红场，就是漫步在俄罗斯最优美的城市、城堡和教堂之间；漫步在莫斯科红场，就是漫步在俄罗斯古今建筑辉煌的成就之间；漫步在莫斯科红场，就是漫步在悠久的历史和文化之间；漫步在莫斯科红场，就是漫步在一个伟大民族精神中间；漫步在莫斯科红场，就是漫步在一个强大国家全部历史中间。漫步莫斯科红场给人的感觉除了视觉震撼还有心灵上的更大震撼。

莫斯科中餐馆

  旅游吃、住、行，是除了玩之外的三件大事，而吃又排在首席，吃不好，也就玩不好。每到一个国家，除了去品尝一下异国的美食之外，恐怕在异国能吃上自己本国的食品，甚至家乡的食品，这真正是不亚于"他乡遇故知"了。几十年生活在一个特定的环境里，生活在一定的饮食文化之中，不知不觉也就养成了自己的饮食习惯，自己的品尝口味。如果突然改变这种习惯，去尝试另一种美食也许一开始感到很新奇，很开心，但时间稍一长点，可能就会旧习复萌，思念起家乡的饭食。俄罗斯是一个以面包为主食的国度，面包、红肠……对他们是不可或缺的，而对生活在中国南方以米饭为主食的我们来说，中餐的饭菜正是我们最重要、最向往的饮食。今天我们将要到莫斯科的一家中餐馆就餐，这对我们的诱惑力实在是太大了。三天不吃饭，心里就发慌，今天有饭吃，心里就发痒，这饭就是米饭。

  我们去的是一家由中国东北人开的中餐馆，这类中餐馆在莫斯科很多。东北三省是离俄罗斯很近的省份,俄罗斯人与中国人交往最多、历史最悠久的就是东北人。无论沙俄时代,还是苏联时代,东北人与俄罗斯人的频繁交往从来也没有停止过。人员往来,经贸交易,以致军事、政治往来,可以追溯到很久很久之前。二战末期苏联红军百万大军,长驱直入,击溃了日本关东军,为解放东北立下的功勋,彪炳史册。中国东北人学习俄语的能力好像特别强,就像上海人学习英语很有优势一样。

我们来到了这家中餐馆,没有找到招牌,但门口高高挂起的红灯笼,让我一看就知道这是中国东北人开的餐馆。来到餐馆前,只见大门楼上赫然还有三个中国人都十分熟悉的人物,中间是孔子的头像,左边是老子的头像,右边是毛泽东的头像。孔老夫子可以说是中国传统文化的老祖宗了,流传至今的《论语》,显赫至今的"大成至圣先师"的头衔是让每个中国人都会膜拜的。老子是道家的始祖,老子的《道德经》是道家的经典。毛泽东是现代人,是中华人民共和国的缔造者之一。孔子是儒家,老子是道家,中国人最崇敬的是"儒""释""道"三家学说。"释"者为释迦牟尼,是佛教的祖先,为什么放毛泽东像,而不是"释迦牟尼"呢?毛泽东本身是一个无神论者。中国人崇尚毛泽东思想,因为他是中国共产党的指导思想和一面旗帜,但把这三个人排在一起,放在中餐馆的门头上,而且他们的顺序是孔、毛、老,真的让人太费解了,太难猜了。这当头的疑问让人找不着答案。辘辘饥肠让我也来不及细想,就跨进了这间东北中餐馆。

这个餐馆极其普通,普通得让人感到有一点寒酸,一个厅里摆放着四张圆桌,这是四张油漆斑驳的普通的中国家庭的木桌,可能也有一些年月,显得有一些陈旧。怎么看也不像是一个在莫斯科这个世界大都市的餐馆。几个中国的餐厅服务员,衣着极其普通,但显得比较干净。他们的中国面孔和流利的带有东北口音的普通话倒让人有了"宾至如归"的感觉。

我们十二人一桌,享用的是"八菜一汤"。这里当然少不了东北的招牌菜"猪肉炖粉条""小鸡炖蘑菇",还有几个炒菜。我对东北菜虽不十分推崇,但起码可以吃出中国的味道,中国地方的味道。江南人吃菜是比较讲究的,特别是"重色,重味,重油"的徽菜;清淡而做工精细的"淮扬菜",这是无法相比的。好在这里有米饭吃,虽然不是质量特别好的香米,仅仅是十分普通的米饭,吃起来也是十分的香了,这才让我想起来已经三天没有吃米饭了。桌上的菜都不怎么记得住,总的感觉这些菜还是比较清淡,比较适合现代人的胃口。后来上了一条鱼,这鱼是什么鱼?总之说不出来,鱼肉虽说不上鲜嫩,但也说不上粗糙,味道一般。问大家,谁都不认识这种鱼。是海鱼?还是淡水鱼?是生长在莫斯科河里,还是生长在亚德利亚海中,谁也说不上来。问餐厅里的服务员,他们也说不出个子丑寅卯,只知道这是在莫斯科市场上买的鱼。看来为难了这些中国的服务员哩！吃了就吃了，管它是生长在淡水还是咸水，管它叫什么名字。也不过就是我们中午下饭的菜而已。想到这里也就知足了，何必刨根问底，难为别人呢？

吃完中式的午餐，不管怎么说，精气神都比原来强多了。正准备上洗手间，突然在过道的墙壁上发现了一个专栏，这个专栏当然是以中文为主的，远远的我就发现了一张十分熟悉的画，这幅画吸引了我。这是一幅木刻的版画，是马克思、恩格斯、列宁、斯大林、毛泽东五位伟人的头像。虽然是木刻式的版画，但对五位伟人的精气神、容貌，表现得淋漓尽致。与其他版画的不同点是既形似、又神似，既显示出领袖的风采，也显示出领袖人物的庄重。原来这个版本的木刻画在中国"文化大革命"期间风靡全国。那时我还在乡下插队落户，当时也在生产队的墙上画了巨幅的这个版画的临摹版，是用红色和黑色的油漆画的。那是一个中国的"红海洋"时代，这幅画曾引起贫下中农的轰动，并保存了好几年。当然现在早已不存在了。我下放的大队现在也变成了县里的新城区，县直机关的大楼都建在那里，原来农村的土墙房也都不见了，看见的是一排排规范的钢筋水泥结构的花园别墅式的新洋房，这才是真正意义上的"旧貌换新颜"了。这个专栏里保存了抗日战争和新中国成立后，中苏之间的伟大友谊。这里既有苏联空军在抗日战争时，英勇地参加中国武汉保卫战的珍贵照片，也有毛泽东与斯大林共同签署中苏同盟互不侵犯条约时的照片。这里还有新中国成立初期,大批苏联专家支援中国第一个五年计划建设的图片。中国第一个五年计划的完成,奠定了中国坚实的工业化基础,也同时初步地建立了中国完整的工业化体系。北京、上海都还完整地保存了北京农展馆、上海展览馆等苏联援建的建筑,这些建筑保留了苏式建筑的风格。那时我还很小,当然也有自己关于那个年代中苏友好的记忆。

　　我最早看到的拖拉机就是苏制的,第一次见到的外国人就是苏联人,那是20世纪50年代。那时的农村也学习苏联集体农庄的经验,也建起了农业生产合作社,农业机械化与农业合作化是当时中国农村的目标。我作为孩子,也和小县城里的人一样,只见过电影和报纸、画报上的拖拉机。家父当时是这个县里中苏友好协会主席,父亲是无党派民主人士,大学毕业后任宁国县中学校长,是县各界人民代表大会副主席,也是科普协会主席。在父亲的努力争取下,约来了由苏联专家开来的拖拉机。那时我作为一名孩子,好奇心和求知欲非常强,做梦都想看看"苏联老大哥"开来的拖拉机。当时头脑很简单,认为有了拖拉机,就是农业机械化了,其实并不明白农业机械化的内容远远不止这些,这是一个系统工程,这里包含有关于农业的一系列机械,从生产到收获,从收获到加工,从加工到仓储……不过当时还很小,只上了小学二三年级,知道得太少了。

　　拖拉机终于来到了皖南的一个小县城,宁国县城里人山人海，县里的主要领导都来迎接来自苏联的拖拉机。我记得这台拖拉机很高，应该是履带式的。当苏联司机走出驾驶室，向人们挥动帽子时，群情激动，大家不断地高呼"中苏友好万岁，斯大林万岁""毛主席万岁"！这是我第一次看到外国人，白白的皮肤，高高的个子，卷卷的头发，挺挺的鼻子。根据事先的安排，拖拉机做了一次耕地的演示。我记得是在县苗圃的一片耕地上进行的。拖拉机突突地冒着烟，后面的犁铧翻起了大块泥土，拖拉机的力气真大，犁得那么深，犁得那么快，让所有的人都十分惊讶。这大约就是农业机械化，现代化。今天在莫斯科的中餐馆看到了这一保留了中苏友好历史的照片和图片，看到斯大林与毛泽东微笑着紧紧握手，不由让人感慨万千。

　　走出了这间中餐馆的大门，再看看餐馆门头上的三位名人的头像，我想，该给这个餐馆起个名吧？叫中国圣人餐厅、中国伟人餐厅似乎都不妥，还是叫中国名人餐厅更加确切一点。但这里的设施、服务，有点像人民公社时期的大食堂。这一切都不重要，重要的是我们的肚子已经吃饱了。

新圣女公墓祭

　　北京有个"公主坟"，莫斯科也有一个"公主坟"。莫斯科的公主坟实际上叫新圣女公墓，这叫法大约是中国人的首创。新圣女公墓位于莫斯科的西南部，起初是教会上层人物和贵族的安息之地。始建于16世纪。据说当时彼得大帝的姐姐索非娅公主被囚在这里，并葬身于此，到了19世纪，新圣女公墓才成为俄罗斯著名知识分子和各界名流的最后归宿。该公墓占地7.6公顷，埋葬着2.6万多位俄罗斯各个历史时期的名人，是欧洲三大公墓之一。

　　在来到这个公墓之前，我对它了解并不多。作为墓地有多少参观的价值和有什么特色，我是一无所知。但一走进这个墓地，我的感觉就完全不一样了。公墓的围墙一是很大，二是建筑式样与克里姆林宫宫墙是一模一样的。不过克里姆林宫的宫墙是朱红色，而这里的围墙是白色的。这里的安息者有著名的文学家普希金、果戈理、契诃夫、马雅可夫斯基、法捷耶夫，有作曲家德米特里·德米特里耶维奇·肖斯塔科维奇,戏剧理论家斯坦尼斯拉夫斯基,舞蹈家乌兰诺娃,播音员尤利·鲍里索维奇·列维坦,有飞机设计师安德烈·图波列夫、瓦维洛夫,政治家赫鲁晓夫、米高扬、葛罗米柯、波德戈尔内、叶利钦等等。在这里我还看到了出生在中国安徽省金寨县的王明和他妻子的墓地。俄文翻译告诉我,王明的头衔是"革命理论家"。看来十分贴切,他算不上政治家,并没有给中国革命创造出功绩。他所有的只能是他的空头革命理论。

新圣女公墓不是谁想在这里安葬就能在这里安葬的。很多有钱的人包括现今的俄罗斯新贵、金融寡头,都试图花巨资在这里购买一块墓地,皆遭到拒绝。据说莫斯科议会通过了一项决议,只有对社会作出杰出贡献并得到社会公认者才可以葬于此公墓。这样的管理让新圣女公墓成为有杰出贡献者的安息之地。整个墓园显得肃穆、安静、整洁。不论是俄国人还是外国人,都是以肃然起敬的心情来到这里瞻仰、凭吊、纪念心中的崇拜者。不时可以看到有人以崇敬的心情,擦拭着墓地的某一块墓碑,又擦洗其墓基,然后献上花篮和花圈,以及祭奠的礼物。你一定认为这是墓主人的后代或者亲属,实际上你错了,这些祭扫者并不是墓主人的后代或亲属,绝大部分是墓主人的崇拜者,这真是让人感动不已。

新圣女公墓里安葬的政治家很少,这使得墓地少了一些政治上的纷杂争论,多了一份艺术上的超脱和优雅。但还是有几位政治家安葬于此。

赫鲁晓夫，苏联前总书记，他在位时间很长，是乌克兰人，他在位时曾把俄罗斯的克里米亚划归乌克兰。那是苏联时代，就像中国将一个地市从一个省划归另一个省一样简单。而今天当克里米亚脱离乌克兰，加入俄罗斯时，在世界上却掀起了轩然大波和国际制裁。始作俑者应该是这位前总书记。赫鲁晓夫的墓碑是由黑白两色的 E 字型大理石，并在一起而成。中间那一横上安放着赫鲁晓夫的头像，这是由黑色的大理石刻成的。这个头像非常逼真，与赫鲁晓夫的照片几乎一样。赫鲁晓夫墓碑旁安葬着他的两个儿子和一个孙子。赫鲁晓夫的一个儿子是卫国战争时的叛徒，后被斯大林枪决，另一个儿子却是卫国战争的英雄。赫鲁晓夫的孙子是苏联的宇航员。为什么赫鲁晓夫的墓碑是用黑白两种大理石来雕刻，据说对赫鲁晓夫的评价是一生功过参半，大约人们对此并没有异议。

叶利钦的墓碑十分简洁，就是在地上覆盖的白蓝红三色的俄罗斯国旗。这面旗帜似乎在地面有风吹起的感觉，呈波澜状，有动感。我感觉奇怪的是这三色旗的红色不是真正意义上的红色，确切地说应该是赭色。这位以在坦克上发表讲演而著名的政治家，却以酗酒而闻名于世。不知为什么这位俄罗斯总统最终没有安葬在克里姆林宫的宫墙后面，而安葬在新圣女公墓。这里是叶利钦的墓，但没有多少说明文字。

葛罗米柯,在几代苏联总书记时代,他一直是政治局委员、外交部长。在苏联的政治舞台上,他一生显赫,是始终不倒的政治人物。他也安葬在新圣女公墓,墓碑是一块立柱形的黑色大理石,正面是葛罗米柯的头像浮雕,用中国的篆刻理论说,这是阳雕,这头像是凸出的,应该说与真人非常像。这个立柱的侧面是葛罗米柯像的阴雕,头像是凹进去的。有人说葛罗米柯的头像用了一阴一阳的雕法,是说明这外交家的阴阳两面的外交手法,也有人说,这葛罗米柯在政治生涯中是两面派,所以他才成了一名政治上的不倒翁。

公墓中有战功显赫的将军元帅。令人吃惊的是,其中竟有卫国战争时英勇牺牲的海、陆、空三名战士,他们的墓碑是并列在一起的,显得很突出。卫国战争中为国捐躯的战士成千上万,这三位在公墓中也占有一席之地,正是千万士兵的代表。

新圣女公墓包含着浓厚的文化韵味,墓主的灵魂和墓碑的艺术巧妙地结合,形成了特有的俄罗斯的墓园文化。新圣女公墓陈列了俄罗斯整个历史,每块墓碑都仿佛是历史的一页,公墓的雕塑又各具特色,是整个俄罗斯雕塑的缩影。名人生前都会找到自己最中意的雕刻家,为自己雕刻一尊最能体现本人历史价值的作品。

世界著名的米格战斗机设计者阿尔乔姆·伊万诺维奇·米高扬的墓碑设计得非常简洁。一架插入云霄的米格战斗机,清楚地反映了米高扬毕生的理想和追求。

河水顺着堤坝,奔流而下的形象反映了冈德洛夫为俄罗斯水电事业做出的特殊贡献。坦克炮的设计师拉夫里洛维奇,他的墓碑更有特点。由于他设计的穿甲炮弹,可以穿透100毫米厚的钢板,雕塑家就将他的墓碑设计成一块厚度为100毫米的弯曲的钢板的形状,墓碑上的三个弹孔,正句后人炫耀着这位武器专家研制的炮弹,威力是多么的巨大。

苏联著名的男高音歌唱家索比诺夫去世后,女雕塑家维拉·伊格拉吉耶芙娜·穆希娜在对他的墓碑设计中,注了大量的心血。终于以一只垂死的天鹅形象,震撼了所有前来的参观者。这只美丽的天鹅成为索比诺夫灵魂的化身。

一位苏联著名马戏团小丑,他死后与他的演出搭档——一只狗葬在一起。他的墓碑前就有着一尊与这位演员真人一样大小的塑像,他的身前就躺着一只雕塑的狗,真的让人感慨。

著名芭蕾舞演员乌兰诺娃的墓碑不仅雕塑有她跳天鹅舞的舞台形象,边上还有一个用白色大理石雕刻的和真人一样的乌兰诺娃。乌兰诺娃非常漂亮,这白色大理石的美丽塑像,被保护在一个大的有机玻璃罩里面。全世界爱美之心都是一样的,全世界怜香惜玉之心也是相通的。

20世纪30年代,原来安葬在教堂里的一些文化名人也被迁移到了这里。俄罗斯著名作家果戈理等人的墓葬，就是在这个时候迁入新圣女公墓的。在这次迁坟过程中，一个隐藏多年的惊人秘密被发现了。人们打开果戈理的棺材后，惊讶地发现他的头骨居然不翼而飞。果戈理虽然活了43岁就去世了，但他写下的《死魂灵》和《钦差大臣》等文学作品使他成了当时俄罗斯伟大的语言艺术家和文学家。他在世时，曾再三恳求后人不要为他树立任何墓碑，一个极其崇拜他的著名戏剧家巴赫鲁申说服了看守墓地的修士，将果戈理的头骨挖了出来，珍藏在家中，并视为珍宝。当时人们知道此事真相以后，巴赫鲁申只得将果戈理的头骨交出来。但果戈理的家人托人将头骨运到果戈理生前就喜欢的意大利时，被委托人却在途中神秘地失踪。如今埋在新圣女公墓的语言大师，依旧没有属于自己的头颅。中国的雍正皇帝死后头颅被人盗去，是因为他杀人太多，是仇家割去了他的头颅。大科学家爱因斯坦死后，大脑被用作科学研究。中外名人在死去时失去头颅或因为爱或因为仇或因为科学研究原因是不一样的。

让果戈理稍感欣慰的是，他的邻居是19世纪末俄国伟大的批判现实主义的作家契诃夫。契诃夫比果戈理多活了一年。他的《变色龙》《套中人》两部作品是俄文学史上精湛完美的艺术品。其实契诃夫本来是一位医生，他毕业于莫斯科大学医学院，取得了执业资格，并在莫斯科的乡间开了一家属于自己的诊所。他一边行医，一边写作。他曾经说过"医学是我的妻子,文学是我的情人",可结果人们熟知作家契诃夫,很少人知道他还是一位医生。幽默的契诃夫在生前曾劝告人们要珍惜生活,要知足常乐。他曾经说过:"要是你的手指头扎了一根刺,那你应该高兴地说挺好,多亏这根刺没扎到眼睛里……如果你的爱人背叛了你,而不是你的祖国,你应该高兴。"

著名的作家阿·托尔斯泰墓碑上的浮雕凸显了俄罗斯知识分子在十月革命前后转变的历史过程。人们都知道他的长篇小说《苦难的历程》三部曲及童话故事《狼和小羊》。其中"小羊儿乖乖,把门儿开开……"的名句深深地刻在多少人的脑海!

《钢铁是怎样炼成的》这本书的作者奥斯特洛夫斯基临终的那一刻被雕塑家永远地定格在这块石板上,他的一只手放在书稿上,饱受疾病折磨的身体,失明的眼睛凝视着远方。墓碑下还雕刻着伴随他大半生的近卫军军帽和马刀。

法捷耶夫这位《青年近卫军》的作者根据克拉斯洛顿共青团地下组织"青年近卫军"与德国法西斯占领军进行斗争的事迹,写成了长篇小说《青年近卫军》。他曾是真理报的记者,是苏联斯大林时期的文联主席,在赫鲁晓夫攻击斯大林以后,吞枪自杀。法捷耶夫也被安葬在公墓。

公墓中还安葬有我们儿时学习的英雄榜样卓娅的墓碑,是一位少年女英雄全身的雕像。她在被法西斯德国军队杀害时,年仅 14 岁,比中国的刘胡兰牺牲时还小一岁。

公墓里埋葬着俄罗斯民族历代的精英和骄傲。每天都会有大批的俄罗斯市民来到这里。2005 年是苏联解体后的第 14 年,俄罗斯饱尝了一个超级大国解体后的痛苦、车臣战争的硝烟以及恐怖分子血腥屠杀之后,在这个贫富差距悬殊的冰雪之国,每一个俄罗斯百姓都感到生存的严峻和痛苦。在冰冷而忙碌的现实里,他们如何抚慰自己受伤的心灵,他们的精神家园又在哪里呢? 新圣女公墓就是他们的精神家园,似乎只要在这里停留片刻,那紧缩的心灵就会得到舒展和放松,平淡无奇的生活又会重新燃起希望的。这里似乎有种魔力吸引着一代代人来朝拜。这座全世界独一无二的公墓具有浓厚的俄国文化韵味,墓主人的人格身份和墓碑雕刻艺术的巧妙结合,使全世界来参观的游客总是给予无尽的惊叹与赞美。

走出公墓的大门,回首那总不缺祭扫者和鲜花的墓地,除了惊叹和赞美外,我的心情应该说还要比这些更加复杂一些。

胜利广场与地铁站

　　今天是 6 月 12 日，是俄罗斯的国庆节，这天一早我们来到莫斯科胜利广场。胜利广场是 1995 年 5 月为了纪念反法西斯战争胜利 50 周年而建的。广场最引人注目的是胜利女神纪念碑，高 141.8 米，象征着卫国战争 1 418 个战斗的日日夜夜；三棱形的碑身，每个棱面都形象地表现了莫斯科等 12 个英雄城市周围的战斗情景。高约 100 米处，古希腊胜利女神右手拿着金灿灿的胜利桂冠，在一男一女两位吹着胜利号角的天使陪伴下，带来胜利的消息，迎向人们。三棱形的碑身仿佛一把青铜利剑，直指长空。上面各种人物的浮雕，再现出战争中那些让人们缅怀的英雄人物和难忘的战役。碑体下部是俄罗斯勇士格诺尔基持长矛英勇刺杀毒蛇的雕像。纪念碑下的 5 层台阶，象征着 5 年艰苦战争。纪念碑两旁的大草坪上，用不同的植物拼出了"1941—1945"的两组数字，时刻提醒人们和平的来之不易，这是广场的西面。

在纪念碑后不远处是为了纪念卫国战争而建的卫国战争中央博物馆，馆内收藏了众多珍贵的纪念品，其中有德国宣布无条件投降的签字原件，战争中苏军使用的方形喇叭、士兵日记、插在柏林大厦上的红旗等。一件件物品让人回味那段历史。在馆内的哀悼大厅内，从宽敞巨大的顶棚上垂下了数条缀满玻璃珠的灯绳，这些灯绳共使用了 2 700 多万颗玻璃珠，意在代表二战中苏联 2 700 多万死难者所流下的泪珠。这些玻璃珠晶莹剔透、神圣而纯洁，也从侧面展现了战争的残忍、杀戮和血腥。

广场的北面是一组大型的喷泉，一长排的喷水池和两排优雅的蘑菇水池，供游人欣赏。

胜利广场的南面与喷泉相对的是，常胜圣格奥尔基大教堂，金色的圆顶、象征圣洁的白色墙面、细致的浮雕，在湛蓝色的天空下，格外美丽。简单典雅的外观，反而形成了一种返璞归真的美。今天的胜利广场人头攒动，穿着各种服装的俄罗斯年轻人，都在秩序井然地进入广场。今天广场上的警察特别多，在进入广场前必须经过两道安检。这儿的安检基本上与机场登记安检程序一样，不仅要通过安检门，而且要开包检查。俄罗斯警察对我们中国人非常友好，不仅微笑地打招呼，安检后还向我们问好。通过了两道安检，我们进到胜利女神纪念碑的右侧。这里有一个很大的舞台，各种文艺团体在表演着文艺节目。有大合唱，有大型乐队演奏，还有马戏团表演杂技。这应该说是一个大型的国庆文艺演出。除了中国人熟悉的《喀秋莎》《莫斯科郊外的晚上》等传统歌曲外,大多数的歌曲表演是我们听不懂的。表演能看懂一部分,有些也不很清楚。不过台下的俄罗斯观众,不时大声与台上的演员互动,齐声歌唱,场面十分动人。这里没有看到或者说没有明显看到官员(领导)出席,似乎纯粹是一个文艺活动。应该说俄罗斯人民的素质是很高的,虽然大家都是站着看,但始终秩序井然。在这么大的一个集体活动中能这样是不简单的,也是了不起的。

离开广场上的文艺活动,也就是出了文艺活动的一道安检门,只见广场边搭建有很多帐篷,这些帐篷里出售的有国庆节纪念品,如国旗、邮票、画册,当然更多的是书籍。俄罗斯民族是一个崇尚读书的民族。俄罗斯人阅读书籍的习惯和购买书籍的热情,一直排在世界的前列。我看到这么多俄文原版的书,有经典的俄罗斯文学作品,也有现代的新文学作品,还有地理、科技、儿童、工具书等。书籍不仅种类多,而且真精美,大多数书厚而重。购书的人很多,我来不及等,只得放弃了购书。

我走到了广场外面,这里拥挤的情况好多了。我们回首广场的中心,那些热情奔放和激动的人们,让人感到俄罗斯人的爱国热忱。有一位美丽的俄罗斯姑娘微笑地向我们走来,她的手中拿着很多俄罗斯的国旗。这三色的俄罗斯国旗,广场上人大多数人手一面,显得国庆的气氛更加浓郁。因为我们是中国人,在安检时没有人发给我们国旗,虽

俄罗斯莫斯科胜利广场

然安检处有，可以自行拿取，但出于不了解情况，我们没有
拿俄罗斯国旗。这位俄罗斯姑娘向我们点点头，然后递给
我们一人一面俄罗斯国旗。我们向她表示谢意。老伴提出
希望与她合个影，小姑娘高兴地答应了。我和老伴在中国
人中已经是小个子了，在身材高大的俄罗斯姑娘面前显得
更加矮了，我和老伴分别站在俄罗斯小姑娘的两边，当摄影
者就要按下快门时，俄罗斯小姑娘忽然蹲了下来，这样我们
三个人的半身像，真的就相差无几了。她真是一位善解人
意，尊敬老人的俄罗斯姑娘！我们也有一张照片是去年去
美国在洛杉矶星光大道拍的。那是一位化妆成影星玛丽
莲·梦露的姑娘，不仅形似而且也神似，与她合影也是免费
的。我拿出两张照片做了一个比较，那位美国的玛丽莲·

梦露饰演者将她的手臂放在我和老伴的肩头,高昂着头。由于我和老伴个子比较小,她就像一座高山压在我们的头顶上。她的浓妆艳抹,她的妩媚妖艳,她的目空一切也许正是玛丽莲·梦露的本色,但很明显地有一些霸气,也似乎有一点美国人的味道。然而俄罗斯姑娘不施粉黛,天然清纯,这样亲和善解人意,二者形成鲜明的对照。这也许与俄罗斯姑娘的性格有很大关系。两张照片一对比让我思绪万千。俄罗斯姑娘的美丽和亲和力及谦卑让我难以忘怀,尽管我是一个年近七旬的老头。

胜利广场的东面,就是莫斯科的凯旋门。无论从艺术的角度还是从纪念的意义上讲,莫斯科的凯旋门与法国巴黎的凯旋门都不相上下。两者风格各异,却同是艺术珍品。莫斯科的凯旋门是为纪念俄国1812年的卫国战争而建的。始建于1829年,历时五年建成。这座凯旋门高28米,是按照古罗马康斯坦丁凯旋门样式建造。1814年为庆祝战胜拿破仑和俄军将士从西欧远征归来,莫斯科人在特维尔关卡建立了一座木质的凯旋门。后来木质凯旋门腐烂了,几经周折才在库图佐夫大街建成了一座与原来一模一样的凯旋门。门的基座上共竖立着六组12根圆柱,圆柱是用生铁铸成的,高12米,重16吨。门顶是一尊手执月桂花环,背生双翅驱驾六套马车的胜利女神像。其下武士手执利剑和橄榄枝,象征胜利和平。门柱之间四尊俄军士兵,身披盔甲,手执盾枪,手指上刻着"驱逐法兰西、解放莫斯科"的誓言,整个造型气势宏伟。顺着凯旋门向左一转,就能看到蓝色圆柱形建筑。这就是博罗季诺战役全景博物馆。全景的意思是因为馆内圆形内壁上绘有完整的全景壁画,近处摆放着实物,画中的人物与真人一般大小。参观者置身其中,有身临其境的感觉,全图长 115 米,高 15 米,生动地再现了1812 年 9 月 7 日,俄军与法军在莫斯科以西 110 公里的博罗季诺村激战的情景。画面上共有 400 位元帅和将军,3 000多名战士,激战场面生动真实。博物馆的东侧还有库图佐夫元帅骑马的雕像。凯旋门巍峨壮观,记载着历史的辉煌。它耸立在马路中央,默默地守护着莫斯科的门户,目睹 170 多年的沧桑变迁。

值得一提的是前苏联高官大多是居住在这条街上。我想当年的"旧时王谢堂前燕"早已飞入寻常百姓家了。

被称为莫斯科"地下宫殿"的莫斯科地铁站是这座城市的又一个亮点。用从乌拉尔山脉、阿尔泰山、中亚、高加索和乌克兰开采的 20 多种大理石以及富拉玄武岩、花岗岩、斑岩、蔷薇花岩、玛瑙和其他自然石头来做装饰材料。豪华的富有节日气息的礼堂和门廊都装饰有最优秀的雕刻家完成的雕刻。其中不乏浅浮雕、镶嵌图案、绘画、彩绘玻璃格子和壁画。莫斯科地铁是由杰出的建筑设计师修建的,他们不仅强调了实用性和舒适性,而且还赋予每个车站不同的风格和独特的样貌。马雅科夫斯基地铁站于 1938 年通车,是最漂亮的车站之一,它的地下走廊是由金属柱子支撑的，表面镶有花岗岩和不锈钢。拱顶斜壁上的马赛克镶嵌画是根据俄罗斯艺术家伊涅科创作的画作所装饰。1937年巴黎世界展览会大奖赛上，马雅科夫斯基地铁站被授予了第一座用柱子支撑的地铁站奖。莫斯科举办的同样的展览会上，莫斯科一号线的所有地铁站都获得了完美城市设计奖。一号线于1935年在莫斯科运行。我们也乘地铁来到了基辅站，从走出地铁的电梯，你就感到这是灯火辉煌的地下宫殿。马雅科夫斯基地铁站是为了纪念苏联革命诗人马雅可夫斯基而命名的。我在学生时代读过不少马雅可夫斯基的诗，但现在还能记得的已经不多了。地铁站最吸引人的地方是天花板，千万别以为只是灯饰围成圆形那么的简单，其实每个圆圈里都另有风光。这里镶嵌着苏联著名画家伊涅科的马赛克壁画，共31幅，令人叹为观止。设计方案于1938年在纽约国际展获得大奖，使马雅可夫斯基地铁站成为世界级的地铁站。

我到过纽约、伦敦、巴黎、东京、罗马等著名的城市，都坐过它们的地铁。我觉得最美、最壮观、最豪华的地铁站非莫斯科莫属了。

徜徉于阿尔巴特大街

到了莫斯科如果不去阿尔巴特大街，就等于到了北京没有去王府井大街和到了上海没有去南京路一样。这是来到莫斯科必去的地方。阿尔巴特大街的名声还因为现代俄罗斯作家阿纳托利·纳多莫维奇·雷巴科夫的一部小说《阿尔巴特街的儿女们》而盛名远播。这部小说以20世纪30年代苏联的社会为背景，描写了一群居住在阿尔巴特大街的青年人跌宕起伏的人生经历。阿尔巴特大街53号是著名诗人普希金的故居。徜徉于阿尔巴特大街，享受的不仅仅是购物的乐趣，而且这里有俄罗斯的历史，俄罗斯的文化、工艺、美术、诗歌、文学和俄罗斯的民族特色。

关于阿尔巴特大街名称的由来，我听过一个传闻。据说从前这里住着许多的阿拉伯商人，他们经常用板车装载货物，人们就用板车的俄语发音，来命名这条街。又有人说，"阿尔巴特"是阿拉伯语，意为近邻。这或许寓意着文化无处不在，艺术就在身边。在有关莫斯科城的史料里，阿尔巴特大街最早被记录则是 1493 年。从派斯卡教堂的一场大火，到 10 年以后源自这里的又一场大火，使得莫斯科 2 500 间房屋夷为平地。徜徉于阿尔巴特大街，可以让人回味历史。这条大街既目睹过商人的驼队，也承受过侵略者的铁蹄，蒙古人、波兰军队、拿破仑，甚至纳粹德国都曾让它遭受炮弹的袭击。阿尔巴特大街有"新""旧"之分，老阿尔巴特是一条民俗步行街，新阿尔巴特大街则是现代商业街。

在阿尔巴特大街的两端，有两座著名的建筑。一处是莫斯科最大的餐厅布拉格酒店，富丽堂皇。一处是被无数国内外观光者视作文学圣地的普希金故居，端正雅致。徜徉于阿尔巴特大街，你会体会到新与旧、历史与现代、文化与金钱的碰撞。

俄罗斯的名门望族，如托尔斯泰、加加林、亚历山大等家族都落户在这里。他们留下了风格各异，装饰有凉台、女像柱和族徽的华丽房屋，至今人们仍可在门楣上发现他们的名号。

如今的阿尔巴特大街长不足一公里，在莫斯科比不上高尔基大街的繁华，也不如列宁大道那样宽阔，但那方石砌就的道路，两边装饰着圆形玻璃灯罩的街灯，将阿尔巴特大街装饰得既典雅古朴，又洋溢着诗意。有人形容那造型古雅的街灯像个头戴盔罩的古代骑士，昂然站立，守护着古老的街市。

阿尔巴特大街店铺很多，这里能找到很多的奢侈品，这些奢侈品无一例外都来自西方，但都经过改头换面，带有或浓或淡的俄罗斯风格。位于阿尔巴特大街36号的"俄罗斯新贵世界"就是一家专门出售奢侈品的商厦，这里的顾客诚如店名，是俄罗斯现今涌现出的私人企业家、体育明星、新贵。

阿尔巴特大街27号，这家店铺在莫斯科可谓独一无二。首先是这里所供应的商品齐全，从价值15卢布的艺术小匙到高过5 000卢布的套娃应有尽有，其中套娃是最富有俄罗斯民族特色的纪念品之一。

阿尔巴特店铺出售的套娃形象十分丰富，有传统的俄罗斯姑娘、著名演员、体育明星，还有国家领导人。外层涂以各种色彩鲜艳的颜料和油漆，给人健康、美丽的印象。色彩和图案各有不同，显示出阿尔巴特店铺艺人的独特匠心。顾客往往爱不释手，其中最受欢迎的套娃是一个塑造成圆脸蛋的农村姑娘形象，身穿粉红色碎花底的花衬衫和一袭丝织金黄色的长马甲，腰扎洁白色的围裙，头系青蓝色的花巾，怀里抱着一只大公鸡。木娃娃可以拆开，每层各套装有一个小一点的木娃，这样一个套着一个，一共八个。这一套八个套娃的形象和衣物是一模一样的，也足见制作工艺的精湛。

我好奇地询问了翻译先生，他的知识很渊博，他告诉我俄罗斯套娃的来历。

古时候在俄罗斯的乡下，有一位牧羊的少年，他每天到山上牧羊。他有一个美丽、聪明、活泼的妹妹。他常常带着自己的妹妹一块上山牧羊，和妹妹一起玩耍、嬉戏、唱歌。牧童常常打柴回家，妹妹采野菜、野果与哥哥分享。回到家里，妹妹还给哥哥做一些力所能及的家务，兄妹俩相依为生。有一天不知为什么，妹妹在山上失踪了。哥哥非常焦急地满山遍野去找，而且还让大人和牧羊的伙伴一块去找，但怎么也找不到自己的妹妹。时间一天一天过去了，一月一月地过去了，妹妹仍然没有踪迹，没有任何消息。

牧童十分思念自己的妹妹，有一天他不自觉地找到了一块木头，他就按照妹妹的形象做了一个小木人。用颜料涂上颜色，一个和妹妹一样的小木人就做成功了。他把小木人放在家里，每天看到这个小木人，就想起自己的妹妹。时间一年又一年过去了，牧童想妹妹已经长大了，他又用大一点的木头重新刻了一个小木人。但长大的妹妹应该是什么样子，他不知道，只能按妹妹失踪时的模样刻一个。这样就又多了一个比原来大一点的木人"妹妹"。

时间一年又一年地过去了，牧童的妹妹仍然没有消息。牧童十分思念自己的妹妹，他想妹妹可能又长大了，他又动手刻起了以自己妹妹为形象的小木人。因为妹妹在他的脑海里还是失踪时的样子，所以他刻出来的小木人和原来的两个一模一样。时间一年又一年地过去了，又过了几年，牧童又刻了与自己妹妹一模一样的小木人。因为他想妹妹一定又长大了,所以这个小木人又比上一个大一些。时间已久,牧童已长大成人,妹妹仍毫无消息,牧童却有了八个一模一样的小木人。他把它们按照大小一个一个地套起来,最大的在最外面,最小的在最里面,这就成了俄罗斯套娃。我忽然好奇地问翻译:"牧童最后有没有找到自己的妹妹?"翻译笑了笑,指了指货架上的套娃。我这才明白,我的提问是不是过于认真了。不过,在这里我了解到套娃制作是全手工的,最名贵手工的工艺师还在套娃的底座上签名。制作套娃的木材也特别有讲究,其中有一种木材为最贵重。这也使我对套娃有了更新的认识。最让我感动的还是那位最初制作套娃的牧童,这是一个多么凄婉而感人的故事。

宝石商店位于阿尔巴特大街 35 号。这是一家很大的专门出售俄罗斯历代特别是苏联时代首饰的商店。带着浓厚的苏联色彩的各式项链,刻着或印着红星、红旗图案的手镯和琥珀胸针,琳琅满目,好像一个博物馆。宝石商店的另一个特色是它的外墙设计,墙面上陡然一看,似乎满是涂鸦。乱七八糟的线条、色彩互相缠结,但静心再看又发现艺术的韵律在线条与色彩中回旋,令人顿生百感。据说这面墙壁特意为一位俄罗斯著名的摇滚乐大腕维克多·措伊开辟的。每年有许多崇拜者,从各地来阿尔巴特大街的宝石商店,缅怀这位流行歌手。与宝石商店相同,阿尔巴特大街藏品店所出售的商品都是比较时尚的现代纪念品。有力地吸引着行色匆匆而不懂门道的游客的眼球，把他们的目光锁定在阿尔巴特藏品店里的油画、地毯、玻璃器皿、茶饰、首饰、漆盒、木雕、琥珀和宝石制品上。这些商品加以精美时尚的豪华包装，让许多游客以为买到了价廉物美的俄罗斯的真品。这些商店中商品琳琅满目，令人目不暇接，我拿不定主意买什么纪念品带回去。最后我选中了一本集邮册，里面全部是苏联时代的邮票，应该说这是一本绝世的邮票册，因为苏联已经解体，这是苏联时代最后的纪念。这里的商店是可以砍价的，谈到最后以一半不到的价格买了下来。这里面有苏联时代的列宁小型张邮票、有体育赛事邮票，还有苏联油画作品的邮票，我认为很值。更重要的是集邮册并不重，也便于携带。我还记得在苏联刚刚解体时，我到俄罗斯学习他们的"角膜放射状切开手术"，治疗近视眼。在市场上我看到一款手表，上面有戈尔巴乔夫和叶利钦的头像。这款手表标志着苏联时代的结束，应该说还是有意义的。不知为什么，犹豫再三，还是没有买，现在想起来真是有点可惜。

随着俄罗斯经济和政治体制的转化，经商成了莫斯科青年人喜爱的职业之一。阿尔巴特大街正是他们一试身手的地方。他们或者租赁街头的小店或摆地摊，出售以油画和艺术玻璃器皿为主的商品。在阿尔巴特大街出售的油画一般不装裱，卷成一束，略加包装即可，便于顾客携带。当街为游客绘画是阿尔巴特大街绘画销售的又一特色。油画、版画、素描画、立体画……绘画品种之多,令人咋舌。在这些或是妙龄女郎或是白发老者的画家笔下,碳素、粉墨、油彩运用自如,片刻之间游人的形象就惟妙惟肖地跃然纸上,一手交钱一手取画。客主双方其乐融融。我在一旁观察了一位老画家为一位年轻妇女作画。我看得很仔细,年轻的妇女正襟危坐,画者一丝不苟,全神贯注。谈好价格是 1 000 卢布,约合人民币 90 元钱。我本来也有这种想法,请这位俄罗斯画家为我和老伴画一张,但这位画家的生意好像很不错,稍不注意,被画者的座位被别人坐上了。我只能无奈地放弃了这一想法。

诗歌是俄罗斯文学艺术中的瑰宝,在市场经济大潮的冲击下,诗歌也走出了象牙塔,变成了路边出售的商品。在阿尔巴特大街,一些俄罗斯青年诗人拿着自己新创作的诗歌在大街上当街朗诵,出售,成为阿尔巴特大街特异的文化风景。

徜徉于阿尔巴特大街,我深深地被俄罗斯文化所吸引。但作为一项带有经济性质的文化,它的利润根本没有美国沙漠购物中心奥特莱斯丰厚,后者的利润是阿尔巴特大街商品的很多很多倍。俄罗斯应该是世界资源大国,主要依赖资源型。其经济模式,比起很多资源匮乏的小国来说,还是有差距的,如日本。

徜徉于阿尔巴特大街，最吸引我的是俄罗斯文化，它高于金钱，高于以金钱论成败的经济。

阿尔巴特大街是莫斯科市中心的一条著名的步行街，紧邻莫斯科河，是莫斯科的象征之一。

莫斯科大学

　　莫斯科大学,在我年轻时的心目中,是向往已久的神圣学术殿堂。我的少年时期,经历了中苏友好的黄金期,高中学习的外语又是俄语,到苏联留学,几乎是那个年代每个青年的梦想。假如能进入莫斯科大学学习,那就是登上了金字塔的顶端。可惜后来又经历了中苏关系冷淡,甚至交恶的时期,很长时间再也没有人谈及留苏的话题。随着中苏关系解冻,中俄关系回暖,中俄学术交流和互换留学生开始,莫斯科大学又进入了这一代人的视野。

俄罗斯莫斯科大学

随着中国的改革开放、经贸交流、频繁而又广泛的旅游，现在这一代年轻人对俄罗斯也不陌生了，莫斯科大学也成为中国留学生选择和向往的大学。在此之前，只能在书籍中和电视里看到莫斯科大学。有一位民营企业家到过莫斯科并且还去过莫斯科大学。他告诉我，莫斯科大学就是一幢很大的楼，这幢楼就是一所莫斯科大学。我到过一些西方的知名大学，如牛津大学、剑桥大学、普林斯顿大学、多伦多大学、洪堡大学、里昂大学……这些大学是一个镇，或者说是一个大学城。而莫斯科大学也是一所世界知名的大学，整个大学仅仅是一幢楼？这幢楼应该有多大？像不像纽约的联合国大厦？这应该说莫斯科大学是一所"航母"，世界顶尖的大学"航母"。我终于有机会来到莫斯科，亲眼见到这所大学"航母"了。

我有幸来到位于莫斯科西南的列宁山。不过现在已不叫列宁山，叫麻雀山。我想麻雀山可能是苏联十月革命以前的名字，列宁山应该是十月革命后改的名字，现在可能又恢复了十月革命前的名字。麻雀山观景台比邻莫斯科大学，占据了莫斯科的制高点。莫斯科大学是俄罗斯规模最大、历史悠久的综合性高等学府。全名是国立莫斯科罗蒙诺索夫大学。莫斯科大学不仅是俄罗斯最大的大学和学术中心，也是全世界最大或最著名的高等学府之一。它是俄罗斯独立的、有自治权的大学。其《章程》由俄罗斯大学教职工代表大会研究制定。莫斯科大学老校舍位于莫斯科红场近旁,新校舍坐落于列宁山上。莫斯科大学成立于1755年,至今已有250多年的历史,1998年排名世界第8位。

莫斯科大学的主楼33层,包括55米的尖顶在内,总高240米,正面宽450米,是莫斯科市7个典型的斯大林式建筑中规模最大的建筑。顶端是五角星徽标,两侧为18层的副楼,各装有直径10米的大钟。第二次世界大战后,斯大林下令在莫斯科市中心周围建造了被称为七姐妹的建筑(如苏联外交部大楼等),它们风格大体上是一致的。莫斯科大学的主楼当时也是欧洲最高的建筑。主楼中心塔高240米,加上顶部的红星,包含一间小屋和一个展台,共36层。周围有四个翼。据说其走廊共长33千米,包含有5 000多间房间。其顶部的红星包括一间小屋和一个展望台,重12吨。建筑的表面画有钟、气压表、温度计等巨大图案或饰有雕塑和镰刀斧头的图案。

这座主楼的正前方是一个大型的水池喷泉,不断喷出的水柱又不时地落入水中。这似乎象征着知识的源泉,在不断地喷涌,造福于人类。喷泉水池旁有两条宽阔的大道,笔直地通向莫斯科大学的主楼,这两条大道的两侧并排着13位对莫斯科大学有贡献的学者(因为我知道莫斯科大学一共出了13位诺贝尔奖获得者)。这13位是不是诺奖获得者?这两个人数是一致的。引导游览的李博士告诉我,不完全是,应该说是13位对莫斯科大学有贡献的学者。莫斯科大学共有13个系、15个教学和学术中心、11个科研所并开设有 44 个高等职业教育专业、18 个研究生专业方向。今天在莫斯科大学工作的有 4 300 名教授和讲师,4 800 名研究员,其中 7 800 人拥有博士学位,有 167 人为俄罗斯科学院院士。

莫斯科大学拥有具有世界影响的科学流派,以及与国际教学水平接轨的现代化教学方法,这保证了莫斯科大学的高质量教学水平。莫斯科大学以雄厚的师资、完善的设备、高质量的教学和高水准的学术享誉世界。俄国有为数众多的政府要员和高科技领域的专家,毕业于该大学。莫斯科大学的科学家们在数学、物理学、生物学、地质学、化学以及其他科学领域所取得的成就,举世瞩目。不论从学术水平还是从学校影响力来看,莫斯科大学都无愧于俄罗斯第一。该校校长的级别相当于俄罗斯联邦国家教育部长。整个教学计划从外国留学生的实际出发,循序渐进,最终达到与本国学生同等的水准。

莫斯科大学有 2.6 万名学生和 1 万名进修生,硕士和博士班学生大约 5 000 名。外国留学生 4 000 人左右,而且这个数目每年都在增加。这些来自不同国家的学生,可以互相交流学习心得,了解各地风俗习惯,以促进联谊。

莫斯科大学与所有大型的国际组织——联合国组织、世界银行及其他组织签有协议,是国际协会的成员之一。并同世界上绝大多数知名大学签署有 190 多份协议。莫斯科大学还是前苏联时期各大学的活动中心。

李博士就是来莫斯科留学的中国留学生。他是山东人,毕业于中国石油大学,来莫斯科大学攻读石油、天然气开采的硕士研究生,后又考取了博士研究生。因为已经通过了博士论文答辩,现在可以称他为李博士了。李博士是一位比较内向的学者,说话不多,声音不大,身材也不像山东大汉,你很难把他与隆隆震响的石油天然气钻井平台联系在一起,其实他学的就是这个专业。他和我谈了很多关于在俄罗斯的学习生活。在莫斯科大学读硕士和博士是免费的,政府每月还发给300美元的生活费,他对这里的生活也比较适应了。他告诉我,毕业后准备留在俄罗斯就业,俄国的石油天然气资源丰富,留在这里大有用武之地。对于他的选择我是赞同的。不过他会不会有了俄罗斯的女朋友?因为俄罗斯姑娘的美丽和善解人意也是世界知名的。这是个人的私事,我只是微笑地看着他,没有过多地询问。这位李博士是十分温柔,而且有点腼腆的男生,给了我深刻的印象。临别时,他要我在他的笔记本上提几个字。我想了想写了"能源新星",他很满意,并且与我交朋友。后来我将自己写的几本书送给了他。李博士是一个有心人,他认为我的作品有价值,于是将这几本书赠给了莫斯科大学图书馆收藏。不仅如此,图书馆工作人员还将我的作品编入目录的照片从网上发给了我。李博士应该说是我的一个忘年交。莫斯科大学创始人罗蒙诺索夫的雕像就矗立在主楼正前方与图书馆相互呼应的位置。李博士发来的照片还有莫斯科大学图书馆的正门。他不仅是一个有心的人，还是一个细心的人。

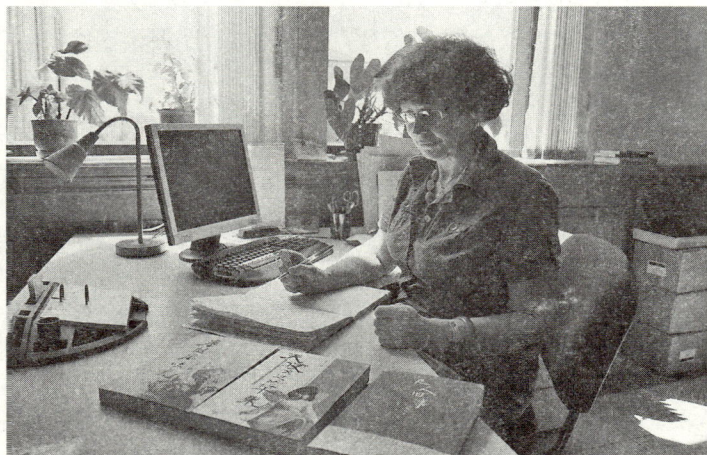

莫斯科大学图书馆将作者著作编目

莫斯科大学是我青少年时代十分向往和景仰的地方。没有想到我到老年才走进这所大学，自己的作品居然还被这所大学的图书馆收藏。我感到很荣幸，这荣幸中还包含着感谢，感谢莫斯科大学图书馆工作人员，感谢李博士的引荐。

莫斯科大学就是一幢楼，整个大学都在一幢楼内，这话也对，也不对。莫斯科大学有一幢主楼，这个主楼是我所见到的世界上最大的大学主楼。除了主楼，莫斯科大学还有它周边的很多建筑，只不过容易让人们忽视罢了。其实莫斯科大学很大很大，由于这幢主楼突出了莫斯科大学的特色，有人就认为莫斯科大学就是一幢楼了。实际上中国的很多大学，都是模仿苏联莫斯科大学建造的，都有一幢主楼。在我国，苏联的影响还是存在的，有的还保留至今。

到圣彼得堡去

　　登上莫斯科开往圣彼得堡的高速列车,我们将乘高铁前往俄罗斯的另一个重要而又历史悠久的城市,就是圣彼得堡。圣彼得堡是俄罗斯西北地区的中心,它理想的位置提供了独特的交通优势,可以很方便地到达波罗的海,北部地区的挪威和巴伦支海。

　　俄罗斯的高铁,无论是列车的外观还是车内的设施应该说是比较好的,虽然与中国的高铁比较显得不那么新,但是比起英法德"欧洲之星"的高铁来显得似乎更新一些,设备也似乎更加先进一些。这三处的高铁,我都坐过。说句实话,我总体感觉俄罗斯的高铁列车无论是硬件,还是软件都比欧洲的强。特别是俄罗斯列车员热情、周到、细致的服务和她们灿烂的笑容给了我深刻的印象。

　　莫斯科是俄罗斯的首都,第一大城市,圣彼得堡则是第二大城市。从莫斯科去圣彼得堡乘坐高速火车,这就给了我们一个欣赏俄罗斯大自然美景的一个极好的机会。火车在俄罗斯的大地上飞驰,俄罗斯美丽的大自然风光尽收眼底。展示在我们面前的是俄罗斯几乎没有污染的大地,大地是绿色的,被无边无际的森林所覆盖。有针叶林,也有阔叶林,而在我们面前出现最多的是白桦林。那挺直的树干映入眼帘,那绿色的树叶像头盔一样,戴在一棵棵的白桦树上。这一棵棵的直立挺拔的白桦树,就像数不清的俄罗斯武士,排列整齐,一队队行距相差无几,间距相差无几,在俄罗斯初夏的山风吹拂下,形成一排排绿色队伍以压倒的优势,从高低起伏的山峦上,丛林间,河流旁,奔腾而来,又奔腾而去,一往无前。这水这湖是交叉于白桦林之中,为俄罗斯大地提供了大量的清洁淡水。俄罗斯的淡水资源是如此的丰富,这么多的淡水滋润着俄罗斯大地,滋养着俄罗斯的大地植被,也涵养着这一眼望不到边的白桦林。列车在飞奔,这一望无边的白桦林,就像是漫山遍野的俄罗斯武士队伍,彼伏此起,向我们展示着俄罗斯民族不屈不挠的精神。列车里的供应还是比较丰富的,有各式各样的啤酒,有伏特加酒,有各式的矿泉水,有面包也有巧克力和甜点,只要你愿意花一点卢布就可以边享受边观看俄罗斯的美景。

俄罗斯是这个世界上最大的国家,国土总面积为1 707.5万平方公里,几乎是中国国土面积两个这么大,而整个俄罗斯的人口却只有中国的十分之一。如果我们这样推算,每个俄罗斯人占有的土地面积是中国人的 20 倍,如果说俄罗斯地大物博,这倒是名副其实的。它横跨欧洲东部和亚洲的北部，北临北冰洋，东接太平洋，俄罗斯的西部和西南有支流流入大西洋。东西两端时差 11 个小时。莫斯科午夜时分，白令海周边的岛屿却是上午十点。

俄罗斯平原向西蔓延，一直延伸到乌拉尔山脉。该山脉从北冰洋蜿蜒至哈萨克斯坦。俄罗斯的东边，也就是勒拿河和叶尼塞河之间，是中西伯利亚高原。俄罗斯平原南面与高加索山脉毗连。鄂毕河和叶尼塞河的源头分别起源于阿尔泰山和萨彦岭，流入北冰洋。萨彦岭的东边与贝加尔湖区的山脉相邻。维尔霍杨斯克山脉和切尔斯基岭坐落在中西伯利亚高原东部。在远东，斯科特林山脉与太平洋海岸平行延伸，堪察加半岛也属于山地。

俄罗斯的地大物博自不用说，仅贝加尔湖的储水量就占全世界淡水湖储水量的五分之一。在这段高速铁路的行程里，看不见沙漠，看不见荒漠，看不见戈壁，这里只有青青的山、绿绿的水和蓝蓝的天。我真的感到造物之主给了俄罗斯人这么丰富的恩赐。

不过我看到的仅仅是俄罗斯的一面，仅仅是初夏的俄罗斯。在莫斯科，人们就告诉我，莫斯科十月就开始下雪了。整个冬天，封冻期人们很少出门，因为俄罗斯的无霜期比较短，农作物生长的时间也短，所以农业的发展受到了限制，这也是上帝给俄国人严峻的考验。

俄罗斯整个国土的森林覆盖面积占国土面积的百分之七十四。森林资源十分丰富，但耕种的土地就不一定充裕了。

列车在俄罗斯原野上奔驰的速度显示在每小时 250 公里与 300 公里之间，应该说是比较快的。除了沿途停靠的几个车站，我没有发现沿途的其他城镇和村庄，也没有发现有大片的耕地，有的只是几个湖泊、河流和看不尽的森林的海。当然也不是看不见村庄。在沿途弯弯的河汊边，在丛林的绿荫中，也会看见村庄，也能看见马匹和黄牛、奶牛，它们在悠闲地吃着草。那么多森林，那么多绿地，这里有着这些大牲畜吃不完的野草。我也看见这些地头有着一大捆、一大捆的干草。这种草的打捆方式，乃至草捆的大小和我在英国苏格兰的牧场上看到的几乎一模一样。开始我也怀疑，这些草捆是不是机器收割打捆的？不过，在我看到的一些油画中，也看到过这种草捆。那个油画创作的年代，机器工业可能还没有那么发达，可能那时还没有发明这种机器。这些干草就像中国的山东大饼一样，被卷成很大的干草卷，横躺在旷野里，很像中国的压路滚石。这让空旷的操场增加了生气、人气和大自然的活力。

除了看到这些外，还看到一些村庄。这些村庄的屋舍和建筑式样、造型都非常优美，很多都像格林童话中的小屋，有尖顶的，有圆锥顶的，也有像火柴盒一样中规中矩的，也有带外走廊的楼房。说来奇怪，俄罗斯人身材普遍比中国人高，莫斯科不论何种建筑，都显得雄伟、高大和气派，而这乡间的小屋为何都这么低矮呢？而且每栋房子都比较小，面积不大，可以说很袖珍。可能除了床铺，根本不能放上大型家具。看到好多个村庄都不大，房子也很小。我对这一组一组的小房子发生了兴趣，这些小房子很像一组组袖珍的别墅。我又发现这些房子的建筑材料都很奇怪，不是砖瓦建成的，也不像钢筋水泥建造的，好像是由一些板块组建而成。难道俄罗斯乡村的房子都是这种"组合房"？这一个个小村庄各具特色，非常美，而且房屋的外观色彩鲜艳，协调，艳而不俗，鲜而新奇。在这整片整片望不到边的白桦林里，点缀着一小群，一小撮童话世界的房子，也许这万绿丛中的童话小屋有着不同的童话故事。这凭空让我感到俄罗斯大地的神奇。我在列车上不时注意这些小的木屋，一旦窗前出现木屋时，我的眼睛一眨也不眨。我忽发奇想，说不定会有一个白雪公主从这屋里走出来。俄罗斯的冬天是冰雪世界，白雪公主正是童话里的人物。可惜我只看见这些小屋，而没有看见白雪公主。我在列车里感到我好像坐上仙鹤飞入了童话世界，可定睛一看，我还是坐在装修考究的高速火车的车厢里。一排排沙发上坐着俄国人，当然也有中国人和其他国家的人。神话、童话只不过是我在幻想中驰骋，在朦胧里飘忽。我忽然看到车厢中微笑着为旅客服务的美丽的俄罗斯姑娘，这不正是白雪公主吗？我们还要到哪里去找她们呢？白雪公主正在我们身边。

我又有了一个新的想法，这些房子是永久性住房呢？还是临时性的搭建呢？中国有蒙古包和少数民族的帐篷，也有很多养蜂的蜂农，从北往南、从南往北的赶着花期，为人们提供蜂蜜、蜂王浆等产品，这些中国人走南闯北，风餐露宿，住的就是帐篷。这与眼前童话般的建筑差别如此之大，绝对没有俄罗斯的这些童话村落这么美丽、奢华。我没能得出结论，没有人能告诉我，这些住房是永久的还是临时的。不过这些美丽的建筑群却永久地居住在我的心中。

列车在飞驰，不时地有块块墓地在我的眼前一闪而过。这些墓地都静静地出现在山边，而且都离那些童话的小屋不远。一排排错落有致的十字架，告诉我这下面都躺着安息的灵魂。俄罗斯人大多数信奉东正教，这些墓地的十字架，与基督教的十字架完全是不一样的。从这些十字架就能看出墓地的安息者大多是东正教徒，东正教代表的是东方基督教与教会体系。

列车终于停了下来，我们来到了俄罗斯第二大城市圣彼得堡，是前俄罗斯首都，也是俄罗斯的骄傲和荣耀。我们将要在这里度过几天美好的时光。

圣彼得城堡

  圣彼得堡要塞坐落在市中心涅瓦河岸，是圣彼得堡著名的古建筑，该要塞于 1703 年由彼得大帝在兔子岛上奠基，它与圣彼得堡同龄。要塞中有圣彼得堡大教堂、钟楼、圣彼得门、彼得大帝的船屋、造币场，还有科隆维尔克炮楼和十二月革命党人纪念碑等建筑物。其中最著名的是圣彼得堡大教堂，教堂的钟楼尖顶是俄国占领靠涅瓦河，以及波罗的海边土地的象征，其高度为 122.5 米，至今仍是全市最高的建筑物。300 年前，彼得就是在这里挥剑斩草，开始缔造圣彼得堡的。之所以称之为"要塞"，就是彼得一世率军与瑞典作战的防御工程。随着俄军的节节取胜，作为对外作战的前沿阵地，演变成统御臣民的"巴士底狱"，高尔基、陀思妥耶夫斯基、车尔尼雪夫斯基都曾身陷其中。当时的俄罗斯还是一个农奴制的国家，反农奴制的思潮此起彼伏，作家们不仅强烈地呼吁"怎么办"，还有力地提出了解决的办法——革命。但彼得不容许车尔尼雪夫斯基式的革命，于是"要塞"里旋即添了几位作家。也是彼得，他造就了一批世界级的文学大师——几位作家在赴断头台，行将死亡之际，特赦为流放。只有在"要塞"和西伯利亚才能深刻地感悟到生与死，参透自我，《罪与罚》《白痴》《卡拉马佐夫兄弟》《在人间》才会问世，陀思妥耶夫斯基才能成为文学史上的人性大师。至今灵魂的"拷问"仍在拷问现代人，莫斯科国家图书馆前矗立着的那位老人，在深深地注视着思想极为多元化的俄罗斯青少年一代。

在这里圣彼得城堡建立了，成为未来城市的中心。这个城市的地址由彼得大帝亲自选定，他非常了解，将这样一个前哨放在一个涅瓦河三角洲一个岛上的战略意义。

这个城堡被设计为合围起来的城墙，包括堡垒和掩体，城墙与堡垒相连。南面有一个城堡由彼得大帝亲自监督施工，因此以"沙皇城堡"而闻名。

要进入这个城堡，需要走过木质的圣约翰桥，穿过圣约翰门，再穿过圣彼得门。圣彼得门上的凯旋门还有一个漂亮的双头鹰，俄罗斯帝国的盾徽戴着皇冠，双头鹰徽用铅制作，重量超过一吨。纳雷什金棱堡上安装有为特别堡垒标准设计的单塔和旗杆，后来变成了炮台。每天中午都会鸣炮，这个传统一直保留至今。

城堡中的主要建筑物是圣彼得堡和保罗大教堂。大教堂是早期俄罗斯巴罗克式，为石砌的。教堂外表庄严肃穆，内部装饰富丽堂皇，有镀金的吊灯和有色的水晶枝形灯架，教堂内壁装饰有 43 幅精雕细镂的木刻雕像。教堂内有从彼得大帝到亚历山大三世的俄罗斯历代沙皇的陵墓,许多大公均安葬于此,并立有大理石墓碑。1998 年 7 月 17 日,末代沙皇尼古拉二世及其全家的遗骸也安葬在这里。钟楼尖顶的天使雕像高 3.2 米,塑像双翼翼展 3.8 米,塑像头上的十字架高 6.4 米。塔金光闪闪的尖顶直刺蓝天,景色十分迷人。该天使同时也是一个风向标。

1717 年以后,城堡失去了军事意义,成了国家监狱。它宽厚的墙壁里铸有许多暗炮台,以及阴沉寒冷的单人囚室。从长长的在押犯人的名单中,可以找到许多名人的名字,拉吉舍夫、车尔尼雪夫斯基、高尔基等等。1887 年列宁的哥哥亚·乌里扬诺夫试图谋杀沙皇亚历山大三世,在要塞中被杀害,年仅 21 岁。

十月革命前夕,要塞成为起义军的司令部。按照列宁的指示,在棱堡上的旗杆上悬挂着一盏明灯为信号,使巡洋舰"阿芙乐尔"号炮轰冬宫,从而掀起了起义的怒潮。

在城堡里我们进入了城堡监狱,包括地下室都有着一间间阴暗潮湿的囚室。阴森的监狱囚室让人毛骨悚然,胆战心惊。那监室内墙壁上的刻画,也许是当年囚徒留下的那个时代的划痕,心灵的划痕、冤屈的划痕、抗争的划痕、仇恨的划痕。墙上斑驳的暗色印迹,也许是囚徒被严刑拷打后的血迹,但随着时间的流逝,也看不出是血迹,而给人的感觉只是污秽的渍迹。在阴森潮湿的监室中,只有污渍和令人窒息发霉的气味和污染的空气。这里根本谈不上通风良好,仅有的是可以维持呼吸生存的一点点空气。这不是可以久待的地方,我们赶紧离开了这里。

出了监狱的地下室,在这个大院的一侧,有着更加吓人的地方,就是处死囚犯的断头台。

这个断头台,比起法国处死犯人的断头台简陋许多。法国的断头台,是金属的架子高高悬起的呈斜面的铡刀,犯人的头颅置于下面一个圆孔中,铡刀是从上面通过自由落体的重力作用,让锋利的铡刀切下犯人的头颅,这比眼前的断头台"文明"一些。圣彼得城堡的断头台仅仅是用加工很粗糙的木头搭起的一个一米多高的平台,台上置有一个很粗大的木墩,这个木墩就像中国人剁肉的圆形台一样,说白了就是一段粗糙的圆木。这个圆形的砧台上,一把月牙形长柄利斧就一头剁入,利斧的柄却高高地翘起。就在这斧柄的后面站立着一名全身蒙着黑衣,仅仅露出双眼的刽子手,这个刽子手的罩衣和美国的"三K党"一模一样。不过不必害怕,这名刽子手仅仅是一个模型而已,他不会动。断头台的地上双膝跪着一名被手铐脚镣束缚的囚犯。这名囚犯也是一个人体的模型,神态非常逼真,他举着被手铐铐着的双手,抬头仰望着苍天,双眼充满了仇恨、恐惧、绝望。似乎想诉说着什么,但在即将行刑的断头台前,还能诉说什么?还可能有生的希望吗?这一场景的确给人以深刻的印象。断头台是结束生命的地方,而且是被残酷的砍下脑袋,身首异处地结束生命，这对一个人来说是多么可怕的地方。但对于有革命理想的中国许多革命先烈而言为了信仰和理想，也曾抛头颅洒热血，毫不畏惧。"砍头不要紧，只要主义真。杀了夏明翰，还有后来人。"这是夏明翰烈士临刑前的豪言壮语。俄国十月革命前的那些先烈，也同样有着这种精神，这也暴露了沙俄统治者反动、残酷和无奈的一面。

历史总是给人以启迪和教育。末代沙皇尼古拉三世及其全家被革命者处死。若干年后遗骨才被发现，确认。他们也被安葬在圣彼得城堡内的圣彼得和保罗大教堂内，这不得不让我有了无尽的遐想。

在圣彼得城堡对革命就有了直观的、切身的理解。时代不同了，现在的人们可能最希望的是和平与发展、人性的尊重和民生的改善。对于革命者我们能奉献的是景仰、钦佩和怀念。

冬 宫

　　冬宫坐落在圣彼得堡宫殿广场上,原为俄国沙皇的皇宫,十月革命后被辟为圣彼得堡国立艾尔米塔什博物馆的一部分。冬宫是不可不来的地方。因为这里的埃尔米塔什

俄罗斯圣彼得堡冬宫

博物馆与英国的大英博物馆、巴黎的卢浮宫、纽约的大都会艺术博物馆并称为世界四大博物馆。这四大博物馆的后三个我都已去过，就剩下这一座没有去过。此次来俄罗斯参观了艾尔米塔什博物馆，我就完成了此生一定要参观世界四大博物馆的心愿。每一个年纪大一点的中国人对《列宁在1918》和《列宁在10月》的电影都非常熟悉。在我们年轻的时代，历史课总要说到一句话："十月革命一声炮响，给中国送来了马克思主义。"某某人曾经见过列宁本人，会被认为是无上的荣耀。马克思、列宁在中国人的眼里是圣人、神人和革命的导师。作为中国人，我至今对马克思、列宁也是十分崇敬的。来到十月革命的发生地冬宫，此时的心情可想而知了。

当我们刚刚要进入冬宫大门的时候，耳边突然响起了《义勇军进行曲》的旋律，原来一队身穿俄国仪仗队服装的乐队为我们奏起了能让每一个中国人热血沸腾的中国国歌。此时我才发现一队人数不少的仪仗队，正用西方的乐器为我们演奏国歌。这是什么地方？这是俄国十月革命前的皇宫。冬宫就坐落在圣彼得堡宫殿广场。什么人才能享受这种待遇，应该是国家元首、政府首脑，在检阅仪仗队时，才有享受奏响《国歌》的待遇。我们是何等人？中国的普通老百姓，在这昔日的皇宫前，享受这种待遇真是受宠若惊。乐队奏完了中国的国歌，又奏响了俄国的国歌。这真的让我有种飘飘然起来的感觉。官我这辈子从来没有做过，连一个小小的科员也没有做过，是中国真正的平常老百姓，而今天居然做了几分钟的"国家元首"和"政府首脑"，真是在做梦。但也不是做梦，眼前的一切是真真切切、实实在在的。中俄国歌演奏结束，仪仗队突然用中文高呼："毛主席万岁！毛主席万岁！毛主席万万岁！"这让我大吃一惊。毛主席他老人家已经永远地离开了我们，而友好的俄罗斯人民仍然怀念着中苏友谊，保持着对中国人民友好的感情。

仪仗队、乐队演奏完了中俄国歌，大家纷纷举起相机，为仪仗队拍照。有的走向仪仗队，与仪仗队员合影，还有的中国人与俄罗斯人一起举臂高呼"乌拉"！这一切很快结束了。翻译用中文告诉我们，这场仪式是要付费的，给钱多少不定，但不能太少，只能付纸币，不能付硬币，因为硬币是给乞丐的。我定睛看了一下，这些仪仗队队员和乐队演奏者年龄都比较大了。大家都很自觉，纷纷拿出卢布、人民币、美元，双手送到仪仗队领队手里。

经历了眼前这一幕，我心里五味杂陈，复杂的感情涌上了心头。我们的意识形态，细想起来物质是第一性的，一点也没有错。人是要生存的，生存最基本的是吃饭穿衣。如果没有这一切就不能生存。看看这些仪仗队员，也许他们有辉煌的过去，稳定的生活，也许他们现在的生存状态并不那么理想，也许是他们为了老有所乐，也许他们对演奏情有独钟，也许他们收入一点微薄的报酬好补贴家用，也许是为了仪仗队、乐队的发展……这里有很多的"也许"。但是我最衷心的是希望俄罗斯人民生活更美好,中俄人民之间的友谊万古长青,因为我们毕竟是近邻。

来到冬宫广场,它的气魄和规模令人吃惊。它的全部建筑非常和谐,尽管是在不同的时代,不同的建筑师用不同的风格建造的。看到冬宫的色彩和建筑让我不能不联想到英国女王的白金汉宫,它们之间很显然有很多的相似之处。它们都不高,风格虽然不同,但式样还是有一点相似的。冬宫比白金汉宫显得更加宏伟一些,白金汉宫广场可以看到王家马队换岗,因为它还是正在使用的王宫。而冬宫是昔日的皇宫,今日的博物馆,就像中国的故宫一样。

为纪念战胜拿破仑,在广场中央竖立了一根亚历山大纪念柱,高 47.5 米,直径 4 米,重 600 吨。用整块的花岗石刻成,不用任何支撑,只靠自身的重量屹立在基石上。它的顶尖上是手持十字架的天使,天使双脚踩着一条蛇,这是战胜敌人的象征。冬宫的亚历山大柱于 1830 年至 1839 年建成,以纪念 1812 年亚历山大一世率俄军战胜拿破仑军队的这一伟绩。

冬宫面向涅瓦河,中央稍为突出,有三道拱形贴门。入口处有阿特拉斯群像,宫殿的四周有两排柱栏,气势雄伟。宫内以各色大理石、孔雀石、石青石、斑石、碧玉镶嵌、装潢;以各种质地的雕塑、壁画作为装饰;色彩缤纷,气派堂皇。

1895 年沙皇政府枪杀前往冬宫请愿的群众"流血星期日"事件就发生在冬宫前面的广场上。

冬宫的艾尔米塔什博物馆是最早为叶卡捷琳娜二世女皇的私人博物馆,1764年叶卡捷琳娜二世从柏林购进了伦勃朗、卢本斯等人的250幅画,存放在冬宫的艾尔米塔什中(法语意为"隐宫"),该馆由此而得名。为了彰显权势,叶卡捷琳娜二世在位的34年间,不断地收购收藏各种类别的艺术品,包括16 000枚硬币与纪念章。她在位的头十年便购置了约2 000幅画。她的图书馆里的38 000册书籍反映了她严肃的阅读生涯。她读伏尔泰,也读卢梭的作品,并与伏尔泰保持通信多年,一直到后者于1778年逝世为止。随着藏品的增多,从1764年至1789年先后建造了小艾尔米塔什和大艾尔米塔什。

来冬宫参观的人总是十分拥挤。来此参观者首先必须要向博物馆的工作人员预约,由他们安排你什么时间入馆,什么时间出馆,这个规定是必须严格遵守的。冬宫参观者中有来自世界各地的旅游者,大家不论是何种种族、讲何种语言都严格地遵守这里的规定。入口处排着长长的队伍,而在长长队伍的两侧,很多卖冬宫旅游纪念品的小贩,不时地向游客兜售旅游纪念品。其中有各种纪念章,俄罗斯的各种卢布和硬币,各种邮票、邮册、明信片、画片和俄罗斯、圣彼得堡画册。当然在这里买比在商店和冬宫里购买要便宜得多。凡是进入冬宫的游客必须严格遵守参观的规定,进入前要更换冬宫的鞋套,必须使用参观团统一配备的耳机、对讲机,并选择自己的语言运用。还有一项严格的规定，不许用照相机拍照，还要经过严格的安检。

这里的东方艺术馆拥有公元前 4000 年以来的展品 16 万件，其中有几千件古埃及的文物，如石棺、木乃伊、浮雕、莎草纸文献、祭祀用品和科普特人的纺织品，世界上最大的伊朗银器，以及巴比伦、亚述、土耳其等国的文物。

远东艺术博物馆收藏了大量的中国文物和艺术品。其中有 200 多件殷商时代的甲骨文，公元 1 世纪的珍稀丝绸和绣品，敦煌千佛洞的雕塑和壁画样品，以及中国瓷器、珐琅、漆器、山水和仕女图。包括 3 000 幅的中国年画及在泰国以外最多量的泰国雕塑。

西欧艺术馆是最早设立的艺术馆，占有 120 个展厅。主要是文艺复兴时期的绘画、素描、雕塑。世界上流传至今的列昂拉多·达·芬奇的油画总共不过 10 幅，《戴花的圣母》和《圣母丽达》就陈列在这里。拉菲尔的《科涅斯塔比勒圣母》和《圣家族》、米开朗基罗的雕塑品《蜷缩成一团的小男孩》，都是该馆的珍品。

古希腊和古罗马的雕像、花瓶等文物，陈列在 20 多个大厅里。艾尔米塔什的建筑和内部装饰颇有特色，拼花地板光亮鉴人，艺术家具精致耐用，各种宝石花瓶，镶有宝石的落地灯和镜子有 400 件左右。

博物馆的珍藏数量浩瀚，据说若想走进艾尔米塔什博物馆所有开放的 350 间展厅，行程约计 22 公里长。

虽然我们在人头攒动的展厅里慢慢行走，可一双腿不知不觉地感到越来越重，人也感觉越来越累，不计其数的珍宝，在眼前一晃而过，根本来不及细细地欣赏。似乎是来过了、经过了、看过了也就了却了一个心愿。如果要一件一件仔细欣赏，可能要一个月甚至更长的时间。我只不过是一个普通百姓，不是文物鉴赏家，也没有鉴赏的水平，总的感觉是精、深、博、大。翻译问我看了世界四大博物馆哪个最好？哪个最大？我想了一下，果断地回答："各有千秋!"确实如此。御座大厅（又称乔治大厅）的御座背后，用4.5万颗彩石镶嵌成一幅地图。孔雀大厅用了2吨多孔雀石，拼花地板用了9种贵重木材。整个冬宫金碧辉煌、十分气派。宫内回廊甬道曲折相通，花园花圃点缀其间，布局极为得体。真是奢华第一帝王家呀！

圣彼得堡的皇宫岂止冬宫。如叶卡捷琳娜宫，又名皇村，是叶卡捷琳娜一世女皇修建的，是彼得大帝送给叶卡捷琳娜一世的。宫殿建筑精巧淫靡，色彩清新柔和，弥漫着女性柔美、娇媚的风韵。可以说园中到处是诗，到处是画，无处不飘动着令人心醉的旋律，无处不弥漫着花草的芬芳。它于1990年被列入联合国世界遗产名录，女皇生前声色犬马，骄奢淫靡的气息依然浸淫着整个园村。皇村主要反映了叶卡捷琳娜的理想和品味。原来呈几何形布局的花园被改建成时髦的英国式园林。因此时欧洲的文化潮流已演变为以自然为本的古典主义，这一理念同样被引入园村艺术之中。于是蜿蜒小径代替了笔直的林荫路,修剪整齐的草坪变成了厚密茂盛的草地,方园规矩的池塘改为轮廓曲折的潭洄,任其自由生长的团团的树林仿佛天然生成。叶卡捷琳娜宫的大宫殿和大瀑布全景真的让人震撼。由于宫殿看得太多,几乎让人已经有了视觉疲劳,因为它们的建筑都是巴洛克式,而且金碧辉煌的外饰,以及天蓝的色彩都很相近,而大瀑布的全景确定是特有的。这片倾斜土地上利用地势较低的公园中的喷泉,在彼得大帝时代被开发,并安装了重力供应系统。经过独具匠心地开发,这片广阔的土地和其自然走势形成山坡和平地,建筑师、工程师和雕塑家成功建成了一个独特的公园并形成了无可匹敌的建筑合奏。喷泉中的雕塑金光闪闪,人物的肌肉块块突出,显示力量和意志,喷泉形式各异,水柱、水花相映相辉,构成一幅让人惊讶的神奇画图。

当然这里不得不提一下琥珀宫。琥珀宫最早是德国人的财宝,1771 年德王弗里得里希将它赠予彼得一世沙皇,于是就成了俄国沙皇的珍宝。原来是为了庆祝弗里得里希获得国王称号,而在柏林王宫中开始建筑的。从 1701 年到 1711 年各国工匠用了十年多的时间,才完成了这一富丽堂皇的浩大工程。琥珀需要在地下埋藏 400 多万年才能形成,而把天然琥珀加工成装饰品,难度很大,工艺水平要求极高。琥珀宫面积约 55 平方米,共有 12 块护壁镶板和 12 个柱脚全都是由当时比黄金还要贵 12 倍的琥珀制成。琥珀宫同时还饰以钻石、宝石、黄金和铂金,这些琥珀、黄金、宝石,总数量高达 10 万片,总重量超过 6 吨,建成后的琥珀宫被誉为世界第八大奇观。1941 年纳粹德国入侵苏联,当时的列宁格勒(即圣彼得堡)郊外的叶卡捷琳娜宫的工作人员试图用薄纱和假墙纸将琥珀宫遮盖起来,希望能使它逃过纳粹的魔爪。然而纳粹士兵很快就发现破绽,纳粹们将琥珀宫拆卸下来,装满 27 个箱子,运回到德国的柯尼斯堡。这是世人所知的琥珀宫最后停留的地方。二战末期,据说琥珀宫已被炮火夷为平地,也有人说"琥珀宫"被纳粹军官藏在一个地下室,也有人说藏在地堡里,也有人说藏在湖底。从此琥珀宫销声匿迹,不知所踪。二战结束后,苏联曾派出由专家、建筑家、美术家、考古学家和将军组成的琥珀宫秘密搜寻小组,对柯尼斯堡当地的庄园、城堡、贵族豪宅、地下室等隐藏的地方进行了地毯式的搜索,结果一无所获。2002 年俄罗斯动员全国的力量捐献琥珀和黄金,用建筑琥珀宫同等多的材料重建了琥珀宫,并对外界开放。据说普京本人也捐献了自己收藏的琥珀。于是就有了我们今日所见到的琥珀宫。

"阿芙乐尔"号巡洋舰的大炮依然高高地昂起,虎视眈眈的傲视着远方。但这座俄国十月革命历史上声名远播的战舰已经失去了它的战斗力,被永久的锚定在波澜不惊的河水之中。"阿芙乐尔"巡洋舰已成为历史的过去,沙皇临时政府的部长们也都成为了历史。这遗留下来的沙皇宫殿却仍然门庭若市,世界各地参观者蜂拥而至,参观和欣赏俄罗斯人民以勤劳、智慧和辛苦汗水为我们留下的艺术宫殿,艺术宝藏。不管意识形态、社会制度如何变化,人民的智慧及其结晶是永存的。

涅瓦大街与涅瓦河

　　像箭一样笔直的涅瓦大街是圣彼得堡主要街道,一条极具观光价值的街道,在那里你可以欣赏到众多名人的故居以及历史的遗迹。它出现在俄罗斯近现代的文学作品中,例如果戈理的《涅瓦大街》,精准地刻画了 19 世纪中期圣彼得堡市井人生。涅瓦大街真是一个信仰宽容的地方,在这里东正教的喀山大教堂、新教的圣彼得和保罗教堂、天主教的圣凯瑟琳教堂、荷兰教堂、亚美尼亚教堂等等,共处一地而相安无事。让人不禁为之惊讶不已。

　　涅瓦大街被称为世界上最美丽的街道之一,有人说它世上绝无仅有。说得没有错,因为历史的原因,这里的街道、建筑是那么的整齐划一。它是圣彼得堡最主要的街道,长 4.5 公里,从海军军部一直到涅夫斯基修道院,贯穿城市中心。涅瓦大街是圣彼得堡最古老的道路之一,它修造于 1710 年,最初从沼泽中开辟出来,1776 年以后,它发展成商业大街。这儿建造许多豪华的建筑,然而这里的建筑物不能超过冬宫的高度,这也是涅瓦大街整齐的原因。

　　大街的观光部分集中在涅瓦大街的西侧,从海军军部到阿尼奇科大桥这一段,东西走向的涅瓦大街,奇数门牌是阴凉处,称背阴侧。向阳侧 14 号,如今还写着这样的字样:"大家注意! 这侧道路如果发生空袭,就会非常危险",让人们不由自主地想起战争阴影笼罩时的涅瓦大街。从海军军部向东,喀山教堂进入你的视野,继续向前,经过格里鲍耶陀夫运河之后,可以进入艺术广场和百货公司。从商场再向前,在奥斯特洛夫斯基广场上,有叶卡捷琳娜二世的塑像矗立在那里。在高耸的女皇脚下,坐着她在位时最杰出的人物。包括权贵、军事领导、科学家和艺术家。

　　阿尼奇科夫大桥是彼得堡最早的桥梁之一,它的主要特色是以"驯马"闻名的雕塑群。值得一提的是米哈伊洛夫大街连接涅夫斯基大街和艺术广场。它是卡尔洛·罗西城市设计的代表作品。在广场的中心建筑是米哈伊洛夫斯基宫,以其拥有人亚历山大一世的弟弟米哈伊尔·帕夫洛维奇大公爵的名字命名。1895 年,国家收购了米哈伊洛夫斯基宫,用作第一个国家艺术博物馆。1898 年,宫殿的大门向游客开放,供游人参观第一家国家艺术博物馆。今天该博物馆收藏了大约 400 万件展品——油画、素描、雕塑、民间和应用艺术品。它在市中心占有 4 座漂亮的宫殿——米哈伊洛夫斯基宫、斯特罗加诺夫宫、大理石宫和工程城堡。该博物馆收藏世界最好的俄罗斯前卫艺术家的作品。

列宁格勒前线报纸《在祖国的防线上》的报社所在地，位于涅瓦大街与圣彼得堡中心广场——宫殿广场相连接的拐角处一栋大楼内。第二次卫国战争期间，来自城市最前沿的保卫阵地的消息就是从这里发出，鼓舞着被围困的列宁格勒人民，所以一定要去参观一下这栋大楼，为纪念整整900天的围困，为了缅怀300万丧生于围困期间的斯大林格勒人，为记住这段永远不该忘却的历史。

果戈理、柴可夫斯基的故居也不可错过。不过最最不可错过的是"沃尔夫与贝兰热甜食店"，该店位于涅瓦大街与大马金斯卡亚街和莫伊卡沿岸街相交的地方。1837年1月27日，普希金正是从这家甜食店喝完最后一杯咖啡，而直接奔赴决斗地点"小黑河"的，不仅如此，莱蒙托夫、陀思妥耶夫斯基、舍夫琴科等人经常是这里的座上客。今天，文学俱乐部"文学咖啡"即设立于此。能够来圣彼得堡旅游，那一定要去该甜食店喝一杯咖啡，感受一下当初文学家们的文思激越和诗人最后的激情与浪漫。你不得不对当年普希金的决定感到无限的惋惜。

涅瓦大街整齐、干净，来来往往的人流不息，有俄罗斯人，更有来自世界各地的旅游客人。人们衣着光鲜时尚，有的边走边聊边笑，也有年轻的情侣手挽着手，甜蜜地在路边散步。也有老者手拄拐杖，在路边的椅子上稍作休息。天真的孩子打扮得如初绽的花朵，更显出勃勃的生气。市面平静，安宁。两边的街道商店里货物还是充足的，食品和水果似乎并不缺乏，从俄罗斯人自然而闲适的笑意中看不出由于乌克兰问题而遭受西方制裁的阴影。人们常说涅瓦大街可以见到无数的美女，这毫不夸张。衣着时髦的女孩子，衣着前卫的女孩子，衣着保守而不失典雅的女孩子，在涅瓦大街上比比皆是，有人说是一道美丽的风景线，更确切地说，这是一道由俄罗斯美女河流所组成的美人风景线。这是任何来涅瓦大街的人共同的感受。

豪华的商店里很多都出售琥珀和蜜蜡制品，它们的价格高低差别很大，对于我们来说完全是外行，这些手串手链和耳坠，看来看去还是下不了决心购买。这些首饰是高档的消费品，由于不懂，所以不敢购买，是不是失去了一个高档投资的极好机会？我也说不好。不懂实际上也是无知。对一件物品无知最好的办法还是应该放弃，免得造成不必要的损失。

当然在这一些商店里有不少人物的玩偶，做得十分逼真，但也不失漫画的色彩，有科学家、文学家、也有政治家。在政治家里面最多的还是列宁、斯大林和普京。我看了很长时间，没有找到戈尔巴乔夫、叶利钦、勃列日涅夫等人的玩偶。我觉得俄罗斯人还是有所爱好，有所取舍的。

我们走在街头，看到一幅很大的画，是普金与熊的照片，有趣的是这只熊的相貌与普金十分相似，你可以看出他们似乎是对双胞胎，而且他们分别各闭上一只眼睛，不仅憨态可掬，而且呈现微笑，从他们的相貌上还可以看出充满了智慧,而且有几分狡黠。这普金是真实的照片,这熊也是真实的照片。如此两张真实的照片合在一起,真的给人无限遐想。在西方加紧经济制裁俄罗斯的今天,当俄罗斯经济遇到困难,俄罗斯人用他们特有的聪明、才智、幽默、智慧表达了他们的民族自豪感,表达了对美国等西方国家制裁的蔑视和对普金的热爱。我举起相机拍下了这张照片。

涅瓦河长 47 公里,28 公里位于圣彼得堡的范围内,其余在列宁格勒州境内,涅瓦河流域包括拉多加湖和奥涅加湖,分布在俄罗斯西北部和芬兰南部等广大地面上。以河水流量来计算,涅瓦河是仅次于伏尔加河和多瑙河之后的欧洲第三大河流。

圣彼得堡是俄罗斯的最大港口,第二大城市,位于波罗的海芬兰湾东岸,涅瓦河口。该市有 300 多座桥梁相连,它的河流、岛屿与桥梁的数量,均居俄罗斯之冠。圣彼得堡是水上城市,河流面积占全市总面积的 10.2%。由于河流纵横、风光秀丽,所以它素有"北方威尼斯"之美称。

横跨涅瓦河和大量其他河流、水渠以及海峡上的桥梁共有几百座,千姿百态,各不相同。冬宫大桥夜幕降临后,大桥中央的两端跨吊在空中,开桥让远洋巨轮通过,镀金猎狗傲然兀立在银行小桥上,巍然不动。

我们乘游船游览涅瓦河,清水碧波,游船在破浪前行,堤岸上花岗石墙上还遗留有铸造的铁环,提醒人们这里曾有船停泊。整齐的俄式建筑被不断地抛在船后。涅瓦河的下游,有来自远方各地的货船、油轮和游船,挤满了瓦西里耶夫斯基岛和英式河堤。风从前方吹来,吹拂了整个的游船,又吹拂了每一位游客的心。

　　船并不是很大,有两层,上层是露天的,有着漂亮的栏杆,视野开阔,对涅瓦河畔的美丽风光一览无遗;第二层是一个可以容纳几十个人座位的船舱,船舱的前半部分没有桌椅,是空着的,因为我们今天还有一个项目,观看俄罗斯民族风情表演。船舱比较宽,两侧摆放着椅凳,每个相对坐四人。实际上只能算每排并列四个人,这四个人他只是一边两个,这中间有很宽的空间,这都是为民族风情表演留下的空间。我们桌上摆好了葡萄酒、香槟酒和俄罗斯著名的伏特加酒,各种水果非常丰盛,同时每人都有一份美味的俄罗斯食品,即涂上黑鱼子酱的面包片。黑鱼子酱是何等珍贵的食品? 能吃上黑鱼子酱是何等高贵的宾客。因为黑鱼子酱的价格比黄金还要贵。我仔细地看着一小片涂上黑鱼子酱的面包片。觉得它并没有多少特别,这黑色的鱼子酱仅仅是一丁点,薄薄的涂在面包上。这黑色的鱼子看得十分清楚,就像中国的油菜籽,不过比油菜籽小。我和老伴怀着十分虔诚的心,对这片面包上的黑鱼子反复地端详,舍不得吃。中国人吃这种珍贵的食品,被嘲笑为:“你这也不是在吃金子。”而今天我们要吃的是比黄金还要珍贵的食品!我将涂有黑鱼子酱的面包,慢慢送入口中,慢慢地咀嚼,细细地品味。但居然说不出口中的感觉,我将它放在口中含了一会，并慢慢地想品出它的味道，品出它的美味与其他美味的区别。可是品味了几分钟，也说不出来。只是有一点鲜，一点咸。其他全是普通面包的味道，我真的说不出黑鱼子酱的味道，可是一不小心，我将它吞入了腹中，为此我还后悔了好半天。

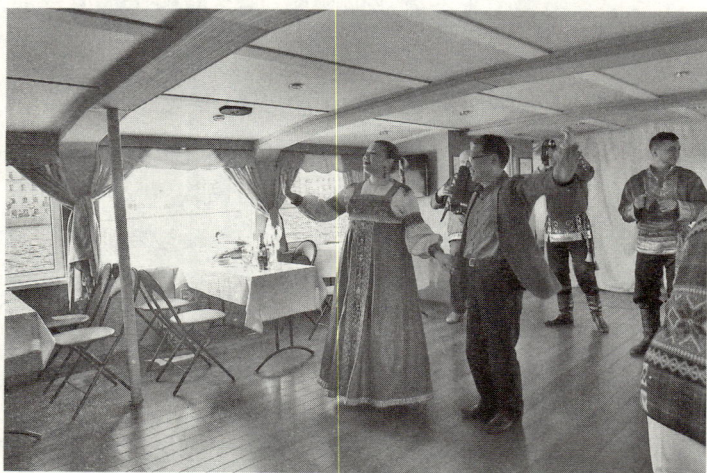

俄罗斯圣彼得堡涅瓦河上

不一会俄罗斯的民族表演队登场了，他们身着鲜艳的俄罗斯民族服装，小伙子身穿红色的镶着宽宽荷叶边的紧身衣，姑娘穿着白色的俄罗斯拖地长裙，随着音乐伴奏，为我们唱起了中国人熟悉的俄文歌曲《红莓花儿开》、《莫斯科郊外的晚上》、《喀秋莎》，还唱了中文歌曲《北京的金山上》。游客们都很高兴，有的人打开葡萄酒便倒入杯中畅饮起来，服务员帮助大家打开伏特加、香槟酒,并为我们倒入杯中。
我知道俄罗斯人是爱饮酒的,我平时一直不饮酒,所以仅仅
呷了一小口香槟,伏特加是一点也不敢碰。不一会民族表
演队开始为我们表演俄罗斯民族舞蹈和民族乐器,既热烈
又精彩。我正高兴地边欣赏边吃着水果,一位俄罗斯姑娘
走到我面前,我大吃一惊,她是来邀请我和她一起跳舞的。
我这个人本来就不是十分活跃,除了过去读书时偶尔跳过
两次舞以外,根本上说我对舞蹈一窍不通。今天就难了,这
是在国外,而且是俄罗斯姑娘邀请你。一般地说对女士的
邀请是不能拒绝的,更何况中国还是礼仪之邦。在这种情
况下,不能上也得上,我只好硬着头皮,跟着俄罗斯姑娘走
到船舱的中央,悠扬的音乐又响起来了,俄罗斯姑娘拉着我
起舞。她很照顾我,引导着我。我虽然老了,还不太迟钝,
但笨手笨脚是很显然的,好在我还有一点模仿能力,总算把
一支舞跳了下来。可我这时早已是一身冷汗,我正待松一
口气,一位俄罗斯小伙子,又上前邀我跳舞,真的弄得我哭
笑不得。这俄罗斯男子的舞蹈不仅节奏快,而且力度很大,
这可难坏了我。我不断地模仿着俄罗斯小伙子,不断地拍
着大腿,拍着小腿,还拍着脚,还拍着手掌,总算没有出什么
洋相,勉强跳完了一曲舞曲。我气喘吁吁地回到自己的座
位上,没有想到服务员又给我送来了一份涂着黑鱼子酱的
面包,整个船舱这是唯一的一份,是对我刚才舞蹈的奖励还
是别的什么意思,我还是没有明白。看到大家对我投来赞

许的目光,我真的有点难为情起来。

最后是俄罗斯民族表演队和全体游客在船上跳起了集体舞,真的气氛一下子达到了高潮。

难忘的涅瓦河! 难忘的圣彼得堡! 难忘的舞会!

谢列蔑契娃机场

　　从上海到莫斯科，我们到达的是谢列蔑契娃机场，从圣徒堡返回莫斯科到达的仍然是谢列蔑契娃机场，今天我们将要从谢列蔑契娃机场起飞，返回中国。

　　谢列蔑契娃国际机场是莫斯科的四大机场之一。据说这里原来是军用机场，由于奥运会曾在莫斯科举办，为了扩大飞机的运力，于是将谢列蔑契娃机场改为民用机场，现在的名称是谢列蔑契娃国际机场。

　　当我刚刚到达莫斯科，踏入谢列蔑契娃国际机场航站楼，踏入俄罗斯的土地时，怎么也让我感觉不到这是俄罗斯首都莫斯科的国际机场，不仅仅是因为建筑比较陈旧，而且通关的地方比较小，根本不像纽约的肯尼迪机场，也不像英国的希思诺机场，它们的建筑虽然不是很新，但通关的地方很大。不过俄罗斯的谢列蔑契娃国际机场的工作人员对中国人很友好，我们中国人到俄罗斯是免签的。记得十几年前我到英国的希思诺机场，德国的汉堡机场，不仅入境检查严格，而且十分地不友好。其实中国那时还不十分强大，还会让人看不起，而如今世界上对中国免签的国家越来越多了，中国强了，中国富了，中国的国际地位也提高了。

我弄清楚了这谢列蔑契娃国际机场仅仅是莫斯科四个机场之一，而且是由一个军用机场改建的，虽然不是太大，我也是可以理解的。

我们入境和离境都是在谢列蔑契娃国际机场，而没有能到莫斯科其他机场，看一看莫斯科一流的国际机场的风貌，难免有一点遗憾。作为一个大国的首都国际机场，应该说就是这个大国的脸面，或者说形象工程。但我看过莫斯科的地铁站，我想它的主要机场一定宏伟辉煌。本来我们应该有一次参观的机会，但因为我们出入境都是同一个机场，这让我失去了一个极好的机会。

但老天爷让我失去了一个机会，却又给了我另一个机会。翻译告诉我，这谢列蔑契娃机场是美国中央情报局雇员斯诺登曾经滞留的地方。斯诺登的名字不仅在世界上家喻户晓，而且他的命运也曾被世界上很多人牵挂。

斯诺登独家揭露了美国中情局窃听的丑闻。原来中情局不仅仅窃听可疑的"恐怖分子"，还窃听了美国大量老百姓，更窃听别国公民、别国的政要、别国的国家元首和政府首脑，甚至连最亲密的盟友国家的元首、政府首脑也不放过。这不可避免地触发了众怒，乃至影响与盟友的关系。斯诺登也不可避免地成了美国中情局的"叛徒"，遭到美国

246

中情局的追捕和迫害。斯诺登只能到处躲藏，最后他从中国的香港飞到了俄罗斯的谢列蔑契娃机场。但美国宣布吊销斯诺登的美国护照，使得这位世界头号国家的公民成了无国可归的难民。斯诺登已无法进入俄罗斯，也无法进入别的国家。

对于这位有着正义感的前美国中情局雇员，全世界的人民和很多国家都对他既钦佩也十分同情，不少国家还准备给他以政治避难权。但国小力弱，加上美国的威胁和美国中情局的追捕，最终都没有成功。斯诺登只能滞留在谢列蔑契娃国际机场中转区，在一个临时的小旅社蛰居，他真正的成了一个被"遗弃"的人。正义总是会得到支持和同情的，斯诺登在中转区得到包括金钱和食物的资助，同时也包括律师们的法律援助。而在那个号称世界上最讲法律的国度，当权者甚至"劝说"和"鼓动"斯诺登的父母，劝返斯诺登回美国投案自首。在谢列蔑契娃国际机场的中转区，我很想找到斯诺登滞留居住的地方，但没有人告诉我，这让我留下了一个永久的遗憾。

最后还是俄罗斯政府接受了斯诺登的避难申请，这才让这位正直而又胆大包天的小伙子有了一个临时的避难场所。听说还有一位俄罗斯姑娘爱上了这位美国小伙，据说斯诺登早已有了自己美国的女朋友，这不得不让多情的俄罗斯姑娘失望。

虽然我没有到达莫斯科最大的国际机场，而是两度经

247

过谢列蔑契娃国际机场,这个斯诺登曾经滞留的机场,但并不感觉有所失,而是有所得。"塞翁失马,焉知非福",在这里听到了较为翔实的斯诺登的故事,两度来到斯诺登滞留的机场,难道不是一得吗?

　　登机的时间到了,我们乘坐的仍然是俄罗斯航空公司的航班,今天我们就要回国了。

　　轰鸣的飞机,经过跑道的滑行,腾空而起,直插蓝天。

　　再见吧！美丽的俄罗斯！

　　再见吧！美丽的俄罗斯姑娘！

第四篇　澳洲行

墨尔本

  2016 年 1 月，我们的女儿要带我和老伴一块去澳大利亚过年。中国正是严冬，而南半球的澳大利亚却是夏天，到澳大利亚过年是女儿和儿子的安排。因为女儿在美国的一家跨国公司工作，澳大利亚的墨尔本有她们公司的分公司。女儿也曾去墨尔本为她们公司员工做过培训。她对澳大利亚比较熟悉，我们的行程有女儿全程安排并提前做好了准备。

  澳大利亚全称为澳大利亚联邦，是一个发达的资本主义国家，1788 年至 1900 年曾是英国的殖民地，1901 年殖民统治结束，成为一个独立的联邦国家。澳大利亚一词，意即"南方的大陆"。欧洲人在 17 世纪初叶发现这块大陆时，误以为是一块直通南极的陆地，故取名"澳大利亚"。这是世界上唯一一个国土覆盖整个大陆的国家，它拥有很多自己独有的动植物和自然景观。澳大利亚又是一个移民国家，奉行多元文化。近一半国民居住在悉尼和墨尔本两大城市。澳大利亚领土面积 761.79 万平方公里,总人口 2 327 万。它是南半球最发达的国家,是全球第十二大经济体,第四大农产品出口国,也是个多种矿产出口量世界第一的国家。同时,澳大利亚也是世界上放养绵羊数量和出口羊毛数量最多的国家,它还是个体育大国。

墨尔本是我们到达澳大利亚的第一站。它多次蝉联"世界最宜居城市",仅仅是墨尔本的蓝天、碧水和掩映在绿树中的建筑,就会让你惊叹不已。飞机降落在墨尔本机场。机场并不算大,也不算新,入境和通关也不算复杂。办完了入境手续,我们就进入了机场内澳大利亚区,此时算是入境澳大利亚了。女儿对这一切都很熟悉,在墨尔本预订了一间酒店公寓,因为此时机场到酒店公寓有一段路,也提前预订了的士。我们到达机场门口,女儿电话联系了出租车。仅仅十几分钟,出租车就到机场门口来接我们了。墨尔本虽说是澳大利亚的第二大城市,人口有 407 万,但比起国内的机场,那种熙熙攘攘的景象一点也没有,一切显得宁静而秩序井然。墨尔本的的士有大小两种,大的可乘坐七人,小的可乘坐三人。我和老伴、女儿、女婿、两个外孙女一行六人,当然选乘了七人的士。司机帮助我们上好行李,便驱车前往市区。

当飞机降低高度慢慢下降时,我们看到的澳大利亚基本是空旷的原野和荒漠。当然也有起伏的山坡和若隐若现的牛群和羊群,稀疏的高大的乔木和一丛丛灌木,间或看到一捆捆的牧草。这和飞机降落新加坡的情景完全不一样，一样的是已经没有中国冬季的寒冷，而是有一丝丝夏季的火热。

从机场到墨尔本市区，也同样是这样的风光，没有密密的绿荫大树，没有太高的楼房大厦。但可以看到一些汽车制造公司的厂房，这大约是郊区。我们看到的树木越来越多，楼房也渐渐地高了起来，我明白此时的的士已经进入了市区。司机在一座楼房的门前停了下来，门是紧闭的，看不到一个人。我想应该是停错了地方。女儿也认为是这样的。司机很好，决定开到这栋楼房的另一个门，结果也是一样，大门紧闭。女儿仔细地再看了看地址，确定不错，我们又回到大门，司机也认真确定无误后才把我们放下。女儿再次打了电话，一位中年的白人妇女很快地从外面走来询问了女儿，得知我们的情况后便向我们道歉。这里正是我们入住的酒店公寓。她十分和蔼地向我们介绍了公寓的情况，并带我们进入酒店，办理了相关手续。她告诉我们，由于中国的春节将近，酒店已经满了，现在只有安排我们入住马路对面的一处酒店分部。这让我们有些失落，这里的条件相对说来还是比较好的，分部的条件一般说来是比较差的。已经是下午了，无论如何必须住下。这时，女管理人员一再向我们道歉，并帮助我们拿着行李箱穿过马路。其实并不是马路对面，还要走一小段路。我们心里正在抱怨，女管理员停了下来，我抬头一看傻眼了，这是一栋四五十层高的崭新的大楼。这里仍然没有人，大门紧锁。管理人员用电子钥匙打开了大门，让我们跟着她上电梯，一直到了这栋楼的43层，走进了一个大套间，这里沙发、电脑一应俱全，在外间里还摆放着各类糖果、巧克力和各种水果、咖啡。女管理员给我们每人倒了一杯咖啡让我们坐下。此时我无意往窗外一看，我惊呆了。窗外正是波光粼粼的菲利普港湾。帆船来往穿梭，岸边冲浪的滑板与搏击者在海浪中沉沉浮浮，时隐时现，摩托艇在海浪中来来往往，在大海中画出了一条大大的任意形状的白色轨迹。海岸边还有些嬉戏的人群在沙滩上享受日光浴……这真是一个海景房。我心里一直担心住宿费会不会涨很多，女管理员和里间办公室的工作人员告诉我们，是他们没有安排好所造成的，价钱和原住房一样不加钱，还再次地向我们表示歉意，真的让我们喜出望外。实际上这是他们酒店分部的办公室。女管理员和办公室人员一起走出办公室，拿了一些苹果、香蕉、梨子和巧克力给我的两个外孙女，并给了我们电子钥匙，要亲自送我们下到26楼。女儿说："我们就住在这好了，不下去了。"办公室人员诙谐地说："那你们就在这多玩一会，看看海景再下去。"弄得大家都笑了起来。下到26楼，打开房门真的让我们吃惊，豪华的套间，全新的装饰，齐全的家具、餐具，真的让人有点受宠若惊之感。这天我们美美地洗了淋浴，到楼下的餐厅吃了日式的晚餐，然后美美地睡了一觉。这是我们来到澳大利亚住的第一晚。

我们全家人第二天吃过早饭，就去逛一逛墨尔本市区。墨尔本是澳大利亚维多利亚州的首府，是澳洲文化、工业中心，也是南半球最负盛名的文化名城。大墨尔本地区面积达 8 806 平方公里，城市环境非常优雅，城市绿化率高达 40%，并连续多年被联合国评为"全球最适合人类居住的城市"。1851 年到 1860 年，由于大墨尔本附近发现了金矿，淘金热让人口激增，大墨尔本迅速成为少有的城市，并因此得到了"新金山"的别称。1901 年至 1927 年，墨尔本曾是澳大利亚的首都。墨尔本有"澳大利亚文化之都"的美誉，也是闻名世界的时尚之都，其服饰、艺术、音乐、电影、舞蹈、电视剧制作等潮流文化均享誉全球。墨尔本还是南半球第一个举办过夏季奥运会的城市，一年一度的澳大利亚网球公开赛、墨尔本赛马等国际著名体育赛事都在墨尔本举行。

墨尔本的中心商业区并不大，人口约 2 万人。墨尔本市中心却是非常正规的由 9 条纵的路和 9 条横的路组成，十分规整。最有趣的还是在这中心区内乘坐有轨电车是全部免费的，不论大人还是小孩，不论是澳大利亚人还是外国人一视同仁，车费全免。如此，你就可以乘坐有轨电车慢慢游览这九纵九横的中心商业区。二是可以随时下车到你钟情的商店逛一逛，尽兴地采购自己所需的物品。如果熟悉地图和街道，还可以十分讨巧地减少交通费的开支。在我所到过的国家还是第一次遇到这免费的电车。其实我们对澳大利亚的公共交通费用是了解的,从墨尔本机场到我们住地,乘车的费用相当于中国上海乘相同距离车费的两倍以上,这免费的电车真的是太好了,这也许是墨尔本市政当局对促进旅游事业的一个考虑。墨尔本市的火车站,相当漂亮,规模也很大。火车站另一侧的一条大道上装饰华丽的马车吸引了我的注意,它不仅具有欧式古典马车的豪华,连马头上也装有饰物,驾车的马夫也一律穿着古典欧式的宫廷服饰。这些马车是让游客乘坐逛墨尔本大街的。我近距离地观察了这些马车,不仅车身装饰豪华,而且马匹健硕,油光水滑。乘坐这些马车的游客们似也颇有贵族高官当年的威风。我们只是看看,拍拍照而已,并没有尝试的想法。

大墨尔本坐落在菲利普港湾旁,并一直向内陆延伸,商业中心区位于港湾的北端,也就是雅拉河的河口。市民大多居住在商业区周边。墨尔本是一座充满活力和快乐的城市,具备深厚的文化底蕴,雅拉河大桥是有着典雅特色的桥,凭栏眺望,清澈的雅拉河中有不少的皮划艇在训练。沿河走去,在河边有一间又一间的酒吧,建筑风格各异,特色鲜明。女儿告诉我,白天这些大多是可以进餐的特色饭店,晚上这里就是热闹非凡的酒吧一条街。靠河边一侧的沿河栏杆边可以看到很多画家、写生习作者,在画架上完成自己的写生作品,有风景,有建筑,也有人物。这里也可以为游客作人物写生素描,这是需要付费的。一些自由创作者,你认为他画得好，很赞赏，也可以将钱币投入他面前的小盒子里。女儿告诉我，给钱是不能向他们索要画作的，仅仅是对他们的作品表示赞赏，对他们的工作表示支持。如果要购买他们的作品，是需要另外付费的。萨克斯、吉他、手风琴的艺人自我陶醉的进行表演，或者几人一组在高歌流行歌曲。出卖旅游纪念品的小贩也偶尔出现在这群人中间。因中午已过，大家有一点饿了，女儿选了一家西班牙餐馆进餐。这家餐馆虽然不大，但布置得很怡人，还提供免费的凉水，这对于此时又饥又渴的我们应该是一个福音。吃完了西班牙海鲜饭，我们借机在这里休息了一会。

出了这间餐馆，我们迎着雅拉河向前方的另一座雅拉河桥走去。我们发现在一个大桥的桥墩周围有着放有桌椅的酒吧。说它是露天酒吧，似乎不太确切，因为它毕竟还有一个顶，我想它没有墙，四面通风，不如叫它通风酒吧算啦。我想每到晚上这里一定非常美。璀璨的灯火，青春的热情，各种颜色的鸡尾酒，浮着泡沫的啤酒，豪放的歌声真正体现出现代都市的文化四射的活力。河边是一间间皮划艇俱乐部，有墨尔本大学皮划艇俱乐部，还有一些民间团体的皮划艇培训中心，以及一些中学生皮划艇训练营。从一间间大门敞开的房子里可以看到一层又一层的大小不等的皮划艇放在库房中，不少皮划艇运动员、学员在搬着这些尖尖的皮划艇。这里有男生也有女生，有白人也有黑人，他们齐齐地扛着皮划艇然后轻轻地放入河中。我过去只是在电影电视中看过皮划艇比赛，在此近距离看它们，竟是这样的窄。我真的佩服这些运动员，可以在这么窄的皮划艇上坐十几个人也不会翻掉，还能进行紧张的比赛，这协调一致需要高超的技艺，这不是靠短期的培训就能够奏效的。放眼河中，有十人的皮划艇，也有单人的皮划艇，在河中竞飞，惊起的水鸟欢快地飞向天空。我此时真正体味到体育训练的乐趣。

我们又走上雅拉河桥，想到皇家植物园去参观一下。一打听皇家植物园就在雅拉河前方不远的地方，并且得知皇家植物园并没有围墙，而是开放的植物园。走了一段路，路边有一大块一大块的草坪，有一排排整齐的乔木，还有一个又一个锦簇的花坛，其中还有成片的玫瑰和情人兰。这应该就是墨尔本著名的皇家植物园了。建造于 1845 年的墨尔本皇家植物园采用 19 世纪园林布置，内有大量罕见的植物和澳大利亚本土特有的植物。植物园占地 45 公顷，至今还留有 20 世纪的建筑风貌，汇聚了三万多种奇花异草，是世界上设计最好的植物园之一。

我们在这个规模较大的植物园内漫步。由于我们对澳大利亚特有的植物了解不多，而且英文的植物名翻译也有一点困难，女儿说："你们能多看看就行，说多了你们也记不住。"

植物园内有一个用铁丝网围起来的滑轮游乐场。不少十多岁的孩子兴致勃勃地脚踩滑轮，一会冲上滑道，一下又冲下滑坡，无形中给游乐园增添了乐趣。植物园的草地上不少年轻的情侣正双双躺在草地上享受日光浴，真让我们羡慕，年轻该多好！

我认真地看着这植物园中的花草，似曾相识，和美国西部的差不多。但情人兰是绝对不会认错的，我们不仅在美国西部见过，而且在我的家中，至今还有盆栽。那蓝蓝的花，绿绿的叶肯定不错。我和老伴，女儿和女婿分别和这蓝色的诱人的情人兰合影了，而且我们全家又和这象征着爱情的情人兰合影了。

不远处是詹姆斯·库克船长的小屋。库克船长是第一位抵达澳大利亚的英国人。1934 年墨尔本建市 100 周年大庆时，澳大利亚移民实业家花 800 英镑将库克船长出生在英国约克郡的故居买下，作为礼品送给墨尔本市民，小屋旁边还立着库克船长的紫铜雕像。

旧国会大厦、哥摩大宅、可林斯大街和墨尔本旧监狱都是这里的景点。这个监狱之所以有名是曾经关押过和处决了澳大利亚昔日家喻户晓的绿林大盗德凯利。实际上德凯利应该是杀富济贫的绿林好汉，就是在中国也是会得到人们纪念的。

墨尔本是一个有着文化底蕴的城市，更不缺绿树、船桨、鲜花和故事，但更让我难忘的是那开着蓝色的花、发散着清香的情人兰。

大洋路

　　大洋路乍听起来还以为是墨尔本市的一条街道呢！其实不然，它是一条全长 300 公里的海滨大道。来到墨尔本这大洋路是不可不去的。因为 300 公里的路并不平坦，路况也不熟悉，自驾游不仅不安全而且来去 600 多公里，驾车的人也很疲劳。于是我们选择了当地一家旅行社跟团参加了大洋路的一日游。这家名叫宏城的旅行社，是全澳大利亚知名的华人旅行社，是唯一融合全球最大旅行业资源的平台，曾被授予最高市场奖，并荣获全澳最大旅行社协会颁发的最高旅游奖——钻石奖。这里停放有很多辆大巴，有的是发往企鹅岛的，有的是发往金矿城的，当然也有不少是发往大洋路的。我们被编在前往大洋路的第三辆车。车上全是华人，他们都是组团来澳洲旅游的，我们是以散客身份临时编入团队参加大洋路一日游。开车的司机是一位中年的澳大利亚华人，他身材不高，语气温和，是一位非常有亲和力的人。此时我才知道来澳大利亚旅游的游客 75％ 来自中国。真的,中国富了,中国成了澳大利亚最大的旅游客源地。

独特的是每辆旅游大巴上只有司机一人,不像其他的旅游团队,最少是领队、导游、司机三个人。司机开车是不能与游客说话的,以免分散注意力。而宏城旅游集团的司机却是领队、导游、司机三任一肩挑,这在全世界也是罕见的。

司机向我们简要地介绍了大洋路的概况和今天旅游的注意事项,今天在车上的时间是 7 个多小时,去四个小时,回来三个半小时,应该说是很辛苦的。汽车开动了,那司机不紧不慢的暖暖的话语还在我们耳边回荡。当我们的车就要离开墨尔本时,要过一座比较大的桥。司机向我们介绍,这座桥叫西门桥,是《水浒传》中西门庆的后代移民澳大利亚发财后用专款修建的。我想这只不过是传说,也许是讨好中国游客,也许是在开玩笑。但从司机的语气中听不出是哪一种。不过这桥非常宏伟,也非常现代化。汽车在桥上行驶,远处的乔木,草场,牛羊一览无遗。桥下的流水,水中的轮船无疑给人增添了无限的遐思。司机让我们注意桥上的护栏,果然在护栏外加有高高的栏网。他告诉我们,桥的这一头下面有一座超豪华的酒店,名叫皇冠酒店,这个酒店的一层就是一个很大的赌场。有一些沉湎于赌博的人在这个赌场里没日没夜地搏杀,以至有的人血本无归。有的人到了走投无路时,只好走上这西门桥然后跃身桥下,一了百了。这西门桥便成了走上末路的赌徒的最后的葬身之地,这种事时有发生。其中有一件事让整个澳大利亚震惊了。有一个赌徒赌输了以后竟然抱着自己未满周岁的儿子一起跃身桥下。政府重视了,立即加上了高高的护网。这样,这些想自杀的人就不能在桥上自杀了。不仅如此,还在桥上多处加了摄像头,有警察 24 小时对桥上的行人进行监控。这样一来在西门桥上自杀的事情基本没有了。听了司机的这番介绍,真的让人五味杂陈,感慨不已。

大洋路原是澳大利亚政府为第一次世界大战中牺牲的战士而建,是第一次世界大战退伍的士兵在悬崖峭壁中开辟出来的,1942 年竣工。沿途奇景迭出,驾车奔驰在大洋路上,可以说是一次又一次的惊险之旅的大组合。司机一路谈笑风生,好像我们的车是行驶在平地上一样,其实车是在山坡、山峰和山谷中绕行。我们生活在中国的皖南山区黄山,虽然这里的道路不及黄山险峻,但毕竟不是平路,有时遇到急转弯和陡坡也会吓人一跳的。

我们很快就到了大洋路路口。大洋路其实并不宽,根本比不上现代的等级公路,但这条海滨公路的确让人见识不少。大洋路路口有三个值得一提的纪念性建筑:一个是大洋路的路碑,这个路碑是一块正方形的黑色大理石,镶嵌在一个五棱形的花岗岩中间。路碑记录了大洋路的建筑过程、起止时间、规模和艰辛,这当然是英文的。还有就是两位建筑工人的铜像,他们几乎与真人一样大小,挥动着铁锹、羊角镐正在埋头干活。他们的穿着还是第一次世界大战时澳大利亚士兵的装束，他们的身边还是那个年代比较原始的劳动工具。这栩栩如生的筑路工人的塑像，真的让人感到他们正气喘吁吁地在悬崖峭壁上开山辟路，这差不多让人有身临其境之感。路口上应该是横跨大洋路两侧的牌坊，当然这种叫法是否妥当我并不敢说，但路两边竖起来的梁柱中间横跨着大路的梁。不过我想，这是否应该叫澳大利亚凯旋门，当然它没有法国凯旋门那么奢华和复杂。这也许正象征着筑路工人的淳朴和直率。我们全车的游客都下来拍照留念，慢慢地品味这大洋路的入口。

大洋路是在 1980 年初被定为国家自然公园对游客开放的，大洋路沿岸的壮阔波澜和笔直绝壁正如上天的鬼斧神工。我们的车又开始上路了。因为经过了一段时间的行车，我们知道司机早就对大洋路了如指掌，或者干脆说已经娴熟了，这段路的驾驶已经说明，作为一个三栖导游应该说是当之无愧了。因此担心已经完全没有必要了。此时可以放下心来欣赏窗外的美景了，天是那么蓝，海也是那么蓝，汹涌的波涛不时由远而近地向岸边一波又一波地扑来，撞击着海边的礁石，卷起白色的浪花。这时司机问大家："你们知道澳大利亚的海水为什么这么蓝？"有人说："是澳大利亚海水污染很少，所以都比较蓝，说明海水干净。"有人回答说："澳大利亚天空是蓝色的，映入到海水中，所以海水是蓝的。"司机说："我告诉你们最正确的答案，海水里最多的是什么？是鱼，澳大利亚海水中的鱼特别多。这些鱼在水中进食，会发出'扑噜'的声音，所以海水就变蓝了。"大家都很奇怪，这与海水是蓝色有什么关系？司机一解释，大家都乐开了，他说："英文'蓝色'怎么说？'BLUE'发音就是扑噜，这么多鱼在水中'扑噜扑噜'的发声，这样就把海水慢慢地叫蓝了。"这位三栖司机真是非常会逗乐的。

司机在途中安排我们吃饭。他将车停在一个小集镇的边上，这是我们途中经过的最大一个集镇，完全和我们过去去过的一些西方旅游点的小集镇一样，安静清洁，给人以温馨的感觉。建筑当然也是充满了异国的情调。这个集镇就在海边，很多的海鸥在我们头顶上飞翔或停在草坪上自由地漫步，一点也不怕人，而且和人十分亲近。得到的好处是很多人把面包掰碎撒在地上，让这些小天使一起共进午餐。

司机向我们介绍了镇上的餐馆，有很多的西餐馆，也有一家大的中餐馆，让游客自己自由地选择。司机也选了一家餐馆用餐，完全没有误导游客去高价餐厅消费吃回扣的嫌疑。他只是告诉我们上车的时间，给了我们 40 分钟吃午餐时间。时间是足够的，而且还可以到小镇上走一走。镇子里也有一些旅游纪念品商店，可以自由地去看看，买不买东西，司机根本不管，他连陪我们去看看都没有。你都不知道他去哪里吃饭了。中餐吃起来比较麻烦，点菜炒菜很费时，而且价格也很贵。我们还是选择了简便的西餐，既快又便宜又卫生，何乐而不为呢！

旅游车继续在一边靠海一边靠山的弯曲的小路上行驶。一路上旅游车很多,车开得也慢了,前面就是去年春节森林大火燃烧的地方,成片成片的山林都变成了焦土。当时出动了大量的消防警察,并动用了飞机灭火。经过了一段时间的艰苦奋战才将大火扑灭。当时的大洋路全部封闭,不能运行,今天路过可以看一看当时被大火肆虐后的山峦。很快我们就到了森林大火的区域,还可以看到成片烧焦的山土、森林,很多树木被烧光。由于山草没有燃尽,所以有的地面是黑色的,实际上是草木炭的黑色。很多的树木东倒西歪,有的连根拔起,有的拦腰折断,有的只剩下黑色的木桩。这片大火毁灭的痕迹可以让人有很多联想。虽然经过了一年,也有新芽长出来,偶尔也可以看到残存的树桩,断裂的乔木边长出罕见的新枝。新芽让人不觉哀叹,何时才能恢复这大片的森林。旅游车一直在这片烧毁的森林边行走,最少也有十几公里。可以想象当时的大火是多么的严重。此时的司机向我们解释起来,澳大利亚森林的树木基本是桉树,就桉树的种类应该有 500 多种。桉树的叶子是澳大利亚独特的野生动物考拉的食物。考拉只吃桉树的叶子,桉树的叶子可以制成催眠药,所以考拉吃完了桉树叶就在树上睡觉。那十分可爱的考拉其实是个懒虫,每天睡眠的时间是 20 个小时,在桉树上吃树叶的时间是 2 个小时,还有 2 个小时干什么呢? 司机问大家,大家都回答不出来。司机脱口而出:"两个小时是去找女朋友了!"说得大家都开心地笑了。司机告诉大家,这桉树长得很高大,每年都脱树皮,虽然没有雷电和人为纵火,但过一段时间可能自燃。不过每每发生大火,若干年后又会长成森林,因为桉树的根系特别发达,可以深入到地下30多米。也可以说桉树这种顽强的再生能力,让它不会灭绝。不过那可怜的考拉,很多会被烧死,它们太贪睡了,大火起时它们全然不觉。其实那憨态可掬的考拉行动迟缓,在大火面前是无法逃遁的。说实在的,睡觉、进食、找女朋友也是所有动物的本性。

澳大利亚大洋路十二门徒

旅游车继续在前行,不过大家都没有睡,疲乏被这位能说会道的三栖司机驱走了。最终我们到了此次来大洋路的目的地,"十二门徒石"这是大洋路的终点。那耸立在海上的巨型岩柱形态各异。眼前雪浪翻起,群鸟飞舞,这是难得一见的独特美景。这"十二门徒石"实际上是海浪对岸边岩石冲刷的结果。有的很大，有的很小，为什么叫"十二门徒石"呢？原来这十二块石头各异的形态，说不出叫什么好。后来有人把它们叫作"十二头小猪"，小猪胖胖的很可爱。但后来又有人嫌这小猪的名字很难听，想到耶稣基督的"十二门徒"，于是就取名"十二门徒石"。在"十二门徒石"的下一段，还有一块长得很难看的礁石。人们想起了出卖耶稣的犹大，也就是耶稣的第十三门徒，于是这十三门徒也就集齐了。但是这太平洋与南印度洋的海浪和潮汐在不断地冲刷海岸。这十三门徒石每年都会有一些变化，现在已看不全十三门徒了，有几块已被海水冲垮，剩下一点矮矮的残石。所以说这十二门徒石或十三门徒石是一个变化的景点，人们必须抓紧时间来欣赏这一奇观，因为说不定哪一天它们可能都消失了，人们永远再也看不到这十三门徒了。这些景点在大海的边上，但防护工作做得很好，你可以走到哪里，不能走到哪里都有明显的标识和警示。海边的植被也很好，都是低矮的灌木丛和野花野草，不时有小动物在这灌木丛中出没，它们根本不怕人，常常大摇大摆地在路上走，人就是走近它，它也不躲避，很多游客近距离为它们拍照。忽然有人叫："刺猬，刺猬！"其实那个小动物不紧不慢地在我前面走，胖嘟嘟的个头比刺猬大得多，身上不是刺，很像豪猪（又称箭猪）身上的箭，不过比箭猪身上的箭短多了。它们的嘴又细又长，根本不是豪猪那种又大又短的嘴。

我想起来了，它应该叫"针鼹"，是澳大利亚特有的动物。女婿用照相机为它拍了照，很多游客也为它拍了照。它像一位明星一样，摇摇摆摆傲然自得地消失在路边的灌木丛中。这里还有直升机场，游客们可以五人一组、七人一组乘直升机在天上看十二门徒石。

司机告诉我们一个故事：这海边有一个沉船坞，传说当时有一位船长，将船误开上一块礁石，结果船沉没了，有一位小男孩传奇般地逃上了岸，但听到还有一个女孩的哭声，他就到海边的村庄里求救。结果大伙就把这个女孩也救起来了。这是一个真实的故事，但结果确乎平淡。后来小男孩和小女孩都各自找到了自己的家，都长大成人，都分别结婚生子。这真让人感到太平淡了。不过平平淡淡才是真，它是一个比较真实的故事，没有那花好月圆的结局。

我们一天的旅游结束了，返程仍然是 300 多公里，一天坐在汽车上颠簸了 600 多公里，应该说有点累了，但我觉得很值。给我印象最深的不是那海中的十二门徒石，而是那大洋路起点上两位筑路工人的塑像。

BBQ

　　王旸，我女儿高中的同学，毕业于屯溪一中，考入上海华东理工大学，后赴美取得了博士学位，移民澳大利亚，现为墨尔本市气象局的公务员。应王旸的邀请，我们去他家度周末。墨尔本市气象局，我在市区逛街时路过。这座坐落在大街上的欧式建筑，也和中国的政府机关一样，上面插有一面澳大利亚国旗，王旸正是在这栋大楼里上班。他的家住在墨尔本郊区，我们是要到他家里去做客，这必须坐火车才能去的。我心里暗暗地想，他为什么不开车来接我们，而让我们坐火车去呢？

　　我们六个人一起来到火车站，买好了火车票，十几分钟后就到了三号站台上了火车。墨尔本的交通很发达，十几分钟就有一班去郊区的火车。火车在铁路上飞奔，沿途我们经过了好多火车站都不大，但火车站的围墙上却有不少涂鸦作品。如果你细细地看，慢慢地品味，就会体会到这些涂鸦作品不仅艺术水平很高，可能还能把你带上一个特殊的艺术意境中。每隔一段时间，每停一个车站，我都对这些围墙上的涂鸦作品仔细欣赏，渐渐产生了兴趣。王旸的家竟然这么远啊，我们坐了一个多小时的火车才到达一个火车站，女儿说我们就在这里下车。一下火车我们就见到了王旸，因为王旸是屯溪人，他回屯溪也到我们家玩过，所以还是有点熟识的。王旸非常热情地欢迎我们，他的自驾车就停在火车站附近，由于我们人多，必须分两次将我们送到他家。此时我才明白为什么王旸不能开车到墨尔本来接我们。

　　大约过了十多分钟，汽车停到一栋绿树掩映的别墅旁，这就是王旸同学的家。经过门口的花藤架下（类似葡萄架）这就进入了王旸的别墅。王旸的太太早已在客厅里摆好了水果、饮料等待着我们。一个大大的沙发，对面是一个屏幕很大的电视机。异国遇故知，这高兴劲就不用说了。我女儿也在墨尔本工作过一段时间，王旸家也是常去的地方。王旸的太太原是中国内蒙古人，大学毕业后在北京一家外企工作，后来移民澳大利亚。王旸从美国取得博士学位后，也来到澳大利亚。王旸家有两个孩子，和我女儿一样，也是两个女儿。大的和我大外孙女差不多大。小的比我的小外孙女还小一点。王旸的太太告诉我们，她现在已不上班了。澳大利亚的人力非常贵，请保姆不划算，澳大利亚政府的福利比较好，她现在就在家里做全职太太了。

因为我们是第一次来王旸家，王旸首先带我们参观的是他们的住房。这是有着200多平方米的一层的别墅。宽大的客厅，宽大的主卧室，别致而布置得体的客房，还有一间两位女儿的卧室。两位小朋友的卧室里，放有各式各样的玩具，还有一张双人床，是双层的。大女儿七岁，睡在床的上层，小女儿三岁，睡在床的下层。我真担心孩子会不会从床上摔下来，或者晚上没有盖好被子会被冻着。王旸太太告诉我们澳大利亚人带孩子很粗放，很小就让孩子独立住了。从小就让他们在地上爬，跌倒了也让他们自己爬起来，吃饭也不喂，让他们自己吃。我说："不怕孩子没有吃饱吗？""饿了他们会自己要吃的。"我看着王旸的两个女儿，没有我的两个外孙女长得胖，显得稍瘦一点。王旸的太太告诉我，他们对孩子比澳大利亚人关心得多，晚上还会起来查看有没有盖好被子。她说："这样养大的孩子，自理能力很强。"我想应该是这样。国外的孩子18岁就独立生活了，自己打工挣钱读书。在中国做父母实在是太辛苦了。从小不放手，有的农村孩子从上幼儿园开始家长就到城里租房陪读，一直到高中毕业，考上大学后在经济上尽量满足孩子。毕业后买房子，张罗孩子结婚，孩子结婚后还要带孙子，真是从生下以后一直对孩子负责到底，直到自己老去，中国的这种教育文化真的是太不理性和科学了。很多孩子大学毕业后变成啃老一族，这怎不令人叹息！

王旸先生对我们非常信任，还让我们去看看他的工作室。这个地方他是不让别人进去的。他一打开门，我们就惊呆了，这是一个很大的房间，中间是一张很大的桌子，周边是很大很大的柜子，除了放有一部分书籍外，全是各种机器人的模型，各类变形金刚，以及它们使用的各类激光武器和说不出名称的武器。这里真的是一个变形金刚和机器人的大荟萃。我到过美国好莱坞的电影城，在那里看到的变形金刚和机器人，不过很大罢了，如果从种类和数量上讲，毫不夸张地说，这儿并不比那儿少，因为这里收集了世界各地的机器人、变形金刚。

这张很大很大的方桌上，没有纸，也没有笔。而是在这上面建了一座"城市"，这个"城市"高楼林立，街道纵横。有河流有桥梁，街上人来人往，汽车还在街上行走，街道店铺还有很多广告，还有摩天轮、过山车的游乐场。高高的电视塔屹立在城市中间，这里有火车站，站里有火车。王旸一开电源，这个"城市"的灯全都亮了，而且火车也开动起来。火车开出火车站，围绕着"城市"运行。这一切做得那么精致，那么精巧。王旸告诉我这一切都是他自己亲手做的，我真为他那巧夺天工的巧手而钦佩不已。王旸的专业是工业自动化，他居然用他所学的知识和爱好在自己的家里建造了一座现代化的"城市"，一座功能齐全的现代化"城市"。这真是一个奇迹，这需要耗去多少心血和时间啊！可见王旸是一位有理想，有爱好，有志趣，有恒心，有毅力的年轻人。

这些仅仅靠手工制作的一切,就已巧夺天工,王旸太聪明了。

这里应该说是王旸的个人世界,个人的欢乐世界。他的女儿也从来没有被允许进这间房子,因为她们还小,还不懂事。王旸只允许我们进去,因为我们是远道而来的嘉宾,我们是安徽黄山屯溪来的老乡。亲不亲故乡人,更何况是在南半球的澳大利亚。

王旸夫妇为我们准备了丰盛的午餐,就是澳大利亚的烧烤。王旸别墅的后面一间房是一个儿童游乐场,有滑梯,有秋千,有玩具的汽车、自行车,真是让人非常开眼界。还有一间是厨房,有不锈钢的烤箱和电烤炉。博士王旸围上了围裙,戴上袖套,亲自下厨为我们烤肉。因为在此之前他和夫人早已将牛排羊排用调料浸好。打开了电烤箱,还亲自为我们烤了鸡翅,鸡腿,大虾,烤肉,烤肠,丰盛极了。我在国内是从不吃羊肉的,因为羊肉有膻味。王旸告诉我澳大利亚的羊肉是没有膻味的,让我尝一尝。我半信半疑地将肉串的羊肉拿在手里好半会,闻了又闻,果然没有什么气味,咬了一点试一试,果然没有特殊的气味,而是感到别有一番风味。我终于开了不吃羊肉的戒,不一会就将一串羊肉吃完了。就着烤牛肉、羊肉、大虾、鸡肉,喝着澳大利亚的啤酒,一边聊着天。坐在王旸的家中品尝着美味的烧烤,真感到无限的惬意。吃完了烧烤,又让我们品尝澳大利亚的水果,有西瓜,有芒果,还有樱桃。紫红色的澳大利亚樱桃不仅个头特别大,而且味道特别好,也很甜。这是我一生中吃到的味道最好的樱桃了。虽然我的血糖高了一点,但仍控制不住自己,一口气吃了三颗,不敢再吃了。至于芒果和西瓜我就只好忍痛放弃了。澳大利亚的牛羊肉应该说在世界上是最著名的,今天吃了牛羊肉的烧烤,对这点也信服了。

王旸家的别墅,坐落在树丛中,它的前后都是别墅,这儿应该是别墅群。人家与人家虽然相距并不远,但住在家里根本感觉不到还有邻居。喜鹊、乌鸦、鹦鹉都不时地飞入院中,在树上鸣叫。还有一些不知名的小鸟在院子的地上跳来跳去。小蜥蜴在墙根边玩耍。这里真的是人和大自然和谐地融合在一起的乐园。不过我又想到了一个问题,会不会有苍蝇和蚊子。王旸告诉我们这里的苍蝇和蚊子不仅有,有时还很多。对于蚊蝇的预防,澳大利亚人也有一套办法,真的让我又增长了不少知识。这些别墅的周围是用那种厚厚的板条钉成的围墙。严格地说应该是篱笆,也不高。实际上并没有防盗的功能,仅仅是一个别墅地地界而已。王旸他们居住在这儿一直很安全,不像在国内家家必须装防盗门、防盗窗。我真的对这儿的社会治安刮目相看了。

下午我们在王旸家看电视,他们为了让我们开心,让我们看了中国华语的电视剧,真的让人有了宾至如归之感。吃完了晚饭,王旸又分两次开车送我们到了火车站。其实王旸每天上班,同样是乘火车的,因为他觉得这样很方便,很习惯。你知道墨尔本的停车费有多贵啊!

为什么我把这一篇文章题目叫做"BBQ"呢？因为这是烧烤的英文缩写。到王旸家吃到了澳大利亚的家庭烧烤,真的是令人难忘。

回国后看了一篇新东方外语教育集团董事长余敏洪先生写的文章,也是谈在澳大利亚吃烧烤。但不是在家里,而是在公园里。他是由澳大利亚教育部门的官员陪同在墨尔本公园里吃烧烤。我想老外们为什么这么热衷于烧烤,这可能与人类进化有关。原始社会里由生食到熟食,最初就是在火堆上直接烧烤的。后来中国人有了煮、蒸、煎和炒一系列烹调技术。又由于中国的老祖宗食不厌精,这就有了博大精深而又十分复杂的中国饮食文化。西方的烧烤和烤箱、烤炉的进步,以及用各种调料浸渍牛羊肉,改火烤为电烤也是一样进步。在墨尔本公园的烧烤区有政府安装的电烤炉,随时可供老百姓打开来烧烤,吃完后打扫干净,带走垃圾就可以了,不用交任何费用。这让余敏洪先生对澳大利亚政府的慷慨和澳大利亚人的高素质,敬佩不已。余敏洪先生在听到了这公园里免费烧烤炉的故事之后,了解到其实原来政府设计的烧烤炉是投币的,只有投足了币才可以使用。可是过了一段时间出了问题,晚上烧烤炉被人撬开了,钱被人偷走了。政府又派人去修,结果修的钱比收的钱还要多。政府也觉得不划算,不如干脆做好人,不再收费。这样就有了公园里免费的烧烤炉,原来这免费也是政府的无奈之举。政府当然可以不设烧烤区,但是好人做了也就做到底。这就有了余敏洪先生所留下的一片感叹。

黄金海岸

  澳大利亚黄金海岸位于澳大利亚东部，海岸中段布里斯班以南，由一段长约 42 公里，十多个连绵排列的优质沙滩组成，沙滩因金色而得名。

  从墨尔本乘支线客机，三个小时就可以到达了。我原本以为黄金海岸仅仅是一段海岸的金色沙滩而已，但现在却是一个新型的旅游城市了。在十几年前，这还是一个很少人知道的地方。直到有一天，一位很精明的商人到这个地方开了一家旅馆，并命名为冲浪者的天堂。渐渐地吸引了世界各地慕名而来的游客。

  我们乘坐的是支线客机，也可以说是廉价的客机。这个客机为澳大利亚星际航空公司所拥有。中国海南的海口就有该公司经营的飞往澳大利亚悉尼的航班。票价只是其他国际航空公司的一半。机上的服务应该说比美国泛美航空公司的航班要好很多倍。尽管同样是廉价航空，服务要收费，比如饮料小吃等等。但服务态度很好，即便是对行李要称重,也是轻声询问,微笑服务,而不像泛美航空那样态度傲慢,服务极差。从墨尔本到黄金海岸,差不多三个小时的飞行,空乘人员不断地推来各种饮料,如啤酒、葡萄酒、可乐,从大家身边走过,微笑地和大家打招呼,依然给人宾至如归的感觉。

飞机到了黄金海岸机场,机场不算大也不算小。机场很繁忙,但很有秩序。世界各地的游客正是在澳大利亚黄金旅游季节南半球的夏季,来到这旅游的冲浪者的天堂。飞机上的手续都是自动化的,很多是自助的,工作人员不像中国机场那么多。服务非常人性化,我们去酒店的车是预约的,因为找不到停车的地方,去服务台问了一下,结果是就在机场的航站楼的另一头,而且五分钟前就在那儿等候我们了。我们很快找到了车,因为离预订的开车时间还有十几分钟,就坐在机场边的椅子上等候。因为还有人没有从机场走出来.这个时间是事先定好的。

我们在等候时,有一位中年白人在向大家侃侃而谈。有时在笑,有时做着哭脸,他一会在胸前画十字,一会趴在地上磕头。他讲得很认真。坐在椅子上候车的游客不时大笑,有的人干脆把头转到另一边。我仔细地看了这个人,似乎有点精神不正常,但他的眼神告诉我,他是一个很执着的人,不应该是精神病人。因为他不时地在游客中走来走去,而且还带有行李,他应该也是刚下飞机的。我想精神病人在无人陪同下是不能乘飞机的,他肯定不是精神病人。我

278

问女儿他在说些什么？女儿告诉我,他说的是教义,基督教、天主教和邪教的区别。他居然十分夸张地趴在地上磕头,难怪有的人转过头不予理睬。细想一下,遇到这样一位虔诚的教徒应该怎样对待。忽然他走到我的面前,用中国话对我说了一句:"您好!"并伸出手来要和我握手,我愣了一下,用不知所措的眼神望了女儿一眼,女儿示意我接受他的握手。我伸手过去和他握了个手,他微笑着对我点点头,然后拿起行李向一辆出租车走去。女儿告诉我:"中国是一个大国,现在正被世界认可。中国人在国外也渐渐地被各国人所关注。中国人出国也应该有一定的形象和风范,别人伸手与你握手,是绝对不可以拒绝的。中国人要讲礼貌啊!"我想一位宗教的信徒,也希望得到大家的尊重,不论他的语言和举止如何。

时间到了,我们和其他几位旅客上车了,乘坐的车分别将我们准时地送到各自预订的酒店。从机场到酒店,大约需要半个小时的车程。沿途依然是带有异国情调的风光,很多的桉树还有棕榈树。一进入市区,真的感到一个新兴城市的朝气蓬勃的新气象。高耸的大楼风格各异,形态各异,有欧美的风格,埃及的风格,也有印度的风格。这不仅表现了黄金海岸对世界文化的接纳,也表现了黄金海岸对世界游客的欢迎。街道整洁,空气清新,秩序井然,这真是个好地方。

我们入住的是希尔顿大酒店,这是女儿一个多月前就预订好了的。不来不知道，来了吓一跳。这是两栋 55 层双子座的高楼，当然酒店大堂豪华自不待说。酒店的门童、服务生真正是训练有素，服务周到。他们热情地帮助我们卸下行李，推车进入酒店，大堂里有不少的游客在办理入住手续。我们在大堂的沙发上休息，两个外孙女闲不住坐在沙发上打闹，女儿用一根手指放在嘴唇上，轻轻地"嘘"了一声，两个小外孙女懂事地静了下来。我们被安排在 20 楼的一套房间里，套房很大，有两间大的卧室，装潢考究，装饰的油画不仅符合我们居住的环境，而且与当地的风情十分切题。这套房的客厅也很大，有组合沙发还有双洗手间。配有滚筒式洗衣机、烘干机，还为我们准备了宽大的厨房。不仅有冰箱还有烤箱和烘箱，还有电磁炉、微波炉、有炒锅、蒸锅和煮锅。成套的餐具和刀具，还有切菜的刀板，一应俱全。如果想长期住下，完全可以在这里安个家。这里还有一个较大的阳台，是全玻璃封闭的，阳台上有一张方桌和四把椅子。可以在这里用餐，还可以在这里观看黄金海岸的街景。在阳台上不仅可以看到璀璨的灯火，熙熙攘攘的人群，霓虹闪闪的街道，还可以看到对面高楼里阳台上小憩的游客。只要让阳台上巨大的玻璃窗露出一点点的缝隙，一丝海风就会钻窗而入，给你带来这海边咸润、甜蜜的韵味。

我们的楼层阳台上，还有露天游泳池，全家人都可以游泳。室外的游泳池很大，有浅水区也有深水区。露天的大阳台灯光柔和，可以眺望到很远很远的地方。女儿女婿带着两个小外孙女都下游泳池游泳了。小外孙女套着游泳圈在水中高兴地扑腾，大外孙女因学习过游泳，可以和女儿一起在浅水区游了。因为这是在楼上露天的游泳池，晚上没有太阳，海风轻轻地吹过来，还是有几丝凉意的。好在这游泳池旁有一张张的休息椅，是供游泳者使用的。我和老伴走过去休息一下，原来这每张椅子都加有一个蚌壳形状的棚，在这里坐着根本受不到风吹。这样从水里起来的游客不会着凉。我忽然发现了一个秘密，这还是情人们谈情说爱的好地方，设计者想得多么周到。游泳池两旁的街灯更显得古朴典雅。还有这些棕榈树在路边摇曳，当然我不知道这些树是真的还是假的，这环境，这氛围令人心醉。女儿一家人从游泳池起来，围上了浴巾，走进边上的室内游泳池，这室内游泳池有三个大的水池。原来外面游泳池是海水，室内是淡水，而且是温水。我们坐在池边的椅子上看他们在水中嬉戏。其中有一个池子的水还可以做按摩，想得多周到。在这里游泳也是免费的，当然仅限于住宿的游客。这些游客中有白种人、黄种人、黑种人，这座希尔顿大酒店被称为国际大酒店，真是名副其实。游完泳我们就到楼下去就餐。楼下的街道上有很多的餐馆，有西餐，日本餐、越南餐……就是没有中餐馆，也许是有的，只是我们没有找到罢了。我们只好选择了与中国饮食相近的韩国餐，很好吃也不贵。好在我们有完好的餐具。因为我们还要停留好几天，女儿决定到超市买一点米、菜，以后自己晚上可以做一顿真正的中餐,这样饮食生活就多样化了。

夜晚的黄金海岸,灯火辉煌。出了酒店不用十分钟就可以走到海边冲浪者的天堂。每周有两天海边的集市,就是夜市,我们正好赶上了。海边有一个小的木质牌坊,有两名身穿比基尼的白种人美女站在牌坊下与游人合影。她们身材高挑,五官端正,具有西方女性的魅力。还有几位摆着各种姿势一动也不动的"行为艺术家",不断有人与她们合影,她们的面前放着一个空盒,是让人放零钱的。这是对行为艺术的一种认可。海滨边的夜市和中国的夜市十分相像。卖各种当地的旅游纪念品,当地的特产和土产,也有代表土著文化的画作和手工艺品。这条夜市街分列于小牌坊的两侧,也不过数百米长,一到九点所有的夜市摊会全部撤掉。一周两次,似乎也有点像中国的赶集,不过异国的特色产品在中国是看不到的。

又是一天,是一个晴好的天气。今天我们准备到海边去玩耍,看看这冲浪者的天堂。出门前我们都做好了准备,墨镜、泳衣泳裤、遮阳帽和遮阳伞。我不太会游泳,也没有准备这一切,可是女儿早在头天晚上就准备好了。她和我的大外孙女为外婆挑了一件黑白相间的泳衣,并为我挑了一条玫瑰红色的带有斜条白纹的泳裤,我和老伴都只好换上了。我们都抹上了防晒霜。因为今天是正式到冲浪者的天堂,海边有很多人,有来自世界各地的游人。白色的海浪一排又一排地向岸边冲来,似有排山倒海之势。勇敢的冲浪者脚踏着滑板，毫不畏惧地冲向浪头。他们一下子被冲上浪尖，一会又沉没在浪中，忽然又漂浮在水面上，这又惊险又刺激的活动，真的成了很多冲浪爱好者的嗜好。我真的十分担心他们被大浪吞没，这海浪太大了，海鸥在天上飞翔，似乎在告诉人们这太惊险了。君不见一个浪头打来海鸥立即冲上蓝天。海边的天上盘旋着好几架飞机，这是救护溺水者的。还有一些救护者在海边巡逻，更有一些救护人员几人一组在海边待命。有的沙滩边插着红旗，告诉我们这是危险地带，不允许游泳。这说明这是一项具有很大风险的运动。两个外孙女由爸妈牵着，只是在海边让扑过来的海水打湿自己的脚，最多只是没过膝盖而已。其实我女儿女婿游泳水平还是很高的。他们都在海边游过泳，今天只能带着孩子，让她们感受一下。我和老伴也在海边，只是让海浪打湿我们的双脚而已。一会儿几个冲浪运动员在教练的指挥下准备冲浪，此时我才发现原来冲浪板是被一条绳索固定在冲浪者的一只脚踝上。至此我才对冲浪者的安全放心一点了。

黄金海岸的沙非常的细，而且在阳光的照射下闪出黄色的光。顽皮的小外孙女，坐在沙滩上挖了一个坑将自己的双脚埋在沙里。自个儿在玩沙，那么的认真，那么的天真。这时我忽然看到四个人抬着一辆轮椅将一位女青年抬到沙滩的海边。从这四个人的年龄我初步判断年长的中年男女应该是这位残疾姑娘的爸妈，另一位稍微年长的可能是这位姑娘的阿姨，再一位女青年应该是这女孩子的姐姐。她们的身份准确与否并不重要，重要的是她们不远万里来到黄金海岸，带一位身体残疾的女孩来看海看冲浪，我震惊了。我听到她们的讲话，是中国人，而且是中国的四川人。残疾女孩的父母也应该可以说是天下最伟大的父母，谁说不是呢？可怜天下父母心啊！

我和老伴相互搀扶着看着大海的风景悠闲地散步，这时我忽然想起了那首校园歌曲《外婆的澎湖湾》："也是黄昏的沙滩上，有着脚印两对半。那是外婆挂着杖，将我手轻轻挽，踩着薄暮走向余晖，暖暖的澎湖湾。一个脚印是笑语一串，消磨许多时光，直到夜色吞没我俩，在回家的路上。"

我这次来澳大利亚，是由女儿全程安排，女儿和儿子一块拿钱，我们只是出来游玩罢了。我们不觉收到满满的天下最美最孝的儿女心！

海洋世界

　　黄金海岸除了冲浪、潜水外还有一个特色就是有很多主题公园,既然来到黄金海岸,当然首先要看的是海洋世界。海洋世界新加坡有,中国也有,不过这澳大利亚黄金海岸的海洋世界一定会另有特色。

　　我们乘车到冲浪者乐园大街北侧约三公里处,来到海洋世界。来这里玩的人很多,绝大多数人都是世界各地通过网络购票的。我们在门口排好队,等待入口验票网络确认。我们缓慢地前进,经网络确认后我们进入了海洋世界。进入海洋世界的游客,所有的游

澳大利亚黄金海岸海洋世界

览活动全是"免票"的,实际上都已包含在门票中了,只不过比单独购买便宜一些。

我们走在海洋世界这个公园里,感觉海洋世界很大。我们边走边看,这里有很多很大的水池,养有很多海洋鱼类,有海马、金枪鱼、水母等等,这些动物都被安排得很好。它们生活的环境基本上符合和接近野生的环境。这不仅适应于它们的生存生活,同时也体现善待动物的人性化。我们来到一个企鹅的生活馆,这实际上是配有智能循环系统的玻璃馆。因为此时是澳大利亚的夏季,室外的温度有三十多度,并有很强的紫外线,遮阴的企鹅生活馆里应该是零度以下,因为可以用生活馆里的冰霜判断出来。生活馆里有形状各异的礁石,礁石上还有大大小小形状不同的洞穴。很多企鹅三三两两地站在礁石上,还欢乐地拍打着翅膀,或者将头低下鼾然地打着瞌睡。那大大小小不同的洞穴里,有时还会有探头探脑的小企鹅的头伸出来,这些小企鹅真的越看越可爱。礁石边的水里还有一些小鱼在游戏,它们既能让生活充满了情趣,也为企鹅准备了食物。不过这里的企鹅个头特别小,与我们过去看的企鹅相比,只能算小不点。身高也不过十到二十厘米。好在我过去也听说过南极企鹅有一个品种个头比较小。我看了看此种企鹅的介绍(因为除了英文、法文还有中文的介绍),才知道这种企鹅叫"仙女企鹅"。看来澳大利亚人在给动物起名时,竟是这么的浪漫。此时我才想起,女儿给老伴买的黑白相间的游泳衣,这是由大外孙女亲自挑选的。今天看到企鹅,我才发现这件泳衣就是一件企鹅的外套,不过我的老伴已七十岁了,算不得"仙女企鹅"了,我忍不住笑了。老伴和女儿问我笑什么,我含笑不语。她们都丈二和尚摸不着头脑。

我们边走边谈,一边欣赏着海边动物和公园里的风景,一边照相。走过了一段路,女儿说:"海豚表演就要开始了。"这里每天定时有两场海豚表演,这是孩子最爱看的。我们赶到海豚馆,已经有一些游人进场了。海豚馆比较大,观众席是阶梯状,一层层升高,我们找了比较好的位置坐下来。对面是三个很大的水池,有两只海豚已将头伸出到岸边,不时发出奶声奶气的叫声。有大胆的观众还用手摸摸它们的头,它们马上张开嘴了,似乎想进食了。可是谁会带新鲜的海鱼呢?谁也没有。海豚见没有食物,也就将头缩回水里。

对岸是两间澳大利亚风景的房子,房子边也种有棕榈树,三位海豚饲养员,身穿防水衣,腰间的皮带上扎着一个包,他们用英语向大家介绍了今天海豚表演的内容,然后发出了海豚表演的信号。三只海豚从水里探出头来,并接受了驯养员的亲吻,然后驯养员从腰间摸出一条鱼喂入海豚的嘴里。忽然驯养员一声口哨,四只海豚腾空而起,向空中掠去。整齐、惊险、好看,不一会同时落入水中,消失得无影无踪。猝不及防,一位在水中的驯养员突然冲出水面,他的双脚正踏在两只海豚的背上,他被海豚驮起在水中游了一段,海豚猛然冲入水面,将驯养员抛了起来,海豚潜入了水中,驯养员被抛起后又落入水中,观众席上响起了热烈的掌声。

海豚是人类的好朋友,又特别聪明,在人类的训练下可以做各种表演。如果家长和孩子胆子大一点,在表演结束后,下午可以参加与海豚亲密接触的活动,也就是穿上防水衣,下到较浅的水池中,与海豚一起嬉戏。我们时间安排得很紧凑,下面得去看一场音乐剧《朵拉》。该剧对于孩子并不陌生,我的两个小外孙女都已熟悉卡通故事朵拉的。不仅如此,她们每人都有一条印有朵拉的裙子。这个音乐剧是为来海洋世界游览的家人和孩子们准备的。孩子们看动物也会有视觉的疲劳,安插音乐剧是一个精心的安排。首先出场的是两个普通人形象的女孩子,她们大体上向我们讲述了一下剧情梗概,又唱又跳又说,十分活泼。以英文为母语的孩子和家长发出欢乐的笑声。剧中的朵拉出现了,孩子们欢乐得又叫又跳,卡通朵拉的表演,给孩子们带来欢乐的心情,不一会又出现了会走来走去的巧克力树,把整个剧情推上了高潮。

看完了音乐剧,剧场外是儿童乐园,有滑梯,有旋转木马,女婿和女儿陪小孩到儿童乐园去玩了。我和老伴乘这个空隙想坐一下空中火车,看一看海洋世界的全景。海洋世界的火车行驶在一个环绕公园的高架上,我们坐在火车上可以看到公园的全貌。其实海洋公园就建在海边,这些供养海洋动物的海水直接从海里抽上来就行了。海洋世界的边上有一个直升机场，可以从这里乘直升机从天上观看海洋世界的全景和希罗多海滨风光。

下午还有一场海狮表演，这是不可错过的。海狮表演场的构成和海豚表演场有相同的地方，也有不同地方。相同的地方是一边是看台，一边是水池。不同的地方这里的表演台相对来说比海豚表演场的场地稍小一点。海狮没有海豚那样流线型的身材，显得也不太灵活，却给人一种憨厚的感觉。海狮表演时也需要人不断地喂鱼，不过海狮的表演是"活报剧"，或者说是小品。海狮与人合演的是一个抓小偷的故事。海狮是正面抓小偷的人，小偷则是由人扮演，剧情也很简单。狡猾的小偷诡计多端，终被海狮识破，抓获。在海狮表演散场后，我们在路边看到了一个海象的塑像，俨然像一位老人坐在靠椅上，我十分高兴地与这位海象老人合了影。快到门口时，是一场惊心动魄的摩托艇表演赛。几艘摩托艇时而相互追逐，时而做起冲下滑板围墙的动作，时而在空中跃起翻着跟斗，时而意想不到地冲上海滩。我们边看边找地方稍作休息。结果发现摩托艇比赛水面的对面有一个草坪斜坡，我们就躺下休息。我们觉得这个海洋世界最大的特点是模型与活的海洋生物共存。不宜人工养活的鲸和鲨鱼做成巨大的空中模型，而且是活动的，这比在水里看得更清楚，减低了成本，也满足了游客的欲望。而卡通音乐剧和游乐场的安排，既调节了孩子们的趣味，也满足了孩子们多元文化的需求，惊险的摩托艇表演更让人体味了海上运动的惊险。

门边有好几个旅游购物商店，是卖旅游纪念品的。这里有很多海洋动物的模型，小外孙女眉眉挑选了一个章鱼的模型，女儿一看上面是中国制造，又挑了几个不同的玩具，同样是中国制造。中国制造现在已遍布世界，虽然在澳大利亚买一个中国制造的玩具实在不划算，可孩子抱着不肯放手，好在不贵，女儿也就买下了。谁知眉眉在澳大利亚的时间里每天抱着章鱼玩具一直抱回中国。

天堂农庄

　　在崎岖的乡村公路上汽车在慢速地行驶,时而高坡时而水沟,公路两边茂密的桉树林,给我们带来清新的空气。小溪随着公路相伴而行,长长的洁净的透明的溪水似乎与汽车伴行。从车座上可以看到溪床上的卵石,你就觉得溪水是那么的净,那么的清,那么的美,因为溪水中倒映着蓝绿色的桉树树影。溪水流动时小小的涟漪在阳光照射下,泛起层层粼波。澳大利亚的乡村也是很美的。

　　转了一个弯,前面有一片比较空旷的地方,有山,有桥,就在溪水的对岸有一个木质的牌楼,上面用英文写着"天堂农庄"。牌楼边上的草丛中停有一辆锈迹斑斑的老式拖拉机。我饶有兴趣地走近去一看,这台拖拉机几乎已散架了,不仅不能开动,连拖走的可能性都没有了。这只能说明这牌楼后面的农庄,是开拓者艰苦劳动的成果。钢铁的拖拉机都这样了,那耕作、劳作的人呢? 可能早已不在了。在山边,在树林里还可以看到老式的耕作器具,马拉车、人力车

澳大利亚黄金海岸天堂农庄

的残骸，一下子就让我们感到这个农庄有一些年头了。这个农庄也有它苍凉的历史。

走进这个农庄，可以看到大片被圈起的草地。羊和牛在草地上悠闲地吃草。澳大利亚盛产羊毛和牛奶，他们的农业主要还是畜牧业。我们沿着农庄的道路向前走，一个个用围栏围起的小"别墅"的树上有很多我们最喜爱的澳大利亚特有动物考拉，憨态可掬，它们的一举一动是那么的可爱，有的三五成群地抱着树干一动也不动。有的考拉还被妈妈抱在胸前，还有的小考拉爬在妈妈的背上，任妈妈把它驮着在树上行走。这里的考拉很多，一个个围栏的桉树上都有考拉，当然这里的树叶是不够这些考拉食用的。我发现树上还绑着一小束一小束新鲜的桉树叶，这显然是饲养员用来喂养的。茂密的桉树林里有足够的桉树叶喂考拉。在这里游客是可以与考拉合影的，不过是要收费的。我想收费是小事，活生生的让一个陌生人抱着考拉照相一定会让这可爱的考拉感到不舒服，或者让它不高兴。我们仅仅在围墙外给考拉照了很多相,因为考拉的个头比中国的熊猫小很多,更逗人爱、逗人怜。

走过了考拉区,我们进入了袋鼠的生活区。袋鼠可以说是澳大利亚的国宝,也是澳大利亚的标志。在这里人可以和袋鼠一起相处,一起玩耍。我们买了一点袋鼠食走进了袋鼠园。也许是条件反射,人们长时间地喂袋鼠,袋鼠很自然又很亲切地跳到人们身边。袋鼠前腿短后腿长,跳跃着行走。我发现袋鼠的尾巴不仅很长而且还很粗大,我用手在袋鼠身上抚摸,毛是软软的,尾巴却十分粗硬。我想袋鼠靠后面两条腿运动,身体平衡可能是一个很大的问题。这粗大的尾巴也许可以帮助解决这一问题。袋鼠肚子上有一个袋,这是生育和保护小袋鼠的地方,说来也很奇怪,在这个世界上袋类动物仅仅生长在澳洲。而后我们又看了澳洲特有的动物——澳洲野狗和鸸鹋。鸸鹋虽然有点像鸵鸟,但它并不是鸵鸟,袋鼠和鸸鹋是澳大利亚国徽上的两种动物,可见它的地位是很高的。澳大利亚对野生动物保护非常严格,但袋鼠和鸸鹋的肉是可以食用的。不过吃过袋鼠肉的人告诉我,袋鼠肉很粗糙不好吃。看到可爱的袋鼠和十分端庄的鸸鹋,我根本没有尝试吃它们肉的念头。这里还有一种比较特殊的动物就是羊驼,它的个头比澳大利亚绵羊大,背上有一个单峰驼。这些可爱的羊驼被关在羊圈边上另一个驼圈里。

我们到天堂农庄的第一个正式节目去看剪羊毛表演。

这与中国农家乐的采摘和农民割稻子一样。这是一个室内的表演场所，主持人在台上，游客在台下，主持人先作了开场白，然后在观众中选了三名助手。主持人一声口哨，对面的门里走出了六只羊，它们依次不紧不慢地走上台，而且依次在台上站好。主持人向大家介绍了这几只澳大利亚羊的品种。此时我才发现这些羊的确都不一样，而且差别很大。主持人又吹了口哨，从它们的后面又走过来一只羊，这只羊全身长了厚厚的羊毛。主持人介绍了澳大利亚剪羊毛技术进步的历史。现在已完全不用手工剪了，而是采用电动剪。主持人让羊靠在他身上，开始用电推剪剪羊毛。这羊十分听话，主持人让它怎么做，它就怎么做。不一会这羊全身的厚厚的一层羊毛被剪了下来，整只羊好像脱了一层厚厚的羊毛大衣，我真为这位主持人高超的技艺而叹服。

这时原先挑选的三个观众派上用场了。这上来的三个人，一个是中年男人，一位女青年还有一个小孩子。主持人将剪下的羊毛给三个人，每人都做了一个头饰。结果女青年成了蒙娜丽莎，小孩子成了天使安琪尔，而男中年却成了一名海盗。剪羊毛表演在大家的笑声中结束了。

到了吃午饭的时间，这个农庄里有一个很大的饭堂，所有的游客都在这儿用餐。这里是自助餐，由游客任意领自己所需要的食物，找一个空位坐下来吃就可以了。不仅有食物也有饮料，但没有酒。吃饭的人很多也无须付费或者出示餐饮券，也无人查问此事。我们在自助餐前转了一圈，戈了个位子坐了下来,准备去取食物。女儿要我们稍等一下,过了一会她来了,告诉我们可以取食物了。原来我们的入场券是不含餐费的,虽然在这儿不论含不含餐费,吃饭一律是不查的,我想这儿的就餐者中也有很多和我们一样没有含餐费。女儿说:"别人越是对我们这样,我们就应该坚守诚信,坚守道德准则。刚才我去补交了餐费,现在就可以舒心地用餐了。"女儿在英国生活了多年,仍然坚持诚信,我们都是中国人都应该坚守诚信。更重要的是我的两个外孙女,从小就应该给她们培养这种品质。女儿的做法也是为了孩子,家长的一举一动就是子女的榜样。女儿的做法得到我和老伴的赞许。

下午我们去参观了农场存放农具的大棚。这个大棚很大,这里有许多我过去没有看见过的农机具。这里有澳大利亚各个时期的马车,有拉牧草的,有拉牛羊的,也有人乘坐的。当然也有比较原始的铁锹、镰刀之类的,也有淘汰的拖拉机、农用车。从这里可以看到澳大利亚农机具的发展和进步。

然后我们集体参观了澳大利亚的茶文化。这里不像中国的茶道,也不像日本、韩国的茶道那么斯文,美貌而穿着长袖和民族服装的女孩子为客人沏茶、倒茶,而且每一个动作都比较考究。这儿的比利茶茶道却十分粗犷。眼前是一堆篝火,一位穿着牛仔服装,戴着澳大利亚牛仔帽的小伙子,将一个外面被火烧得发黑的罐子用铁丝吊着,从我们每人的面前走过。然后在罐中放上比利茶茶叶，加上水，再不断地在大家面前摇晃，目的是让茶叶沉入水底，然后将这个发黑的罐子吊在篝火上的支架上，不断地添加树枝来烧这个茶罐。这几乎和中国少数民族的火塘差不多。我想这应该是各地文化的差异。这似乎离现代文明相差甚远。看完了比利茶的制作，就要让大家品尝比利茶了。这是相互连接的好几个大棚，杯子里装满了比利茶，盘子里放着面包，大家可以边喝茶边吃面包，看来十分干净，而且茶台上铺有桌布，干净的盘子里装有面包。这才有了现代生活的气息。我们喝了口茶，味道很好；吃了一点面包，味道也不错。看看那支架上的黑罐子，因为火又小了，不再是那么热气腾腾。那罐子里的比利茶，应该还在罐子里。我们喝的比利茶与茶罐应该是两码事，我想那应该是向我们展示澳大利亚土著人原始的烹茶方式罢了。

喝完了比利茶，马术表演就要开始了。听说马术表演，我就想到强悍的澳大利亚骑士一定会表现得十分精彩。我想一定是一个马队，一队头戴牛仔帽的肌肉突出的强悍的澳大利亚骑士踏尘而来。结果让我大失所望，仅仅是一匹马，虽然油光水滑，但前蹄上还套着一双蹄套，马上骑的也不是小伙子，而是一位头戴牛仔帽的姑娘，原来是一位女骑士。不过，虽然是女骑士，但表演得并不差。她骑着马在整个围栏里急驰，还真有点骑士的味道。然后骑着马做跨栏动作。跳跃障碍，表演得虽不激烈，但真的是太精彩了。表演后让大伙上去和她拍照，表演的时间虽不太长，但与她拍照的人不少，也许这是一位女骑士的原因吧！

然后看的是牧羊犬牧羊，这是我们从前所没有见过的：一只小小的牧羊犬竟将大高个的澳大利亚绵羊成群地赶出去放牧，又将成群的羊一只不少地赶进羊圈，真是神奇。牧羊者在山上完成了回行飞镖表演。这回行飞镖是土著澳大利亚人狩猎的"武器"，现在是比赛的道具和儿童的玩具。我走过去与蹲在一个大木桶上的牧羊犬合了一个影，它很小但是见了人很温驯。我走到羊圈的边上，看看这挤在一起的澳大利亚绵羊，一只只个头不小长得也很壮实。我伸手又摸了摸它们，结果让我非常吃惊，它们的毛非常坚硬，就像穿上了一身铠甲。我想大约是澳大利亚羊毛长而且柔，容易被雨水和杂物沾附，而且气候比较干燥，怪不得剪羊毛时，绵羊那么温驯配合，去掉这厚实坚硬的铠甲，应该是很舒服的。

农庄里还有早期澳大利亚人开挖金矿时用的选矿设备的模型，还有模拟的矿井。两个外孙女在那里玩得舍不得离开，还有好几个不知国籍的小朋友，也玩得不亦乐乎。他们在做着从一堆沙中淘金的游戏。其实这沙里根本就没有沙金，只不过是淘出一点点沙中大一点的颗粒罢了。孩子们还小也没有要金子的欲望，只不过是好奇心驱使他们可以玩玩泥沙和水而已。

华纳电影世界

　　华纳电影世界是黄金海岸的另一个主题乐园。当然现在的电影游乐园，在中国也是有的，比如说横店影视城。我们十几年前去过法国的里昂，在那里我参观了华纳兄弟的故居。华纳兄弟发明了电影，给全世界人民带来了另一种全新的艺术表现形式，同时也有了新的一种资料保存方式。三年前我们又去过美国，到好莱坞参观了世界电影城。对那里的电影发展拍摄及电影的创作，留下了深刻的印象。好莱坞应该在电影制作方面是顶尖的，但澳大利亚黄金海岸也居然有一个以华纳兄弟的名字命名的电影世界，这应该是不可不去的地方。

　　我们来到达华纳电影世界，第一眼让我们大吃一惊的是不是又回到了中国。这华纳电影世界的大门楼上贴上巨幅的中国春联。上联是"富贵荣华步步高升"，下联是"纳福迎春合家欢乐"，横批是"恭贺新禧"。我这才想到没两天就是中国的春节了。尽管对联对仗不甚工整，平仄也不太讲充,但浓浓的年味,给人的感觉确是那么的真真切切,马上就是春节了,这是全世界华人共同的节日。年还未到我们就得到澳大利亚的新年祝福"恭贺新禧"了。

走进华纳电影世界,这里的建筑也是为拍摄电影而搭建的,有澳大利亚各个时代的建筑,也有世界其他地方建筑,都不太高,但真切地表现出各种场景。这些建筑一点也没有浪费,现在正在营业的各类商店,有的卖着各类旅游纪念品,有的出售着各种美食,如冰激凌、雪糕,有的是各类餐馆,有西餐馆,肯德基,其实这也是拍摄各类电影中所需要的。

进入华纳电影世界,电影是不可不看的。我们进入了电影场,看了一场 4D 电影。这类的电影我们在好莱坞看过,但在澳大利亚会是什么样呢? 电影是不需购票的。我们进入了电影院,戴上眼镜看了起来。这里放的是一部动画片,是实景,而且是描述两个动物的故事。故事情节并不复杂,而它的特技是非常精彩的,也是十分惊险和诙谐的,胆小的人也许会害怕,但大多数人都看过类似的电影或了解过类似的电影介绍,大家只不过在惊吓中得到更多的乐趣。

这里还有一幅很大的布幕,是欧洲的街,画得十分逼真。站在它的前面照相,让人感觉不到这是在布景前面,而好像是在实地一样。这条街的头上还有几间出售棺木的商店,各类棺材皆有,其中有一副棺材靠在门口。棺材是打开的,里面还有一个人,不过是一个死人,一个衣着整齐等待下葬的死人,做得和真的一样。我担心孩子们会害怕,其实她们一点也不害怕,还笑嘻嘻的想在这儿拍照呢!人来人往的都是游客,都是欢乐的气氛,哪有半点恐怖感?

女儿、女婿还带着孩子去坐船冲浪,这是为拍电影准备的。从大山上的山洞里有泉水流下,冲入河流,人们可以坐上小船被拉到山上,再从山上一冲而下,落入河中,因为每人都系有安全带,对大家是安全的。但我看到小船从山上顺流冲下,心里是有点害怕的,尽管两个孩子被飞溅一头水,甚至一身水,但她们都是非常勇敢并都很快乐。

人扮演的唐老鸭、米老鼠、蜘蛛侠在园内不停地走动,不时地表演电影中的动作,或者与游客特别是小朋友拍照,把孩子们逗乐。这里有很大的儿童游乐场,蹦蹦车、带卡通人物的升降车、小火车,这些成了孩子们的最爱。

在路边陈列着各个时期的老爷车,应该不算少数。这不仅是电影中的道具,也是老爷车展。为成年人所喜爱,更不必说也是老爷车爱好者的最爱。这里也不乏"概念车",更能引起人们关注的是"蝙蝠侠"的汽车,由于它的造型奇特,所以引来了很多小朋友、大人来此拍照。

这里最奇特的是下午还有一场电影片段的实拍镜头。吃过午饭,我们稍稍休息了一段时间,就按时地有秩序地走到一个表演场地,观众席仍然是阶梯式的在对面,表演场面很大,电影摄影机一共三台,放在三个不同的方向和位置。

观众席的对面有一块很大的屏幕,不时地播出观众的特写镜头,可以看到观众的各种特殊、滑稽、诙谐的表情,还有观众的孩子们活动的可爱镜头。摄影师敏捷的观察能力和高超迅速地抓拍技术,让观众不时发出措手不及的惊叹和爽朗欢乐的笑声。

这次拍摄电影的表演,仅仅是现代警匪片中的一个片段。主持人向我们介绍了剧情,现实中的"匪"出现了。他衣着端庄,举止优雅,看不出他是一个"匪"。他悠闲自得地驾驶着车在高速路上行驶,到了一个加油站,他十分随意地走下车到加油站加油,加完油他很自然地去加油站付款处刷卡缴费,这是我们生活中十分常见的一个生活细节。可是到了缴费处,他从口袋里掏出来的不是卡而是手枪,收费站里的员工顺从地举起了手,有人偷偷地按动了报警器,这被狡猾的"匪"发现。他开枪击倒了这位加油站的员工,然后用枪射击了加油站的加油设备,顿时加油站火光冲天。这里是真的火光冲天,观众席上的人开始有点骚动,但很快又平静下来,大家明白这是拍电影,肯定不会造成火灾。消防车和特警很快赶到,加油站燃起的熊熊大火很快扑灭。特警和警察了解了"匪"的基本情况和"匪"逃跑的方向,立即开警车去追捕,警车在高速路上猛追匪车,还有"匪"与"警"相互的射击声。"匪"一路上采用了多种方法摆脱警车的追击。不时地抢劫别人的小车,让警察迷失目标,甚至抢上摩托车逃逸。他换上衣服,戴上头套,化妆成妇女逃跑,

301

但是最终还是没有逃过警察的追捕，只得束手就擒。这追捕中汽车与汽车、汽车与摩托车的追赶，既紧张又刺激，就好像是真的一样。这场电影拍摄的片段，让人大开眼界。拍摄结束了，观众席对面的屏幕上又放起观众在看影片拍摄时的各种表情，让大家又放松又开心。

最后一个节目是电影世界的花车大巡游。游客们不断地走到中心广场的大道两边，随着各种电影人物的不断出现和短暂表演，人越来越多。最后出现的是一男一女两个小孩，一个化妆成国王，一个化妆成王后。他们头戴着王冠，手持着权杖，被大臣、卫士、仆人簇拥到广场中间坐在王位上。他们应该也是哪部电影中的童话人物。国王和王后都上了车，花车巡游开始了。车上有很多美女，有的化妆成赫本，也有玛丽莲·梦露，还有唐老鸭、米老鼠，也有蜘蛛侠、蝙蝠侠。有普通汽车装饰的花车，也有老爷车装饰的花车，还有蝙蝠侠专用的外形特别的车。警察、保安与车队同行，在车边维持秩序，一路上播放着音乐，这音乐应该都是电影中的旋律，最后花车巡游又回到广场中心结束，这也给大家创造了一个欢乐的高潮。

华纳电影世界的活动结束了，我们又走到大门边。其实大门的两边是高大的摩天轮和过山车，这过山车的运动轨迹是我以前从没有见到过的，刺激、惊险程度大大地超过了我在其他游乐场所见过的。过山车上的游客不时发出惊恐的尖叫。虽然这些过山车是安全的，但我们六个人没有谁有胆量去尝试。这些项目都已经包含在门票中，上摩天轮和过山车是不收费的，我们缺乏这种冒险精神和勇气。后来我才知道这叫"飞毛腿欢乐过山车"，另一个叫"绿灯侠云霄飞车"，难怪这么惊险可怕。电影世界给我最深的印象就是电影实景拍摄表演和高大的摩天轮和过山车，这是我在其他地方没有见到的。

走出电影世界，回头看到门楼上"恭贺新禧"几个字十分醒目。

人们说在黄金海岸上还有一种阳光下的透明感，尽管黄金海岸有澳大利亚最有钱人的别墅，可在沙滩里在阳光下却分不出谁是有钱人，谁是穷人。在沙滩上大家都是赤裸着身体，如果说有什么可比的话，那只有年龄。

悉 尼

　　悉尼是澳大利亚第一大城市，面积是 2 400 平方公里，位于杰克逊湾的低丘之上，是用当时英国内务大臣悉尼子爵的名字命名的。200 多年前，这里是一片荒原，经过两个世纪的艰辛开拓和经营，它已成为澳大利亚最繁华的现代化、国际化城市，有"南半球纽约"之称。1788 年英国流放罪犯于此，是英国在澳大利亚最早建立的殖民地，现为全国最大的经济中心，居民大多从事服务业。工业有石油炼制、化工、纺织、服装、食品加工、飞机、汽车和船舶制造业。悉尼位于澳大利亚的东南岸，是澳大利亚新南威尔士州的首府，也是该国人口最稠密的城市，都会区人口超过 20 万（2006 年）。

　　因为悉尼有我女婿的同事（他三年前已经移民于此），我们来悉尼第一件事就是与女婿的同事一家见面。他们一家三口一块以技术移民的名义移居澳大利亚。先生从事的是计算机软件工作，太太从事澳大利亚特产的代购工作，女儿与我的大外孙女同龄,也读小学一年级。他们的家是位于近郊的公寓,我们相约会面的地点是悉尼的一个地铁站。

我们几乎是同一时间到达约定地点。守时在国外是不可改变的定律,这不仅仅是对别人的尊重,也是一个最基本的道德准则。其实我们两家的孩子,在上海就认识,这两年没有见面,又远在悉尼,见面更觉倍加亲切。孩子不一会就玩起了"剪刀、锤子、布",不过他们的游戏规则已经改变了。在澳大利亚玩这个游戏,两人的脚要相互顶住,输者必须在两脚顶住的基础上向前迈一步。如果连输两次,就会站立不稳了。我也看过德国的"剪刀、锤子、布"游戏,规则也有差异。不过这简单的游戏东半球有,西半球有,没想到这南半球也有。就像全世界的孩子叫父母为"爸爸、妈妈"一样。

澳大利亚悉尼歌剧院与女儿一家

我们两家一共九个人，六个大人三个孩子一起去看世界有名的悉尼歌剧院。

远远地，我们就看到了歌剧院的建筑，因为它是悉尼的标志性建筑，同时也是整个澳大利亚的标志。歌剧院于1973年落成，2007年6月28日被联合国教科文组织评为世界文化遗产。该院的设计者是丹麦的约恩·乌松。悉尼歌剧院坐落在悉尼港的便利朗角，取特有的风帆造型，加上悉尼港海湾大桥，与周围的景物相应。

我们走进了悉尼歌剧院，并环绕悉尼歌剧院转了一圈，不禁为它的设计和建造而惊叹。它三面环海，还有一级一级的石阶伸入水中。女婿的同事告诉我们，他经常到这里玩，因为他工作的公司在离这里不远的一栋建筑中。他说这一侧的台阶上常有一只海狮在休息，今天不知道来没来。我们向他指的方向走去，他告诉我们今天海狮来了，还躺在台阶上晒太阳。我们走过去按照他指的地方看去，果然伸入到海里的石阶上有一头壮硕的海狮在睡觉。因为有护栏我们不能走近，但是已经离得非常近了。海狮鼻子不断的一呼一吸地动作和脸上的胡子都看得清清楚楚。虽然有许多游客来观看，甚至大声地说话，它都不予理睬。大家都很爱野生动物，除了照相都不去干扰。很显然，它对闪光灯已经很习惯了，有时候还睁开眼看看大家，有时翻个身又睡觉了。也许它感到这个台阶是属于它的休息地，别人是无权来干涉它的。

我们从台阶下到歌剧院后面的音乐厅。音乐厅是悉尼歌剧院最大的厅，可以容纳 2 679 名观众。通常用于举办交响乐、室内乐、歌剧、舞蹈、合唱、流行乐和爵士乐演出。此音乐厅最独特之处就是在音乐厅正前方有澳大利亚艺术家所设计建造的大管风琴，它号称是全世界最大的机械木连杆风琴，由 10 500 个风管组成。此外整个音乐厅使用的建材均为澳大利亚木材，忠实地呈现了澳大利亚自由的风格。

歌剧院位于海湾大桥一侧，有醒目的中文大字"悉尼"，周边插满了以猴子为图案的彩旗，上面用中文印着"中国农历猴年新年庆祝活动"，还有孙悟空和花果山众小猴的造型。看来澳大利亚也很重视中国的春节。不过这彩旗上的猴子不像中国的猕猴，而是另外两种猴，一种是红脸，一种是黑脸。海湾大桥很高，本来可以乘电梯上去看看。有不少的人上去后，就步行在海湾大桥的吊梁拱臂上慢慢地爬上桥拱的顶端。我们在下面看到一小队一小队的人不断地从桥头爬上吊拱臂，早已经心惊肉跳了。我们根本不敢去尝试。

女婿的同事请我们吃午饭，我们不能拒绝，随他到了离歌剧院不远的一家餐馆。跟过去时，看到几位澳大利亚原住民在出售澳大利亚土著乐器、回形飞镖等，我感到很新奇。因为他们穿着土著的服装，黑黑的皮肤，涂满了以白色为主的各种颜色，头上插有羽毛。这就是真正的澳大利亚原住民。

　　我们去的餐馆就是女婿同事吃工作餐常去的餐馆。中午吃饭的人很多，找了一张很大的桌子坐了下来。孩子们点了饮料，大人们点了冰水，天气热没有人想饮酒。中午也都吃的是西餐，有汉堡，有薯条，有比萨也有意大利通心粉，大家各取所需，不仅吃了饭，而且还吃了许多其他品种不同的食品。这里的鸽子一点也不怕人，不时地飞来，在地上寻找食物的残渣，或飞上桌子，在服务生还没来得及收拾时，抢吃剩下的饭菜。我不经意地说了句："这鸽子的胆子也太大了。"女婿的同事告诉我，澳大利亚对动物的保护有严格的法律。他向我讲了一个中国留学生在澳大利亚的故事。有两个中国留学生弄了两只鸽子，偷偷地把它们杀了，并烧好，还请来两位同学一起吃烧好的鸽子，味道很美。两位同学吃过后，不知这是什么东西，就再三追问今天吃的是什么。在同学的一再追问下，中国留学生只好如实相告，这是两只鸽子。不想这两位澳大利亚学生向校方举报了这两位杀死鸽子的中国留学生，结果这两人被开除了学籍。又因为澳大利亚是与南极断裂的一块大陆，没有大型的食肉动物，所以澳大利亚的野兔泛滥成灾。政府没有办法，只好用药去毒死大批的野兔，以维持生态的平衡。因为澳大利亚法律规定，野兔是不能吃的，但奇怪的是袋鼠和鸸鹋这两个国宝级的野生动物却可以吃。女婿的同事叹了一口气说："中国人是爱吃野兔的，仅仅悉尼就有 35 万华人，如果允许的话早就被我们华人吃光了,何劳政府下药呢!"说得大家都哈哈大笑起来。

这天是大年三十,我们要在悉尼过年了。大年三十到哪里去过,大家的意见是一致的,就是去悉尼的唐人街。唐人街是世界华人购物聚餐的地方,世界各地的情况都是一样,春节是华人最大的节日,在唐人街最能体会到华人的年味。

我们下午早早地就步行到唐人街,因为我们住的地方离唐人街不远。步行有两个好处,一是可以看看悉尼的春节气氛,毕竟悉尼有 35 万华人。我们在悉尼大街上人行道漫步,忽然听到一声急切的锣鼓声,可以比较清楚地看到一队舞狮队和龙灯队穿过大街。行人告诉我们,这是去华人社区。大年三十的庆祝活动很快消失在街头,因为他们已经进入一个华人社区了。真的不过瘾,刚刚看到舞龙舞狮子,很快就不知去向,但街上有印着红脸猴子和黑脸猴子的彩旗,在街道的两边迎风招展。悉尼又进入了猴年的春节,而且彩旗上也明明白白地用汉字写着庆祝中国农历猴年春节,这说明中国的"年"已经深入到澳大利亚的文化之中。

我们走过一个交叉路口,因为红灯亮了,只能停下来。"你们是从中国来的吗?"我低头一看,一位十分清秀拄着拐杖的老人正在问我们。老人满头白发,应该有 80 多岁了。我十分礼貌地回答:"是的,我们来自中国安徽。"老人微笑地说道:"安徽我去过。"此时绿灯亮了,我们和老人一起十分从容地走过马路。到了马路的另一边,老人又开口说话了:"你们从安徽哪里来?"我答:"安徽黄山。"老人说:"我在安徽的东至县待过三年,对安徽很有感情。"我说:"真是太巧了,40年前我在东至搞过血吸虫病防治工作。"说到这里,老人已经感到我们之间没有隔阂了。老人说:"我是上海人,原来在上海一所学校当老师,1957年打成右派,被送到安徽东至县劳教了三年。"老人说得十分平淡,似乎在说一件非常平常的小事,实际上这对老人打击有多大啊!我以怜悯同情的心情听完她的话,也不便多问。老人慢条斯理地说:"我已经很老了,中国可能是回不去了。尽管我现在身份是澳大利亚公民,住着政府提供的养老公寓,拿着澳大利亚政府的养老金,生活无虑,但我常常想到上海,常常想起我生活工作的地方,想到我的亲戚、邻居和朋友,想起我的祖国。不像有的人拿了一点美元就骂中国。中国毕竟是自己的祖国,而且现在中国也进步了,强大了。"老人一番感慨的谈话让我很是震撼。这是一位多么好的老人,一位热爱自己祖国的老人,一位以德报怨的老人,这让我十分感动。我不会忘记,我在大年三十遇上的这位慈祥而有高尚品德的老人。

告别了这位老人,我们继续向唐人街走去。唐人街在悉尼很有名,我们没有花很多时间就找到了。悉尼的唐人街不像伦敦的唐人街,如果不注意真的发现不了唐人街的特色,这也许与悉尼市的历史不长有关。为什么我们早早地来到唐人街呢？因为不了解悉尼唐人街的情况无法订餐，大年三十餐馆很忙，所以要早一点到唐人街。唐人街的餐馆很多，有湘菜的、有粤菜的，也有淮扬菜的，我们一家人慢慢地看慢慢地问，很多餐馆都已经爆满了。忽然一阵婉转优雅而又熟悉的二胡演奏声在我耳边响起，伴随的是邓丽君演唱的歌，"春花秋月何时了？往事知多少。小楼昨夜又东风，故国不堪回首月明中。雕栏玉砌应犹在，只是朱颜改……"这是南唐李后主的词。我顺着琴声和歌声找去，发现了一位中年华人妇女在路边边拉边唱。这位女同胞十分端庄，端庄中露出清秀，服装得体，她的前面放有一个盒子是让人丢钱币的，这里面已经有一些了。我正准备停下来看一看，但女儿已经走了一段路了，无奈只能匆匆赶去。我们来到一家粤菜馆，还好这里还有空位，我们就决定在这里吃年夜饭。那委婉的歌唱又在耳边响起："月儿弯弯照九州，几家欢乐几家愁……"听着听着心里有点不是滋味。

走进餐馆的大厅，这里摆满了桌子也坐满了客人，我们被领到最里面的桌子边，女儿点了深井烧鹅、卤水拼盘、炒虾仁、芥兰、油麦菜。他们还要点龙虾，被我和老伴制止了。其实龙虾在澳大利亚并不太贵，因为这菜的分量很足，我们不能浪费。一家人就在悉尼的唐人街吃了年夜饭。

我们隔壁桌子是非常炫目的一家。父亲带着妻子和三胞胎女儿坐在一桌，父亲三十多岁，妻子很漂亮也很年轻，三个女儿长得一个样，很像妈妈，年龄约七八岁。妈妈和三个女儿都穿着一样的红色连衣裙。我目不转睛地看了这家人约莫半分钟。这红红火火的一家给我们大年三十的年夜饭增色不少，我心情好了起来，感受到过年的气氛。

在离我们不远的地方有一张长长的大桌子，坐着二十几个人在进餐。这是中国的大年三十，奇怪的是这桌全是白种人。白种人爱吃中国餐也不奇怪，难道白种人也会过新年吃年夜饭？很快我的疑问就有了正确答案。这群白种人全体起立唱起了生日歌，虽然是英文，但是一听就明白，一顶纸做的王冠戴在一位白发苍苍的老人头上。他们已经开始切一个很大的生日蛋糕，老者估计在九十岁以上。进中餐馆为老人庆祝生日，正好又是中国的大年三十，太有意思了。我们吃得很好，这个粤菜馆厨师的手艺很不错，菜也点得恰到好处，一点也没有浪费。这也体现中国人节俭的美德。我们高高兴兴地走出了这个叫"皇冠"的粤菜馆，发现对面有一栋四层的旧楼上，插着国民党的党旗，正面墙上有"中国国民党驻澳大利亚及太平洋岛国总支部"十几个大字。再往下看这栋楼的第一层已经全部改成了店铺，开了各式各样的小店。台湾又一轮新的政党轮替迫在眼前。台湾是我们祖国不可分割的一部分，这也是我们中国人关心的事情。国民党的党产过去遭到民进党的清算，这海外的党产我不知道，我也不想打听。因为我只不过是一个普通的医生，不想过度地关注此事。但是中国只有一个，台湾同胞也都是中国人，这一点是不能忘记的。回来的路上遇到一个女同胞对我们笑了一下。仔细一看，就是那位拉二胡唱着传统歌曲的女同胞，我也报以善意宽慰的微笑。此时陪着她的还有一位中年男士和一个孩子，我想他们一家也回家过年去了。

塔龙加动物园

　　塔龙加动物园是悉尼著名的动物园。这个动物园就在悉尼海湾大桥的对面，这是一个风景秀丽的地方。

　　今天是大年初一，我们带着两个外孙女去逛塔龙加动物园。因为动物是孩子们所爱，特别是小孩子。我们大人陪孩子去逛动物园，一方面去陪孩子过一个快乐的大年初一，让孩子们增长见识，另一方面自己也可以开开心，让童心在此萌发。离悉尼海湾大桥不远处有一个轮船码头，从这里乘坐轮渡，就可以去塔龙加动物园了。轮渡码头人多但是很有秩序，差不多十多分钟就有一艘轮渡前往塔龙加动物园。

　　我们坐上了轮渡，船开了。海湾的水是那么的蓝，也是那么的干净。悉尼歌剧院在海湾便利朗角，此时再看悉尼歌剧院更加漂亮，更加壮观，整个歌剧院就像漂浮在海湾上的海市蜃楼。那世界上特有的蚌式的屋顶正是片片白帆，那歌剧院更像扬帆远去的巨轮。不过我们的左侧却真正地停靠了，一艘高十几层的大邮轮。我不知道这艘巨轮是哪个国家的，也不知道这艘巨轮叫什么名字，前往何方。但它一定豪华考究，会带着大批的游客远航，并提供更加舒适便捷的服务。我们的轮渡从海湾大桥下穿过。今天是大年初一，大桥的桥拱上不乏登高的人们。从大桥下两眼向上，我真的吓得张大嘴巴合不拢。海湾的天那么蓝，蓝得让人不敢相信，就连一丝白云都没有。这蓝天就像大海一样，蓝得纯净，蓝得天然。蓝的天空有海鸥飞翔，这是蓝天的点缀。蓝的海上有游船、帆船在游弋，这告诉我们这里是一个充满勃勃生机的地方。船靠岸了，接待处给我们每人手上都套上一个手环，是绿色的。我开始不明白，后来才知道这是我们进入动物园的门票和索道票，只要我们在扫描机上扫一下，就可以乘索道就可以进动物园了。因为这是全自动化无人售票的，从上午 9 点 30 分到下午 5 点，游客都可以免费乘坐缆车。这里的缆车是全封闭的，坐在里面有时候也有点摇晃，但是封闭的车厢并不让人感到害怕。坐上缆车可以在空中俯瞰动物园的全景。整个动物园就建在山上，茂密的树林，繁茂的桉树，绿色的植被，红色的白色的蓝色的花让整个动物园变成一个绿色的大花园。在缆车上可以最大限度地观赏澳大利亚野生动物和悉尼迷人的海湾美景。

下了缆车就到了山顶上塔龙加动物园的大门，这里有咖啡馆、动物园纪念品店。这里有英、法、阿拉伯等语种的导游图,我们取了中文的导游图,研究起来。这上面有引导图,有主道,小径,六十分钟路径,九十分钟路径。都有不同的标识,画在地面上,只要选择好路径看着地上的标识就一定不会走错,也不会漏掉一些观赏的动物。

　　整个动物园的动物有爬行类,灵长类,有袋类,猫科食肉类,食草类,还有鸟类。在这里我们先看到澳大利亚特有动物考拉,这种动物太可爱了,就像中国的大熊猫,人见人爱。爬行动物世界太精彩了,这里有蛇类、蜥蜴类、蛙类等。因为这是在南半球,我们可以看到过去从来没有看见过的蛙,比如说树蛙,个头很小,藏在树丛中很难发现,但它们有的颜色十分鲜艳,十分好看。据说这颜色越鲜艳的蛙就越有剧毒。这里还有林蛙等不同的品种,不知与中国东北的"哈士蟆",是不是一类,我想应该不一样,因为两地的环境相差太大。这里有很多的龟,有的很大很大,有的却很小,有的生活在旱地里,有的生活在水中。这些龟的名字和品种怎么也记不起来,但是有一种龟是记下来了,就是海龟。当然澳大利亚的海龟与其他地方的海龟还是有区别的,但是区别在哪里,我也记不清楚了。

　　这爬行类中蛇的品种很多,如果从有毒与无毒两类区分,这里有毒类的有眼镜蛇,眼镜王蛇,响尾蛇,还有各类蝮蛇。这些蛇的形态差异很大,很多在中国是看不到的。好在它们都生活在各种玻璃的拟天然环境中,对参观者无任何危险。还有无毒类,但也能伤人的蟒蛇,个头有的很大,大的有大碗口那么粗,但是它们看起来很懒,不喜欢动,或者把身子盘在一起或者把身体缠在树上,但是它们的头都伸在外面,它们的眼睛都说明它们并没有睡觉。那嘴里的信子还不停地往外一伸一伸。青色的小蛇将身体缠在树上等待猎物出现。

蜥蜴类可能是爬行类种物最多的,各种蜥蜴的个体相差很大。小的还没有一个小指头大,它们的颜色各异,有的非常可爱。变色龙更是让人百看不厌,它能在环境改变时改变自己的颜色,真的很了不起。最大的蜥蜴应该是科莫多龙,个头很大,不论哪个方面都超过了大的鳄鱼。科莫多龙的皮灰暗色,比鳄鱼难看很多,它的大嘴还流出有臭味的黏液,这是含有有毒细菌的,它们只要将牛马咬上一口,这牛马就会因感染而死亡。这时,科莫多龙慢慢地跟在后面,当牛马倒地后,它们就大吃起来。澳大利亚的淡水鳄悄悄地待在池子的水草里,仅仅探出个带有长嘴利牙的头,深深的水泥池,它们是不可能爬出来的。否则后果不堪设想。

走过了爬行类区,我们就到了猩猩园。这里住着黑猩猩。园子很大,很多粗大的树干在园中搭建起纵横的支架,十多头黑猩猩或带着小猩猩在树干上爬行,或抱着小猩猩在喂奶。它们的行动和各种动作与人很接近,我们的两个孩子很喜欢。有两只大猩猩和一只小猩猩在地上睡觉。在园外有一个树洞,人可以爬进去近距离地观察猩猩,也可以拍照,因为这个洞与外面是隔开的,因此很安全,大胆的小外孙女也趴到洞里仔细地观察猩猩。

　　非洲的野生动物园还有斑马，巴巴里绵羊，长颈鹿，猫鼬，沙漠小狐，喜马拉雅塔尔羊。苏门答腊虎探索区，还在维修改建，预计于 2017 年开放。走过这里只是高高的围墙。澳洲是唯一有袋类动物的地方，这里有袋鼠，岩袋鼠，袋熊，树袋鼠，短尾矮袋鼠，袋獾。鸭嘴兽是在一个黑色的山洞里看见的，隔着玻璃可以看到不大的鸭嘴兽在水中的岩石和岩洞中穿行，这里的光线毕竟暗，但是可以看得很清楚。

　　中午我们到美食广场进餐，这里餐厅很大，早已经挤满了游客。但是有一个我没有看到过的现象。美丽的孔雀在餐桌间穿来穿去，漫不经心地在地上寻找食物。有的游客干脆往地上扔面包让孔雀自己吃，这些孔雀像家里养的鸡一样，一点也不怕人。

　　我们进入了澳大利亚热带雨林观鸟园。这片丛林都罩上了铁丝网，说是天罗地网一点也不夸张。鸟儿在"自由"的飞翔，欢乐地鸣叫，这里有各种鹦鹉、寿带、鹤鸵等鸟类。热带的鸟类真的很多，飞来飞去根本看不真切，当然更不知道它们叫什么名字，虽然外面有一个介绍的牌子。但谁是谁你怎么也讲不清楚。在这里你是可以走进观鸟园内的，不过这个门也非常奇特，门是双层的，你打开外面的门，里面的门就会自动关闭，打开里面的门，外面的门也会自动关闭。这个巨大的网下有很多门，好奇的观众进进出出。这个自动关闭的功能，可以保证不会飞出一只鸟儿，真的太奇妙了。

　　我们看到路上有一段高空中有着绳结的索道，有的人在系着安全带的情况下努力地攀爬，在高大的树间行走。看起来很危险，很刺激，但其实还是安全的。外孙女忽然指着蓝天叫"字、字"。我们抬头一看，湛蓝的天上出现了用拼音字母写的字，女儿反应很快，一看就说："这不是英文，是汉语拼音。"原来是飞机用喷气的方式在天上写下了祝福"新年快乐"的拼音。这是谁在大年初一给华人拜年呢？女婿说："悉尼华人多，而且贡献大，是悉尼市政府用飞机在蓝天上喷字的方式给华人拜年。"这只是猜测而已。我们看着飞机在天上写完了最后一个"le"字，而后打上一个大大的惊叹号。大年初一遇上飞机拜年，这还是头一次，这就不用给红包了。

　　我们又来到大象的乐园。这里有七八头大象，它们在乐园中自由地散步，饲养员给大象喂食走得很近，大象用鼻子卷起整束的草送入嘴中，还将香蕉用鼻尖往嘴里送。管理人员还将大象带到水边，让大象洗澡。有一点我感到非常奇怪，我到过很多地方的动物园，看到过很多大象，都不及塔龙加动物园的大象毛色那么光润漂亮。我过去看的大象，大多毛色干枯，整片地斑脱，那些大象的皮也干皱难看。我怎么也没有见过塔龙加动物园的大象这么干净光泽，显得那么年轻。难道这儿的大象都是一样的年轻吗？我想应该也不是,应该是饲养方法、管理方法不一样。这儿对饲养大象肯定有一套。

在灵长类动物中,我们见到了猴。今年是猴年,人们对猴特别亲近,这里有皇绢毛猴、环尾狐猴、松鼠猴,就是没有中国特产的猕猴。我突然发现这里的猴在哪里见过,我想起来了,那满街飘扬的红脸猴和黑脸猴,原来是澳大利亚的皇绢毛猴、环尾狐猴。这里的居民都熟悉这两种猴,所以用它们做猴年的标志。入乡随俗,我也改变了看法,将这两种猴的形象印在彩旗上应该也是对的。

大年初一的晚餐去哪里吃呢?女儿提议到达林港,我们乘轮渡返回海湾悉尼港一侧的码头。回来时先停靠一个码头,这个码头停满了带有各种形状的片片白帆的帆船。这些船都不大,给人的感觉是小巧玲珑,千姿百态,十分新颖。轮渡虽然转了一个弯多走了一点时间,这还是十分值得的。其实在海港码头边有一条有名的步行小商品街,可以购买一些小的纪念品。我们在这里购买了一个回形飞镖。这是一个画有蜥蜴的回形飞镖,准备回去送给北京的孙子。他读初一了,对物理、无线电有爱好,又爱琢磨,他一定会喜欢的。

达林港,又称情人港。这里十分热闹,街灯亮了。两边的高楼也亮起了闪烁的霓虹灯。情人桥的正中间装饰了一颗巨大的红心。这里还有一个标志台,灯光璀璨,中间也有一颗巨大的红心。各种年龄段的夫妻,都排着队在这儿照相，太挤了。女婿以情人桥为背景，为我和老伴照了相，当然情人桥上的红心成了我们的背景。我们面对着灯火通明的电视塔，全家人共进了晚餐。

今年的大年初一，我们在悉尼过得很精彩。孔雀给我们带来了吉祥，蓝天为我们送来"新年快乐"的祝福，情人港的晚餐给我们带来亲情和温馨。最重要的是我们认识了满街彩旗上的两种澳大利亚的猴子。这一切来得都太奇妙了，也是太幸运了，太幸福了。

蓝　山

　　蓝山是澳大利亚著名的旅游地,是不可不去的地方,这里离悉尼较远,必须坐火车前往。据介绍,蓝山景色绝美,峡谷草木丛生,有广阔的桉树林和自然生物的多样性而被列入世界自然遗产。在茂密的树林里,小溪瀑布穿行其间,缓缓落入峡谷。站在石壁间,远处大蓝山区的景致悠远无穷。对于从世界自然和文化遗产的黄山来的我,有着一览南半球世界自然遗产的愿望。更重要的是可以看到卡通巴土著文化中心,了解当初土著人是如何在雨林中生活的。

　　悉尼前往蓝山游览的人很多,我们乘火车前往蓝山,这是一列双层的火车。两层的巴士坐过很多,而两层的火车,我还是第一次坐。这种火车可以搭载很多的乘客,车厢和座位还是比较宽敞的。一排三个人,和我们坐一排的是一位黑人,她是女的,我们不知道她从哪里来,也不知道她来自哪个国家,也许她是一位来澳大利亚工作的新移民,语言不通我们无法交流。因为她就坐在我的身边,这是我第一次近距离接触黑人,而且是黑人女青年。

火车在慢慢地开动,渐渐地离开了繁华的悉尼市区,那些画满涂鸦的墙渐渐离我们远去了。火车两旁的桉树越来越多,我们已经进入了山区,澳大利亚险峻的高山是很少的,就连山也不是太多。这里我们可以看到起伏的山峦,但不是太高,山上的树林越来越茂密,有了那种回归大自然的感觉。

车行驶的速度并不快,有时还有点摇晃。此时我发现火车在爬坡,火车在上山,难怪行驶得比较慢。我向窗外看了一眼,不经意正好和这位黑人女青年的目光碰撞了一下,黑人女青年十分礼貌地对我报以嫣然一笑,反应到我头脑中的第一个感觉是她很美。中国人有中国人的美,黑种人有黑种人的美,由于她就坐在自己身边,我还能用眼睛的余光观察这位黑人女青年。就在刚才目光对视的一刹那,我感觉她的眼睛比较大,而且眼球的角巩膜黑白分明。我是眼科医生,对眼睛的观察应该是很到位的。眼睛美对女人是非常重要的,中国的民歌很多就是用"一双美丽的大眼睛"来形容漂亮的姑娘。她的睫毛很长,更突现了她双眼的美丽。她的眉毛依然也是中国人最喜欢的那种柳叶眉。她有一个挺直的鼻子和一张薄而秀气的嘴唇,不像有的黑人嘴唇比较厚。黑色的秀发很随意地扎了一个马尾辫飘在脑后。稍仔细地看,她还略施粉黛,薄薄的粉底,淡淡的腮红,淡淡的唇膏,更显得这位黑人姑娘黑而秀气。她个子高挑,就是坐在那儿也比我高半个头。她衣着得体,时时玩着手机,她应该有一定的文化教养。也许她是位来自澳大利亚的留学生。我和老伴轻声地评价了这位黑人姑娘,老伴也称赞这位黑人姑娘长得漂亮。因为我们是讲中文,她肯定听不懂,从她的表情看一点反应都没有,可以看出来她不懂中文。当着别人的面评头论足是不礼貌的,好在周围的人也都听不懂,因为坐在我们边上的没有华人。

火车是沿途小站必停,因此走得很慢,这让我们可以慢慢地欣赏这沿途澳大利亚风光。沿途的火车站都不大,但都很小巧而别致。我们已经进入了森林覆盖的山区,山林都郁郁葱葱,有的地方还可以看到山雾环绕。我们终于到了蓝山火车站走下火车顿时感到了凉意。从炎热的夏天悉尼,我们来到了山区蓝山,天气凉也很正常,可惜的是老伴和女儿都是穿了短袖,就有点受不了了。她们走进了这个小镇的商店各买了一件披肩,才感到稍微好一点。

从这里到蓝山景区的交通工具只能是旅游大巴,我们只好在路边的站台上等候大巴车。这里的大巴车很多,不用很长的时间,游客就都被带走了。我们登上了大巴车的顶层。汽车发动了,司机用中文告诉大家,游蓝山有两个站,一个站要自己步行一段路,后到达蓝山乘坐缆车的地方,另一站是直接到达蓝山乘坐缆车的地方,由游客自行选择。说完后他突然又说:"新年快乐,恭喜发财,我的中文名叫做张有才。"游客中华人很多,说中文,我们在澳大利亚也是很常见的。用中国时髦的话说就是"新常态"。"张有才"这也是中国人过去常用的名字,我也没有在意。汽车到了第一站,这需要自行走一段路的站,大多数人下车了。我们也随大流跟大家一起下了车。下车时不经意地对司机看了一眼,真的让我大吃一惊。这位中国话说得好的人,这位祝我们新年快乐,恭喜发财的司机张有才,居然是一位长着大胡子的白种人!他的中文十分地道,一点口音都没有。后来别人告诉我,很多澳大利亚白种人的中文都说得很好,因为中国富强了,与中国人有生意可做。这话很对,中国改革开放,广东先行了一步,广东富了,很多中国人也学起了粤语。其实道理是一样的。

我们跟着别人一起走。开始我真的怀疑是不是会走错了路,如果走错了,进入这茫茫的蓝山群中走不出来怎么办?开始的路就像丛林中的小路,两边是高大的桉树,翠绿色的桉树叶,光秃秃的树干和树干上快要脱下来的树皮。这让人感觉到澳大利亚丛林的风光,那不时传来的鹦鹉粗而嘶哑的低声鸣叫,更让人增添了几分雨林中步行的快乐。时而有溪水流过,浅浅的清清的溪水,让人感觉到又回到了我年轻时下放过的山区。但树种和植被的不同,让你感到这是在异国他乡。路上我们结识了一位来自昆明的女游客,她带着一双双胞胎女儿。这对双胞胎女儿和我的大外孙女同岁,孩子们很快就玩到了一起。我们来到一个瀑布前,这位昆明的游客为我们全家照了一个合影,我们也为她们照了合影。这位女游客和我女儿边走边聊,原来她也曾在美国留学,回到昆明从事旅游工作。难怪她的英语说得那么好,跟着她是不会走错路的。这个瀑布很小,但她却是大名鼎鼎的卡通巴瀑布。从后山上走去,她告诉我们前面就是三姐妹峰。在山上看三姐妹峰并不险峻,而且是三座并列的山峰连在一起,山下是茫茫的林海。此处的山比我们刚进山时看到的高很多。三姐妹峰是蓝山的标志。我们还看到蓝山最大的温特沃斯瀑布。我们坐上缆车,再次欣赏了三姐妹峰这一震撼人心的美景。我们到了一个小镇的山顶端,这里可以就餐。我们坐上了一列可以下山的列车,这列车很奇特,几乎是直上直下。游客们是一排排坐在车上,有人说这也是火车。有轨道就应该说是火车也不错,但从上到下的确让人惊心动魄。我查了一下资料,这应该是世界上最陡峭的矿坑车才对。每个游客都体会了一下这惊心动魄,这也是大家游蓝山的重要目的。当车从山顶垂直而下的时候,就像是从天而降,两边的峭壁确实吓人,不过这里是十分安全的。如果害怕可以闭上自己的眼睛,这样你就错过了这种惊险的享受。蓝山美景世界站台可以让你尽可能方便地乘坐丛林矿车,还可以在这蓝山美景选购世界的精美食品带回家。无限乘坐爱好者全天都能享有各种乘坐体验。坐空中缆车往返,在岩壁之间行驶的过程中通过脚下透明的玻璃地板俯瞰卡通巴瀑布和三姐妹峰。然后去乘坐 52 度倾斜的世界公认最陡峭的丛林矿车来到山谷,别忘了自己可以调节斜度,然后再坐丛林矿车脸朝下,体验反着走的感觉!之后乘坐丛林缆车下到谷底,并且欣赏孤儿岩及整个山谷的景象,然后再坐一次返程回来,实在很方便。

昆明女导游和她两个女儿,因为要走另一路游览线路和我们分别了,她的双胞胎女儿给我们表演了把舌头卷入嘴里,伸出来却像一朵花的绝技,这种绝技我从来没有看见过,希望这对双胞胎姑娘会像花儿一样成长。

我们乘车将赶往下一个景点,就是卡通巴的土著文化中心,这是需要乘坐旅游大巴前往的。我们在旅游停车场等到了前往土著文化中心的大巴车。到达的地方是一个山顶,在这里可以眺望蓝山美丽的景色。为什么这儿叫蓝山呢?原来这漫山遍野的桉树在阳光的照射下显出蓝色,故名蓝山。这儿太美了,美的是它的原始,而无人工的痕迹。我们转了一大圈才找到土著文化中心。非常可惜,我们迟到了,土著人表演已经在下午四点全部结束了。也就是说最后一场表演都结束了,今天是不可能再有表演了,唯一可以解决我们失去机会的办法是看电视上滚动播出的表演录像,看来后悔都来不及了。我们虽然没有看到表演,但可参观这里的展览。这里有土著人生活的帐篷和生活的器具,狩猎的工具,土著人的部落生活,土著人的文化,还有土著人的绘画。土著人的绘画当你不知道这是什么,没有看懂时,不妨仔细看看,就能发现它的精妙之处是"图腾崇拜和

天人合一"。在这里我发现了一份用中文打印的关于澳大利亚原住民的介绍,不妨摘抄如下:

澳大利亚原住民地,这叫卡通巴,意思是"落水的地方"。卡通巴演绎了澳大利亚原住民历史与文化有传说的地方。为了保护百万公顷树林地带的自然与文化价值,澳大利亚政府将伐木与开发用法律加以限制。

蓝山山岳世界遗址,还包括使用六种不同语言的六个澳大利亚原住民部落集团,可以看出这些不是原始文化,而是非常发达的古代文化。这些人没有奴隶、军队、称霸称王,也没有穷人与富人之差,所有的人都有权共同享有自己氏族的共同体提供的资源。

澳大利亚祖先们保存大地的方式很令人震惊,让人很感动。他们不耕种,用火,适当地打猎与秋收来保存大地的原始,从古至今,尊重被视作兄弟姐妹的动植物,致此这片土地的自然节奏非常珍稀地保存下来。

也反映这对大自然负责的生活方式的结果,如此真正实践了大自然保存,将成为唤起可与大自然共生美好生活的契机。第一次发现澳大利亚的库克船长当时在博特尼湾见到原住民时,对其感叹道:"你们是我见到的最幸福的人。"

"对大自然负责"的生活方式,我第一次听到这样的说法,不仅充满了哲理,也非常有现实的意义。在这里,酋长听说有人没有看到表演,亲自出来向我们道歉,并且还分别和我们家庭成员照相，我们对酋长表示了谢意。

我们看到那连绵起伏，一望无际的蓝山，这里还生活着很多的原住民。虽然我们不能走进山里去看他们，也来不及走进他们的部落，但对他们对大自然的敬畏和保持了"对大自然负责"的生活方式表示敬意。他们正如这一片湛蓝而连绵不断的蓝山一样，永远给我们留下纯洁的蓝色。

悉尼大学与海德公园

悉尼大学与悉尼中央火车站，只距一步之遥。我们今天来这里是参观南半球最著名的高等学府。我们到过世界很多顶尖的著名大学，它们大多建筑分散，没有围墙，如牛津大学、剑桥大学、普林斯顿大学、新加坡国立大学，也没有

澳大利亚悉尼大学

明确的校牌标识,而悉尼大学的门口墙上让人意外地看到了英文悉尼大学的校名。悉尼大学坐落于澳大利亚第一大城市,是悉尼的一所世界顶尖研究型学府。始建于1850年,是澳大利亚和大洋洲第一所大学。主要的院系有悉尼法学院、悉尼医学院、人文与社会科学系、悉尼大学商学院等。

成立于1850年的悉尼大学,从一开始就改革了联合王国的古典大学以血缘而不是成绩接收的传统。学者和政客的激烈争论,促使英国和北美的大学随之改变,以适应社会的发展。悉尼大学已经成为其他殖民新兴大学的榜样。

1858年2月27日维多利亚女王授予悉尼大学宪章,使其拥有英国大学同等的地位。

我们走进了这美丽而又安静的大学校园,这里高大的桉树可以感觉到学校的历史,这里的英式建筑更体现了它和牛津、剑桥大学的血脉关系。地上是盈盈绿草,不知怎么一走进这里,就感到文化的气息,学术的气息,研究的气息。

我们走进了英式的建筑,这里有很大的院落,喷泉正向草坪喷水,不断摇动的喷头将细细的雾状的清水喷洒在草坪上,原先的水在空中形成"雾",在草坪上就形成了"露"。这一点点、一滴滴的水露在草地上形成一颗颗的"珍珠",这"珍珠"又在太阳的光照下熠熠闪光。雨露滋润绿草旺,这不正是象征着悉尼大学为澳大利亚乃至世界培养出一流的人才吗?

我了解到悉尼大学从 19 世纪下半叶起就形成了助学和捐赠的文化潮流。切尔·贝蒂哈姆教授是其中的先驱者，他认为所有有能力的学生都应当享有大学教育，并争取设立奖学金，以应学生在攻读过程中的不时之需。

悉尼大学每年都会收到澳大利亚最高的捐赠，如 2012 年每八位悉尼大学在读学生就有一位享有大学奖学金的资助。

从 1881 年起，悉尼大学开始招收女生，成为世界上最早允许女生就学的学府之一。比起牛津、剑桥大学早了数十年。

1901 年，悉尼大学的毕业生德豪·巴顿建立了澳大利亚联邦，并成为了澳大利亚第一任总理。

悉尼大学的 1 800 名师生参加了第一次世界大战，197 人牺牲。4 000 名师生参加了第二次世界大战，250 人牺牲。今天在悉尼大学的钟楼下，我们找到了能纪念他们的饰板。这应该说悉尼大学是培养爱国者的摇篮。

早在 20 世纪上半叶，悉尼大学发生了重要的变革，一是开始引入并教授职业性课程，如牙医、建筑、农业、兽医与经济。二是允许学生参加学校的管理。第二次世界大战的婴儿潮，使悉尼大学在 1980 年的学生人数比 1944 年翻了五倍。

联合国秘书长潘基文获赠悉尼大学校服很开心，他说："当我一踏进这个校园的时候，我就意识到这是一所无与伦比的大学,她不仅传承着160年的历史文明,而且她更是一所培养世界领袖的学府。"悉尼大学的学生有的成为科学家、总理、奥斯卡奖得主,甚至是澳大利亚第一位宇航员。他们发明心脏起搏器、B超、黑匣子到CPAP呼吸机、人工耳蜗再到真空玻璃、WIFI网络技术等。请注意这是发明,这些发明成为世界上每天亿万人生活的必需品,为世界文明做出了不可磨灭的巨大贡献。

"繁星纵变,智慧永恒",这是悉尼大学的校训。

我们参观了正在调配音箱设备的大厅,很大也很典雅,从会标上我们知道这里将要举行一个学术研讨会。楼下有一个选购纪念品的商店,从门口用世界多种文字所写的牌匾上可以看到这是一个募集资金的机构,由校长委员会管理。出售的钱全部上缴校长委员会,作为集资来资助学校的一些活动。这里有很多图书,关于悉尼大学的纪念品,也接受校友和世界各地朋友的捐赠。

我们找到了悉尼大学的图书馆,看到大门口的铜牌上的介绍才知道这是南半球最大的费雪图书馆。这是随学生大量地增加而配套的校园大量新建筑物之一。这是由澳大利亚当时最出名的设计师、悉尼大学毕业生凯尼·沃尼用当时最新的科技来营建的,并获得英国和澳大利亚的建筑大奖。我走进这所非常大的图书馆,恢宏的建筑让我很吃惊。我是来将我写的几本书赠给这个图书馆的。图书馆的负责人接待了我们。因为书籍是中文的,他又打电话给分管亚洲图书部的主管并亲自到亚洲图书部。他回来告诉我们，亚洲图书部主管今天因公出去了，是否可以把图书交给他，他一定会代为转交。因为我们到过其他大学的图书馆，这些图书馆对赠送的图书都要认真地看过，看看有没有收藏的价值，而后才发函告诉作者是否接受赠送，如接受将编目收藏。这个程序我已经非常熟悉了。图书馆负责人非常热情，要我们留下联系方式，我将自己的名片交给了负责人，负责人让我和他一起合影留念，我们就在办公接待的地方合了一个影。这是我的书第一次赠给南半球顶尖图书馆，而且是南半球最大的图书馆。因为这也是一所研究型大学，收藏是需要筛选的，我希望也和世界上其他大学图书馆一样，半年后能收到悉尼大学图书馆收藏的证书。不过我在墨尔本也将自己的著作赠给了当地华人社区图书馆，也许这里能看的人更多，自己写的书有更多的人看，这本来就是著作者的愿望。

离开了悉尼大学到市里找一块休息的地方，我们来到了海德公园。英国伦敦有一个海德公园。那里除了休息的地方还有公民发表不同政见的公共场所。没有想到澳大利亚的悉尼也有一个海德公园，这个海德公园的面积应该不算小，与伦敦不同的是这里的大树很多，树冠很大，华盖如云。这些树的品种就不用说了，一定是桉树，桉树是澳大利亚的国树，桉树的品种有数百种之多，只要知道它们是桉树就行了，不必知道它是哪一种，因为你根本记不住也分不清。在这些高大的桉树下是绿色的草坪,大树下有一些靠背椅子供游人在这里小憩。这里很安静,我选择了一张椅子坐下,对面的椅子上坐着一位老年妇女。一看就知道是很有教养的知识女性。她坐下后慢慢地打开手提包拿出一本书戴着眼镜慢慢地阅读,还用笔不时地做着记号。她非常认真,一丝不苟十分专注。她在阅读什么呢? 当她用一张书签夹在书中然后将书合起放在腿上,闭上眼睛稍作休息时,我才发现她阅读的是一本《圣经》,这也许是老年知识女性的一种信仰,一种习惯,一种爱好。她闭着双眼,也许她可能看得到天使,也许她正对着万能的主在祷告,那么的平静,没有任何人打扰她。

草地上来了一群人,大家分散地坐在草地上,我原以为在搞什么活动,有一个人站在那里给大家讲着什么,走过去一看,原来是一群学员在练习瑜伽。真的,他们都很认真。三三两两的青年男女或者成双成对的情侣很随意地坐在草坪上晒太阳,接受日光浴。整个海德公园显得那么悠闲,那么安静,除了小鸟的鸣叫和地上走来走去的鸽子,没有其他一点动静。这里没有伦敦海德公园那站在凳子上发表演讲的慷慨激昂,没有群众集会的喧嚣,也没有松鼠在草坪上乱窜,一切都是那么的静谧。

草坪的不远处有喷泉、雕塑群,这里有士兵、有澳大利亚野生动物,喷泉,也给人带来了湿润和清新。从这个雕像正面的碑文得知喷泉是为了纪念第一次世界大战时的一位英雄。

　　再过去就是一所教堂，建筑古朴而典雅，教堂的右侧，这应该是圣母的像。每隔两个多小时教堂的大钟就会响起，很多信众会从教室中走过来。这是一个教堂，圣·詹姆士大教堂，与伦敦的地名那么雷同，在伦敦的海德公园的边上是圣·詹姆士公园，但这里显然还是留有殖民地的痕迹。当年英国殖民者也给这里留下点现代文明。老伴看到那么多澳大利亚人悠闲地在草地上休息，突然对我说："还是西餐好，不像中餐那么麻烦，要费很多时间。西方人的时间多，也与他们的饮食文化有关。"细细想一想中国人讲究"食不厌精，脍不厌细"色香味俱全，八大菜系等等，实在太复杂了，而西方只讲"卡路里"，是简单得多。当然西方也有垃圾食品，中国还有药膳，营养餐。实际上只要饮食和口味有益于健康就好。上海人说，为了吃饭每天"买汰烧"，就成了忙忙碌碌的"马大嫂"，也就是说中国人解决吃饭问题太费时了。

　　女婿拿起照相机为我们拍照，这次照的是我和老伴在海德公园草地上的影子，仔细一看影子也像我们，这是另一种艺术形式。

　　晚上我们决定在外面吃晚餐。女儿为我们挑选了一家有名的比萨店，这里的比萨制作师傅和所有的女招待都是意大利人。西方人见多了，我们也可以大致地看得出来是哪国人，这些衣着考究的工作人员，服装整齐，身材惊人地相似。

　　我们六个人坐在一张干净的桌子边，点了饮品，还点了夏威夷比萨和一个意大利比萨、三份意大利面。饮品是一份意大利男士啤酒和一份墨西哥女士啤酒，一份烤肉，一份烤土豆。因为我不喝酒，女儿特地给我点了一份英国的奶茶。奶与茶是分开的，茶是著名的来顿茶，用一个小壶冲泡，十分讲究。奶是放在另一个容器里。英国的茶有英国的风味，我是一个爱喝茶的人，茶一进口马上就品味出它的风味。我边喝茶，边吃着比萨。这个餐厅里是有乐队伴奏的，有大提琴、小提琴、钢琴，流淌出西洋乐队的韵味。这种享受是特别舒适的。在这里还可以到吧台前观看意大利厨师是如何做比萨的，那熟练的动作和从不断转动的用木炭火烘烤的烤炉中出来的香喷喷的比萨，真的给人很愉悦的享受。尽管我们十几年前在意大利罗马、米兰吃过比萨，但没有这次有味道尽管那是意大利的一家高级餐厅。

　　其实西餐有西餐的特点和味道。

新加坡航空和澳大利亚航空

　　我们去澳大利亚乘坐的是新加坡航空公司的空客 A380－800，这是目前世界上最大的客机，由法国制造，又称为空中巨无霸。它是双层客机，机上可以载客 850 人。新加坡应该是一个小国，这个"小"是指国土面积小，人口少，但经济十分发达，在世界竞争力排行榜上多次排为世界第一。新加坡是我 20 年前第一次出国的到达国家。那时是去新加坡国家眼科中心做访问学者。时间过得多快，20 年不知不觉过去了。我去澳大利亚途中，在新加坡做了一个短暂的停留，第一是去新加坡国家眼科中心看看那里的医生朋友，第二是看一看我在新加坡时候的老房东。

　　新加坡航空公司的服务堪称世界一流，在服务方面的评价排在世界前几名。登上新加坡空客 A380，巨大的飞机给人一个震撼。整洁宽敞的客舱，豪华的座椅给人全新的感受。新加坡航空公司的空中小姐，特别吸引人眼球，她们是颜值很高的小姑娘，身着新加坡特色的套裙，套裙印花就是过去在新加坡博物馆看到的那种印花布的样式。过去的印染粗糙，现如今是高科技，印染精美，是统一的墨绿色，很具有民族的特色。这些女孩子身材特别好，裙子有中国南方傣族筒裙的一些特点，几乎是清一色的细腰，头发都挽在脑后，看起来特别精神，对乘客照顾特别周到。

我们到新加坡带给老房东黄先生几件礼物，一件是朋友曹泽民先生为我书写的书法作品"海内存知己，天涯若比邻"，还有两件是我送给他们的红木小件，一件是"风生水起的农用风车"，另一件是"时来运转的推磨"，虽然不大，但不可以压碰。这些对我来说是珍贵的礼品，空姐知道后让我们放在不会碰也不会压的座位下面，真是十分周到。她们不断地来回走动，欢快地为大家服务，她们的脸上永远带着微笑，及时送餐送饮料来满足乘客的各种需要。餐饮的口味也是让大家满意的。难怪女儿说新加坡航空公司的服务是世界一流的。说来很幸运很有趣，我们还和中国一位著名的女电影明星同乘一架飞机，她就坐在我的前面。

我们从澳大利亚返回中国，坐的是澳大利亚航空公司的飞机，澳大利亚航空公司的工作是非常认真的。登机前每件行李不能超过 32 公斤，我本以为超重加点钱就行了。但交钱是不行的，必须将多余重量的东西从箱子里取出提在手上。我开始不明白这是为什么，后来才知道这是为了照顾机场的搬运工人，超重了搬运工人就会有困难，甚至可能造成扭伤，这让我感到这一规定如此的人性化，这种人性化的规定是为了惠及机场最普通的搬运工人。这次航班是澳大利亚航空公司的波音 747－400 客机。机尾上印有一只红色的袋鼠。波音 747－400 也有双层，乘坐的乘客是416 人，双层的上面很小，是给空乘人员休息用的。

　　奇怪的是我们的空乘服务人员全是男性，唯一的女性是播音员，这是从广播里得知的。这些男空乘人员既不是"空少"也不能算"空哥"，也许大部分可以称为"空叔"和"空大爷"。女儿告诉我他们中间有的和我差不多大，70 岁左右了，真的吓我一大跳。这种年龄在中国早已经退休 10 年了。这些勤快而又服务周到的老头给了我很深的印象。女儿说："老爸，你应该还不算老，还可以当空乘人员呢!"我这是第一次在飞机上看到一群快乐的老头为乘客服务，他们的服务质量绝不比空中小姐差，也应该说是服务一流。

　　经过十一个小时的飞行，飞机平稳地降落在上海的浦东国际机场，我愉快地走下了飞机，又回头看看那只机尾上的红色袋鼠，心中说了句："再见吧，澳大利亚航空! 再会吧，为我们服务过的老兄弟们!"

第五篇　新加坡纪事

参观总统府

　　2001 年春节，我和老伴去新加坡看望在那里留学的女儿，在异国他乡度过了一个愉快的春节。1 月 25 日正好是中国农历的大年初二，下午两点多钟，老伴、女儿和我三人乘公共汽车路过新加坡总统府时，看见不少人在排队。女儿告诉我们："今天总统府开放，赶快下车。"我们在下一站下车赶快往回走。骄阳似火，我们打起遮阳伞，加入了排队的行列。新加坡总统府每年对公众开放 1—2 次，事先是不公告的。这次有这样的机会实属难得。队伍分为两队，女儿用英语一询问，原来新加坡人排队是免费参观的，而外国人每人需交一元新币（约合人民币五元）门票费，队伍较长，但秩序井然。

　　总统府大厦在一个小山坡上，草坪非常漂亮。我还是第一次看见这么大、这么漂亮的草坪。参观者有华族、马来族、印度族，有白人，也有黑人。又穿过一个白色的建筑物，前面的大草坪上有一个很大又非常别致的布篷。那里传来

《紫竹调》《喜洋洋》音乐。原来总统府开放都会有乐队前来演奏，就像中国的广场音乐会。可能因为这次开放是在春节，来的是华乐队，而不是西洋乐队，演奏的是中国民乐。一下子就让我们有了回家的感觉。从布篷向右再上山坡，一幢非常漂亮豪华的巨大白色建筑物呈现在眼前，这就是总统府大厦。它的前面是一个欧式的喷泉群，喷起的清水给我们带来丝丝的凉意。再前面是两尊威严的大炮，不是实战用的，而是一种仪仗。我们在大炮、喷泉前留了影。

一个消息在人群中传开了，今天总统和夫人会和大家见面。半个小时后，纳丹总统和夫人在警卫的簇拥下向我们走来。大家都围上去，但不挤也不乱。当纳丹总统快走到我们身边时，我赶快上去和总统、总统夫人握手。机灵的女儿赶快按下了照相机快门。女儿在那么紧张短暂的时间里居然拍下了六张照片。第二天一看报纸，中国驻新加坡大使张九恒当时也在场。冲洗的照片中，也有张九恒大使。

目送总统回府后，大家就开始参观总统府了。我们排着队走进总统府。允许参观的只是一楼的三个大厅。一是接见大厅，这是总统接受外国大使递交国书和接见贵宾的地方。第二个是陈列大厅，这里琳琅满目，可以说是个世界礼品的精粹展。给我印象最深的是中国的一尊兵马俑模型和一方嵌满宝石的印度地毯。再一个是维多利亚大厅，这是总统召集总理和内阁部长开会的地方。

走出总统府，我们看到总统府上飘着一面与新加坡国旗有所不同的旗帜,全红色底上一个月亮四颗星,是新加坡总统旗。走出总统府大院门口,我们又与那威严雄壮、目不斜视的总统卫兵合影留念,这算是参观总统府的总结了。

林少明教授

　　我第一次出国是 1996 年底，第一次去的国家是新加坡。那次能够去新加坡，主要是得到新加坡国家眼科中心主任林少明教授的帮助。

　　我第一次见到林少明教授是 1988 年，那时我正在广州中山医科大学眼科中心进修，我仅仅是一名普通的眼科医生。中山医科大学眼科中心应该说在中国是一家一流的眼科专科医院。眼科中心主任毛文书教授和后来的眼科中心主任李绍珍都是中国工程院院士，不仅是一流的眼科专家，而且是眼科国际交流的先驱者和积极的推动者。中山眼科中心经常有世界各地的眼科专家来讲学，包括美国、加拿大、德国、日本等国的眼科专家。在这样的环境里，不仅可以学到先进的眼科技术，而且我也接触了一些世界级的眼科专家。当然眼界提高了，视野也开阔了。我体会到外面的世界很精彩，外面的科技很先进。那时有很多眼科中心的医生从国外学习归来，我对他们不仅很羡慕，而且很崇

346

拜。我心里有一个"伟大的理想",就是什么时候能走出国门到国外去,哪怕是去国外看一看也是值得的。可惜我只是一个小地方的小医生,这个"伟大的理想"对于我来说是可望而不可即,应该说是奢望。

我听过林少明教授的学术报告。林少明教授是一位眼科专家学者,年龄不是太大,大约长我十岁。他虽是华人,却不会讲华语。他从小在英国受的教育,不仅儒雅而且颇有英国绅士风度,又平易近人。不知什么原因让我产生了去新加坡学习的愿望。那时出国还是很难的,想做访问学者必须有对方的邀请函。于是我想到了中山医科大学眼科中心的林正德教授。林正德教授是我进修期间的白内障专业的指导老师,他与林少明教授比较熟悉,于是我请林正德教授给林少明教授写了一封推荐信,我终于获得了新加坡国家眼科中心邀我做访问学者的邀请函。为什么我选择去新加坡呢?主要原因有三点:其一我与林少明教授有一面之缘。其二新加坡的官方语言是英文、华文、印度文和马来西亚文。语言上不会有太大的困难,更重要的是新加坡的华人占人口的70%以上。其三我的访问学者之行是自费的,当时流行的说法是自费访问学者。那时虽然有一点小的积蓄,应该说还是比较穷,去太远的地方还没有这个经济实力。

新加坡虽然是一个小的国家,但各方面比较先进,人称亚洲的以色列。当时林少明教授还有一个头衔,亚洲眼科学会主席。既然是亚洲眼科学会主席,至少到新加坡可以学到亚洲比较先进的技术。当时我选择了两个主攻的学习方向，一个是"准分子激光治疗屈光性角膜切削术"（也就是P. R. K 手术），另一个就是青光眼的"人工引流植入物引流手术"，这两项技术当时在国内应该是具有最领先的水平，而且是一个可以在"短平快"的时间内学习的先进技术。

　　接到新加坡国家眼科中心邀请函，我按照有关要求积极准备。那时中国还不十分开放，连办一个护照都是很难的事。除了固定资产、银行存款、担保人外，还必须通过政审。所谓的政审是看你个人和家庭有无政治历史问题，本人有无政治问题和犯罪记录。虽然我没有什么问题，但审查起来都不那么简单。我的居住地黄山市还不太开放，应该说还是一个锁在内地的小山城。那时出国的人很少，审查又特别严格，又过了几个月，我才得以通过政审。跑了好多趟公安局的外事科，终于拿到了出国护照。这是我第一次拿到出国护照，激动的心情可想而知。当我高高兴兴地到上海办理新加坡签证时，却被告知新加坡是需要办理倒签证的国家。我的签证应该由新加坡邀请单位在新加坡办理，才能进入新加坡。这一下我傻眼了，别人邀请你已是很大的面子了，而且还要别人给你办好签证，实在是太不合情理了。但是规定就是这样，我也没有别的办法。我将相关资料寄到新加坡国家眼科中心，并打了一个电话给林少明教授，没有想到他一口答应为我去办。一个月后我收到了新加坡移民局的签证，这不是一个简单的签证，这是一份

"工作准证"。我当时感动得热泪盈眶,这就是说我不仅可以去新加坡,而且可以在那里工作了。说白了这也是移民新加坡的前奏曲。林少明教授想得太周到了,对我太信任了。

林少明教授对我的安排非常周到。首先他为了解决我的住宿问题,嘱咐工作人员给我安排住宿的地方。他为我找到了一个住处,很有趣的是与一位新闻记者住在一起,这位新闻记者是印度人。

重回 20 年前学习、工作的新加坡国家眼科中心

他让工作人员给我安排了一个工作学习的日程表。应该说是十分科学严谨而又是严格训练的日程表。整个日程就是按照我的要求中的两大课题安排的。一段时间是在准分子激光治疗室,分别由医师和技师带教我。另一段时间

是跟随青光眼专业组先门诊后手术,手术注重和侧重方向是青光眼的"人工引流植入物的引流手术"。而且还让我参加"5FU对青光眼滤泡形成的影响"科研课题组,给我增加了对科研课题设置的科学性可行性和规范性严密性的培训。这让我学到了不少有益的知识和有价值的本领。

林少明教授还让我到他的私人诊所去参观,并给我提出了很多日常常见的有趣的问题。林少明教授不仅是一位眼科专家,他还是一位油画家与艺术品收藏家。他让我看了他的一些艺术品收藏,可惜我缺乏这方面的知识,说不出个子丑寅卯,但对林少明教授的艺术造诣是十分钦佩的,他的油画应该说具有相当高的水准。

林少明教授有一次请美国医生吃饭,约我一块作陪。这对我来说应该是十分荣耀的事情,因为林教授是亚洲眼科学会主席,应该说他的地位和身份是很高的,他能约我陪美国眼科医生吃饭,说明他最起码对我是看得起的。

林少明教授对我的事业与家庭也是十分关心的,他详细地询问了我工作地方的情况。我告诉他,我工作在内地的一个山区小城市,这个城市叫黄山。他听到黄山这个名字似乎很兴奋,他说他听说过黄山很美,但还没有到过黄山,他希望到黄山看一看。他问我有没有国外的航班直飞黄山,我告诉他那时还没有。他十分惋惜,因为我知道林教授是不愿坐中国航空公司的航班的,主要是担心安全问题。实际上当时的中国航空公司的航班在中国人的眼里还是十分安全的。不过要让一位外国友人乘中国航空公司的航班,还应让他们安心和放心。因为当时中国才刚刚改革开放不久,如果能让一位外国专家信任和乘坐中国航空公司飞机,那应该是需要给他一段时间等待的。

在新加坡国家眼科中心,我发现他们有很多仍然可用的医疗器械已经弃之不用,十分可惜。因为这中间有许多在中国就是拿钱也买不到的德国产的眼科手术显微镜、裂隙灯显微镜以及准分子激光治疗机。其实这些一点也没有坏,还是好好的。在中国可以说还是宝贝。而在新加坡国家眼科中心这已经是被遗弃的废品。对于当时还比较穷的中国,特别是中国内地的山区小城,这是宝贝。我觉得新加坡眼科中心的旧器械库就是一个未被发掘的宝库。林教授告诉我,新加坡政府有规定,对于已使用五年的医疗器械,不论损坏与否,一律做废旧品封存,不得使用。我说这些医疗器械在我看来还是可以发挥很好的作用,可不可以让我选一些带回去。林教授没有想到,我还是这样一个节俭的人。他十分认真地说,这些可以免费送给你,但不知这些东西能不能进入你们的海关。我真是喜出望外,可是一打听,中国海关不允许进口外国的旧医疗器械。此事只能作罢。

林少明教授是华人,他的夫人就是中国人几乎家喻户晓的华侨领袖陈嘉庚先生的孙女。陈嘉庚先生爱国爱乡,为中国的抗日战争做出了巨大的贡献。著名的厦门大学、集美大学都是陈嘉庚先生捐建的。我看到林少明教授和夫人的照片,林夫人端庄秀丽、有大家闺秀的风范。一看照片就知道她是非常了不起的女性。林少明教授和我谈了他的一个想法,在中国的贫困山区办一所眼科医院。我知道林少明教授和他夫人捐款在厦门办了一所医院,因为这是他们的祖籍地。林少明教授和他夫人还捐款在中国的天津办了一所医院。他很想在中国的贫困山区办一所眼科医院,他似乎看中了地处内地的黄山。他给我一个任务,让我将安徽黄山的情况和在黄山办眼科医院的可行性报告写份给他,他让新加坡国家眼科中心董事会研究,决定是否在黄山援建一所眼科医院。当我满怀信心返回黄山汇报时,我傻眼了,当时安徽的政策是在医疗机构领域不得引进外资。让我与这大好的机遇失之交臂,也让林少明教授十分失望。

林少明教授十分关心我的子女教育,当他得知我的孩子在北京学医时,曾亲切地告诉我,可以让我的孩子申请他的研究生。他将他所著的四部英文版著作亲自签名送给我。当然我也将我每次出版的医学和文学著作赠送给他,后来林少明教授当选为世界眼外科学会主席,他每年都会给我寄来邀请函,让我去参加相关学术会议,以让我能及时地了解世界眼科最新进展情况,多认识一些眼科界的朋友。20年来,林教授一直坚持这样,每年都给我寄来两次邀请函,这是让我特别感动的地方。

这就是我认识的世界眼外科学会主席林少明教授。他在我的心目中永远是一位可敬可亲的人。

黄先生、黄太太

　　黄先生即黄炎发先生，黄太太即陈秀喜女士。他们是我第一次去新加坡交上的朋友，虽然时间过去了二十年，但我们的友谊的确越来越深厚。这是我第三次用"黄先生、黄太太"这个题目写文章了。前两次的文章都已经收入了我的两本散文随笔里，为什么我又要以"黄先生、黄太太"这个题目写文章呢？因为总是觉得言犹未尽，更重要的是我们又再次相聚新加坡。

　　2016 年 1 月 28 日我们从上海飞往澳大利亚，同女儿一家在澳洲过春节。由于女儿的精心安排，此次我们是坐新加坡航空公司的飞机，途经新加坡停留一天，次日再飞往澳大利亚。这样我们又有了在新加坡与黄先生、黄太太见面的机会。细想起来不知不觉又有十年没有见面了。十年应该说是一段不短的时间。黄先生、黄太太都已年过八十了，虽然我们经常通电话，但没有见面整整有十年了。

　　又到了新加坡，我发现新加坡变化很大，就像中国一样,城市建设日新月异。高楼更多了,人口也比我去新加坡做访问学者时几乎翻了一倍。这个花园之国如今更加繁荣、更加漂亮了。黄先生、黄太太住在新加坡的珍珠大厦。珍珠大厦当时在新加坡应该说还是比较新的,而且是比较先进漂亮的大楼,现在看来就显得比较陈旧,与现在新加坡的一些建筑比较,就差很多了。十年前我记得珍珠大厦正在修建地铁站,现如今地铁早已通了,从珍珠大厦出行也更加方便了。珍珠大厦离"牛车水"并不太远,走路去就可以了。"牛车水"是一片老的新加坡街道,比较繁华,在这里你可以体味到新加坡过去的风韵和历史沉淀。

一到珍珠大厦,那下面的商场,那一排排电梯,似乎一点也没有变,让我感到无比的亲切。这次到黄先生家,我已不是一个人了。回想起来我第一次到新加坡已是半夜时分,大的酒店还不敢去,说实话那时还真的消费不起。到国家眼科中心,晚上肯定是找不着人了。好在经过飞机座位旁的一位印尼小姑娘指点,我来到了珍珠大厦,找到了黄先生一家,也找到了出国后第一晚的住宿地。经过时间的证实,黄先生、黄太太一家人确是乐于助人、心地善良的一家人。第二次是我女儿在新加坡留学,我与老伴一起来新加坡,我们还是住在黄炎发先生家里,此时我们是三个人,我和老伴、女儿。今天来到黄先生家,我们的人数又翻了一番是六个人,加上我的女婿和两个小外孙女。

黄先生、黄太太早已在家中等候我们了。女儿早已将我们的航班号和到达的时间告诉了这两位老朋友。我们走进黄先生的家,一进门就感到了黄先生、黄太太的热情和亲切,一切还是和过去一样。家里的陈设没有变,茶几、沙发、电脑桌、厨房、烤箱、电冰箱……一切似乎依旧没有变,我们又好像回到了过去的家。

与新加坡老友黄先生、黄太太

黄先生、黄太太热情地招待我们,不仅仅为我们准备了香茶、水果,还有糕点,因为这次来的还有两位小朋友。黄太太有一手做糕点的好手艺,从烤箱取出的糕点还散发着浓郁的香味和热气。这次两个孩子似乎成了被招待的主角。黄先生、黄太太分别拉住我两个小外孙女的小手仔细地端详了一会,异口同声地说:"像他爸爸。"的的确确是这样的,我两个小外孙女都像她们的爸爸。一个七岁正上小学一年级，一个四岁正上幼稚园的小班。老人喜欢小孩子这也是天性。好在两个外孙女不认生，很快地与黄爷爷、奶奶熟了起来。大外孙女已经学过钢琴的初步知识并且参加了国际标准舞的学习，她显得很灵活，当然表演了舞蹈。小外孙女模仿姐姐的舞蹈，那憨态的舞姿，让人捧腹大笑。她们的常用英语还是可以的，小外孙女不仅会唱英语歌，还能用英语倒着顺序数数，真的让我也有些吃惊。黄先生虽然是一位年过八旬的白发老人，但他鹤发童心，又给孩子们做起了孙悟空的各种滑稽动作，逗得孩子们开怀大笑，大家也乐不可支，就连黄太太也忍俊不禁，说他"老了还没有个正形"。

我们和黄先生、黄太太已经十年没有见过面了，客观地说来，我们都老了。中国人说"七老八十"，我们正是这个年龄。当年我还没有一根白发，现在已是黑白各半了。唯一没有变的是我们的语言、我们的笑容、我们的性格、我们的禀赋、我们的友谊……时间毕竟又过去了十年，年华催人老这一点应该是真实的，我们脸上的皱纹，已经深深地刻在额头、眼角和面颊，这是不可否认的事实。

记得当年我到黄先生家过年，他的儿子和孙子也从马来西亚和印尼回到新加坡过年。我记得黄先生的孙子还不太大，当时在小学念书，他的孙女更小，刚上小学。他的孙女十分活泼可爱，一张小嘴整天说个不停，有的话十分逗人笑，有的话说得"不天不地"。黄太太对自己的孙女疼爱有加,但有时对她停不住的小嘴也觉得有点烦。我记得黄太太一生气就叫她"八怪"。我当时在心里对"八怪"两个字细细地琢磨了一番。因为黄先生家是前清从福建到印尼的移民,黄太太一家是前清从广东到印尼的移民。他们的华语多少都带有中国南方人的口音,这"八怪"是不是不准确呢?内地人叫"八怪"是指"丑八怪",是形容人"奇丑无比"。但黄太太的孙女不仅长得秀气而且十分俊俏可爱,一双水灵灵的大眼睛和一对可爱的小酒窝,怎么看都是水灵漂亮,和"奇丑无比的丑八怪"八竿子打不着。后来我发现中国南方与港台有两个字可能比"八怪"两个字更贴切,这就是"八卦"。"八卦"是指满嘴跑马,乱说一气,如"八卦新闻"等。此时我才真正弄明白了黄太太的本意,是说孙女"八卦"而不是"八怪"。当我拿这件事再请教黄太太时,黄太太会意地笑了:"高先生这次说对了。"一问黄先生的孙子,早已在澳大利亚墨尔本大学研究生毕业了;再问"八卦"呢? 也已经在马来西亚大学毕业了,这也不怪我们老了。

　　二十年前我到黄先生、黄太太家住的时候,他们经常向我咨询一些医疗卫生保健知识,他们称我为他们家的医学顾问。其实我哪有那么大的本事,仅仅是尽自己最大的努力,讲一点医学普及知识,有时也担心,怕自己讲错了闹笑话。他们总是像小学生一样认认真真听我讲解。黄先生从我来新加坡的第一天,就拿出中英文的新加坡地图,教我如何乘坐新加坡的地铁和公交车。他还向我讲述新加坡的风土人情、生活和语言习惯及相关的法律知识和自我保护常识。这对二十年前初到新加坡对这些一点也不懂的我来说，帮助很大。黄先生笑着对我说："我是你的秘书，我的太太是你的生活秘书，她管你的吃和住。"黄先生一家在国外华人中应该说是殷实之户，我只不过是中国的一个小医生，穷医生罢了，怎能受得起黄先生一家的"宠戴"。二十年前的内地还比较落后，就是我的这位黄秘书教会了我一些基本的国外生存方法，包括打越洋电话的用卡和最初的手机使用。当然在今天的中国这一切都根本不算什么了，可在当时确实是一件了不起的事情。黄先生嘱咐黄太太，每天给我做一些好吃的。怕我不适应热带生活，每天还为我准备了水果，有时还到眼科中心送去自己家做的糕点，说给我做点心。说来让我十分惭愧，到后来他们对我的住宿和生活费一分钱都没有收。国外是一个非常讲"现实"的地方，人们都非常"现实"。我一再要付钱给他们，他们一点也不肯收。他们说："我们都是华人，在我们相处的日子里，我们一直感到你很诚实，你也是自费出国，目前尚无收入，你就算在朋友、亲戚家吃住一样，不要见外。"他们的话虽然是二十年前说的，至今想起来仍然让我热泪盈眶。就是在内地孔孟之道的故乡，在学习雷锋的环境中，现在诚实也不可能当饭吃，诚实也没有人给你管吃管住。当我此时再提此事，黄先生、黄太太制止我不要再讲下去了。我们两家就成了二十多年交往从未间断的好朋友，比亲戚还亲的亲戚。

我女儿在新加坡毕业后去英国留学，黄先生、黄太太像对自己女儿一样给予了比自己父母还要多的无私帮助。我女儿结婚后到新加坡黄先生家拜望，得到的是新婚女儿回门一样的关怀和爱护。我想起黄先生、黄太太将他们到世界各地的观感写成很长的信给我寄来，还有他们的照片，看到了他们在世界各地开心的样子。他们的文字功底和中文硬笔书法非常好，他们寄来的信水平都非常高，都应该是作品。因为他们年轻时都毕业于印尼的华文学校，也曾经是爱好文学的青年。虽然不同校，但由于对文学的爱好而在征集文友时相识相爱。我也有一点文学爱好，我每次出版的书都寄给他们，他们再寄给他们的兄弟姐妹，让我十分开心。特别令我感动的是每次他们都拿着我的书亲自送到新加坡国家眼科中心林少明处。黄先生开心地说："我还是你的义务邮递员呢！"望了望渐渐变老的"义务邮递员"，我内心充满了感激。

　　黄先生、黄太太曾经双双到中国黄山我的家来玩过。2007年黄太太兄弟姐妹都来黄山玩，还给我带来了黄太太妹妹家自产的燕窝。就是在印尼靠海边的地方筑房专门引来金丝燕做窝，现已生产滋补品燕窝。他们特别喜欢吃我们黄山的"毛豆腐"，我特地请教毛豆腐作坊的师傅，将制作毛豆腐的方法整理打印成材料送给他们，还不知道他们在热带的印尼做出来黄山毛豆腐没有？

　　因为他们来黄山，我写了一首"赠黄太太众兄妹"的小

诗,现抄录如下:

赠黄太太众兄妹

高新民

远方飞来有亲朋,

不亦乐乎心浪重。

黄山青松喜迎客,

徽商故里话儒风。

西递宏村流连地,

太平湖畔碧波涌。

美加印尼狮城俏,

世界华人心相通。

注:公元 2007 年 11 月 7 日,黄太太从新加坡来黄山,同来有兄弟姐妹 6 人。分别来自美国、加拿大、印度尼西亚、新加坡。我们从相识到相知已整整 11 年。世界华人同是炎黄子孙,世界华人都在各自的岗位上奋斗。华夏子孙在哪里都是奋斗者,我们的友谊会像陈酒那样,越来越浓。

2007 年 11 月 14 日

今天我在曾经几次住过的珍珠大厦又住了一晚,其实也没有睡好。也许是刚从寒冷的中国上海飞来,对新加坡晚上睡觉还要开冷风空调的热带气候还没有适应,也许是见到分别十年的老朋友,心情一时难以平静,也许是旧地重游感慨万千,总之这一夜没有睡好。

第二天我们就要走了,今天我们将要离开新加坡,飞往澳大利亚。当黄先生、黄太太送我们出门挥手告别的一刹那,不知怎的眼泪夺眶而出。黄先生大声地说:"我们经常电话联系。"其实每次电话都是黄先生、黄太太打来,即使我打过去,他们也是挂掉再打过来。他们总说:"我们打电话比你们便宜,还是让我们打。"即使是我打过去也仅仅是拨通,他们都要说一句:"谢谢你的电话!"

人的生老都是自然规律,我们可以说都进入了老年。我们还会再会的。黄太太的母亲活到了100多岁,用中国人的说法是"人瑞"。既然他们家庭有长寿的基因,我想他们也会活到100岁。祝黄先生、黄太太身体健康长寿。

牧师和牧师夫人

　　我在新加坡国家眼科中心的准分子激光室上班，渐渐地与激光室的技术员林先生熟悉了。林先生是激光室的技术员，有关准分子激光机的构造原理、使用维修，他都是非常有经验的，我在技术上有很多不懂的问题常向他请教。林先生也是一位热心而又乐于帮助人的年轻人，他是一位基督徒。当他得知我的老伴是从小在基督教的"育婴堂"长大的孤儿时，他对我的感情和关系也就更进了一步。他对我的生活十分关心。问我住得怎么样？吃得怎么样？我都如实地一一告之。有一次下班后，他一定要邀请我去吃饭。我跟他去到一家印度人开的饭馆，他请我吃印度饭。这印度人吃饭是不使用汤匙和筷子的，而是用手抓。先洗净了手，用手去抓有着浓浓的咖喱味和颜色红红的印度饭时，真的十分不习惯。这是我第一次吃印度饭，总觉得这印度饭味道怪怪的。这吃饭的环境也让我感到怪怪的。这是林先生请我吃饭，我想他一定是想让我尝一尝另一类饭品的味道,让我尝尝新。尽管我不习惯这个印度饭,但是我还是努力做出十分喜欢和高兴的样子。我们边吃边聊,谈话的气氛几乎掩盖了这里的异域氛围。不知不觉我的肚子居然也吃饱了,林先生看我吃得不少,心里特别高兴。他认为我一定很爱吃印度饭。林先生饭后将钱放入侍者的盘子,当侍者将盘子拿回来,送给林先生时,他只是象征性地将账单翻了一下,对侍者笑笑,并没有去拿盘子里找回的钱。事后才知道这找零的钱作为小费赠给侍者了,也让我了解了一下这印度餐馆的规矩。新加坡有一个主要由印度族群居住的地方,它的名字就叫小印度,我想今天吃饭的地方一定是小印度。我请教林先生,他笑着说:"你猜对了。"

后来我终于说出了我的一点心思,我住在黄先生家,他们对我照顾那么好,我们非亲非故,他们又不收费,这样长期下去我心里不安。我想能不能换一个地方,不能老给别人添麻烦。更何况黄先生夫妇年龄比我大,这样真不好意思。林先生讲:"你想的是对的。"但要离开黄先生家,总得找一个理由,否则就对不起人家了。

过了几天,林先生告诉我,他帮我找到了一个新的地方在义顺,是一位牧师的家。这位牧师姓曾,夫妻两个人,住了一套"政府组屋"。这新加坡的"政府组屋"是政策提供给经济状况相对不太好的人群居住的。我当然知道曾牧师在经济上不太富裕。林先生人很聪明,他想了一个非常合理的理由,向黄先生说明我为什么要搬家。我没有想到黄先

363

生仅仅停顿了一下，就十分高兴地同意了我搬家。但对我有一个要求，就是每个星期天必须到他家来，陪他聊天，到他家吃饭过周末。我也很爽快地答应了。所谓搬家也就是几本书和一个小的箱子，因为新加坡是热带，也没什么衣物，十分简单。

至于林先生当时告诉黄先生的理由，时隔二十年，我早已忘了，我只记得他很聪明，说得很好，真的让我很感激。

在林先生帮助下与曾牧师说好了每月房租的价钱，按照当时新加坡住房租金的标准实在是不能算贵，应该说是比较便宜的。林先生告诉我，曾牧师的房子有两间住房，他们夫妻住一间就够了，另一间拿来出租，空着也是空着。我答应这个价格正式搬入了曾牧师的家。房主人夫妇住的是一间主卧室，我住在客房。曾牧师给了我门的钥匙，我就每天从新加坡义顺站乘地铁到欧南园站，到位于新加坡中央医院的新加坡国家眼科中心去上班。我每天是早出晚归。路当然是比珍珠大厦到新加坡眼科中心远得多，因为曾牧师一家不用照顾我的生活，反而让我心里安心了许多，每个星期天我都到黄先生家去，这是我答应他们的，不仅在黄先生家吃饭，他们还给我带上家里自制的糕点和买来的水果。现在我变得有点像过去在中学读书时候的住校生，平时上班，星期天回家打牙祭还带好吃的，黄先生夫妇也很高兴。

第一次见到曾牧师，真的让我很失望。他的人和牧师这个职业相差太远。个子矮小又特别的黑。见到人也不太

364

讲话,不过他一开口讲话前,脸上就出现笑容,应该说还是比较平易近人的,曾牧师实际上不是哪个教堂的牧师,而是一个"临时教堂"的牧师。收到他和林先生的邀请,我参加了好几次他的教堂礼拜。实际上他们只是租用了一个小房子每星期聚会,聚会的兄弟姐妹(信徒)最多也不过二十来人。没有钢琴、没有管风琴伴奏,唱圣诗时只有一把弹奏的吉他。但每次礼拜唱诗、证道等仪式一样都不会少。严格地说这和中国基督教堂下面的"聚会点"差不多。每次信徒都会向"奉献箱"投钱,我也会像别的信徒一样将钱投入"奉献箱"。

牧师和她的太太反差很大。每次牧师约我时,我总是到了地点到处张望,找不到他,往往就在我着急的时候,他却从一个商店的角落或者小巷中走出来,总让我觉得他很像是一个幽灵,有点委委琐琐的样子。开始你还真感到有点怕,但时间长了也就习惯了。牧师太太却是另一番样子,她皮肤很白、个子高挑、五官清秀、十分漂亮、对人十分有礼貌。她是一个幼稚园的老师,他们两人在一起,你绝对不会相信这是一对夫妻。看上去牧师太太至少要比牧师小十几岁。这些仅仅是我认识他们的第一印象。牧师因为不是专职的,他还必须做工来谋生。我知道他在新加坡樟宜机场有一份工作,应该是一份普通的工作,他不像一个专业人士。牧师与他的夫人每天都很忙,要上班,我也每天上班,坐在一起聊天的日子比较少。

有一天牧师邀请我和他们一块吃晚餐，我感到很奇怪。平时我在房间里睡觉，很少与他们接触。整个屋子里除了两个房间电视机在响以外，我们似乎没有什么交流。当然有时曾牧师也会给我送一杯咖啡什么的。为什么请我吃饭？我十分明白，他们也感觉到和我的沟通不够。其实牧师夫妇是请我吃面，地方也很简单，一个排档。我们边吃边聊起来，我们这也是第一次相互交流自己的情况。通过这次聊天，我了解到曾牧师还是一位义工，经常为周围的人做好事。不过有两句话我至今一直记得。牧师太太说："我为什么嫁给牧师，主要的是他为人很好，我们家里人都是基督徒。我曾经做过一个梦，梦见主引导我一定要嫁给一位牧师。"然后深情地看了牧师一眼，"所以我就和牧师结婚了。"此时我才感到曾牧师与这位年轻美貌的妻子结婚是主的意志。最后曾牧师补充道："高先生的家庭真的很完美，你的妻子在基督教会中长大，应该是得到了主的恩典。"接着他又补充道"高先生看起来真年轻"。我怀疑这是不是在奉承我，急忙说道："我已年过半百，不年轻了。"后来我曾在林先生的嘴里得知，曾牧师有一段时间对我还不放心。

　　从那以后我和曾牧师夫妇似乎融洽了很多，在一起相处也是无话不谈，那尴尬的气氛一点也没有了。我还是一位注意小节的人，在曾牧师家里的日子，除了睡觉我尽量待在眼科中心，有空还是常常去黄先生家。

　　很快我的访问学者工作结束了，我马上就要回国了。

没有想到曾牧师和他的太太还要请我吃饭为我践行，这次是请我吃饭而不是吃面和河粉。在新加坡吃饭应该是比较贵的，在外面吃一顿饭对牧师家庭应该来说是有一点压力的，因为他们并不富裕。当我要离开新加坡时，牧师坚持要送我去机场，理由是他在樟宜机场工作。那天他亲自开着他那破旧的小汽车送我到漳宜机场。到了机场，我大体明白了曾牧师的工作，应该是一份机场的清洁打扫工作，收入不高的工作。

临走时，曾牧师对我说了一句："高先生你是一个好人，我们经常保持联系。"我也非常愉快地说："欢迎曾牧师夫妇到中国去旅行。"

后来我们时断时续地通过多次电话。因为我女儿到新加坡留学，黄先生和曾牧师两家成了我女儿常去的地方，他们给我的女儿很多照顾。曾牧师的太太后来成了我女儿的好朋友，其实她只比我女儿大几岁，因为曾牧师是我的朋友，女儿称牧师夫妇为叔叔阿姨。女儿与牧师太太不仅成了好朋友而且还成了无话不谈的闺蜜。

女儿在新加坡完成了学业后去英国留学，离开了新加坡，但一直与牧师太太保持着电话联系。不知从什么时候起，女儿与牧师太太一直联系不上了，每次打电话手机是通的就是没有人回答。在英国、美国、中国、澳大利亚……电话总是通的而总是没有人接电话。女儿一直没有忘记这位年轻的阿姨，隔一段时间就打一次电话。仍然是电话通的却无人接电话,这样差不多将近十年了。这年女儿有一次准备出差到新加坡,奇怪的是这次电话通了,而且有人接电话了,不过接电话的是牧师,而不是牧师太太。牧师接到电话想约女儿见面。女儿很高兴,这次可以见到多年未见的牧师太太了。

女儿到了新加坡与牧师约定了一个见面的地点。这是一个地铁站的边上。女儿四处看,却没有看见牧师,十分奇怪。就在这时,牧师和过去一样从一个角落中走出来,女儿看到感到很奇怪,怎么没有见到牧师太太呢?牧师已经苍老了很多,没有说什么,就让女儿上车,依然是一辆很旧的车。找到一个比较安静的地方,女儿这才看见,牧师的一双眼睛红红的,这时牧师才告诉女儿,他的太太已经去世十年了。之所以手机没有销号,一直开着机,是怕我女儿知道了会难过,但他又不敢接电话。女儿知道牧师是一位非常勤劳又乐于助人的人。他打了几份工,自己没有钱生活十分清苦。他挣的许多钱都赞助了比他还困难的人,作为义工他很辛苦,有些工作还没有收入,他却一直默默地这样做。正因为这样,他们一直没有要孩子,因为他们连生孩子抚养孩子都十分困难。这是牧师太太生前告诉我女儿的。后来牧师太太为了挣钱到印度尼西亚小学当老师。不幸的是不久她就得了癌症,回到新加坡时间不长就去世了,此时牧师太太只有三十多岁。

牧师开着车带着女儿去了新加坡的一个公墓,找到了牧师太太安息的地方。这是墓地里安放骨灰的墙,牧师太太的骨灰盒就放在这面墙上的一个小方格里,女儿看到了多年未见的牧师太太,这只是一个装有牧师太太照片的骨灰盒。女儿止不住热泪盈眶,将一小束黄色的菊花端端正正地放在骨灰盒旁。牧师太太就这样静静地走了,因为买不起墓地,只能安放在一个小小的格子里。照片上的牧师太太还是那样的年轻、清秀,面带微笑。

得到这个消息,我和老伴心里十分难过。于是我拿起笔来写了这篇文章,用的题目是《牧师和牧师夫人》。他们把自己菲薄的收入奉献给了困难的人,自己却过着清贫的生活。我觉得牧师和牧师太太都是品德高尚的人。在这里用"夫人"这个称呼应该是名副其实的。牧师保存并一直开着的失去主人的手机,让我感动也让我产生无尽的遐想……

后　记

　　《域外纪行》这本书写完了，这是我出版的第十本书。十一年前我曾写过一本名为《西欧旅痕》的游记，是由上海学林出版社出版的。那本游记主要是我、老伴和女儿到英国、法国、意大利、德国、西班牙、梵蒂冈之行。这本书主要是记录了我们到日本、美国、加拿大、俄罗斯、澳大利亚和新加坡的一些情况，我将我到国外旅游的快乐写出来，与大家一起分享、与大家同乐。

　　现在对中国人来说，出国旅游已经是一件很平常的事。在这里我首先要感谢我的一双儿女。我们的儿子和女儿都十分孝顺，是他们为我们提供了旅行的方便和旅游的经费。我们的儿女让我们享受到了世界旅行的欢乐。

　　在这本书写作过程中，我查阅了相关的书籍和网络资料，这实际上也增加了我不少的知识。

　　在这本书的写作过程中，我得到了罗火林、汪亚森、胡正善、汪德樯、陈有年、华和平、陈剑峰、吴芳明诸先生的关心与支持。孙敏女士也为这本书的资料查找做了大量的工作，在此均表示感谢。

今年我就应该七十岁了。过去是"人到七十古来稀"，如今是"七十、八十不稀奇"。不过这本书也是我七十岁留下的一个记忆。现在看来我身体尚无大碍，我还想继续做一些力所能及的工作。不敢说"壮心不已"，只能说还想继续努力。

我到过许多地方，但我觉得最美的还是我的祖国、我的故乡。

错误和缺点一定不少，还望读者批评指正。

高新民于上海·海德苑
2016 年 4 月 18 日

371

图书在版编目(CIP)数据

域外纪行 / 高新民著. —上海：文汇出版社，
2016.9
ISBN 978 - 7 - 5496 - 1850 - 7

Ⅰ.①域… Ⅱ.①高… Ⅲ.①游记—作品集—中国—
当代 Ⅳ.①I267.4

中国版本图书馆 CIP 数据核字(2016)第 202717 号

域外纪行

作　　者 / 高新民

责任编辑 / 熊　勇
特约编辑 / 曹承昊
封面装帧 / 张　晋

出版发行 / 文匯出版社
　　　　　上海市威海路 755 号
　　　　　（邮政编码 200041）
经　　销 / 全国新华书店
排　　版 / 南京展望文化发展有限公司
印刷装订 / 上海宝山译文印刷厂
版　　次 / 2016 年 9 月第 1 版
印　　次 / 2016 年 9 月第 1 次印刷
开　　本 / 890×1240　1/32
字　　数 / 220 千字
印　　张 / 11.75（彩插 4）

ISBN 978 - 7 - 5496 - 1850 - 7
定　　价 / 38.00 元